삼국지 5

공명(孔明)

삼국지 5
공명(孔明)

1판 1쇄 펴냄   2020년 2월 26일

원 작   나관중
편 저   요시카와 에이지
번 역   바른번역
출 간   하진석
출판사   코너스톤
주 소   서울시 마포구 독막로3길 51
전 화   02 - 518 - 3919
ISBN   979-11-87011-84-2   04830

천 하 패 권 을 다 투 는 영 웅 들

삼국지

5

공명

차례

관우, 천 리 길을 가다

1

시간마다 순찰을 도는 순라대 무리일 것이다. 동틀 녘 하얀 달이 손톱만큼 남아 있을 무렵, 여느 때처럼 부성(府城)과 관아 거리를 돌아보고, 이윽고 커다란 개울을 따라 내원 앞까지 오더니 불쑥 순라대 중 한 사람이 큰 소리로 이야기하는 게 아닌가.

"빠르기도 하지. 벌써 내원 문이 열려 있네."

그러자 다른 사람이 대꾸했다.

"오늘은 유달리 구석구석 비질을 해서 깨끗하게 쓸어놨네."

"그렇군, 뭔가 좀 이상한데….."

"뭐가?"

"안쪽 중문도 열려 있어. 보초막엔 아무도 없고…. 아무 데도 인기척이 없네."

한 순라군이 문 안으로 성큼성큼 들어가더니 손을 흔들며 소리쳤다.

"아무래도 이상해! 빈집이잖아!"

그제야 소란을 피우며 순라군들은 내친김에 안쪽에 딸린 정원까지 들어가 보았다. 그러자 거기에는 미인 10명이 아무 소리도 내지 못하고 벙어리처럼 서 있는 게 아닌가.

"어찌 된 일이냐? 여기 있던 두 부인과 하인들은 어디 가고?"

순라군이 묻자 미인 하나가 말없이 손가락으로 북쪽을 가리켰다. 이 미인 10명은 언젠가 조조가 관우에게 선사했는데, 관우가 바로 두 부인의 시녀로 바쳐버려 그 후로 내원에서 일하는 여인이 되었다.

관우는 조조가 보낸 진귀한 재물과 보석에는 전혀 손대지 않았고, 미인들도 다른 금은 비단과 마찬가지로 그냥 두고 떠났다.

그날 아침, 조조는 무슨 나쁜 예감이라도 들었는지 다른 날보다 일찍 일어나 장수들을 전각에 불러내 무언가를 논의하였다.

그 전각에서 순라군이 올린 보고를 들었다.

"관우 장군이 수정후(壽亭侯) 인장을 비롯한 금은 비단을 모조리 창고에 봉하여 걸어 잠그고, 내실에 있는 미인들은 남겨둔 채 나머지 20명 남짓 되는 하인과 두 부인을 수레에 태우고 동트기 진에 북문으로 빠져나갔다고 합니다."

이 말을 듣고 좌중에 있는 사람들은 이른 아침부터 흥이 깨져버렸다. 원비장군(猿臂將軍) 채양(蔡陽)이 먼저 입을 열었다.

"제가 뒤를 쫓겠습니다. 관우라 해도 별거 있겠습니까? 병사 3000명만 내주시면 즉시 잡아들이겠습니다."

조조는 관우가 남긴 글을 펼쳐서 묵묵히 읽어보았다.

"기다리게. 나로서는 야속하지만 역시 관우는 진정한 대장부다. 올 때도 명백하더니 갈 때도 명백하다. 참으로 천하의 의사(義士)다운 처사다. 그대들도 좋은 본보기로 삼으라."

채양은 얼굴을 붉히며 뒤에서 침묵했다.

그러자 정욱(程昱)이 채양을 대신해 따졌다.

"관우에게는 세 가지 죄가 있습니다. 승상의 관대함은 오히려 우리 장수들에게 불만을 품게 할 것입니다."

정욱은 무례를 무릅쓰고 고했다.

"정욱, 관우가 지은 죄라면 무엇을 말하는가?"

"첫째로 은혜를 모르는 죄, 둘째로 허락 없이 떠난 죄, 셋째로 하북(河北)의 사신과 은밀하게 밀서를 주고받은 죄입니다."

"관우는 처음부터 내게 세 가지 약속을 요구했다. 서로 약속하고서도 굳이 이행을 피한 사람은 바로 나지 관우가 아니다."

"그렇지만 지금 뻔히 관우가 하북으로 가는 걸 보고만 있으면 훗날 큰 화를 불러올지도 모릅니다. 호랑이를 들판에 풀어 주는 것과 같지 않습니까?"

"음, 뒤를 쫓아 관우를 죽이면 세상 사람들이 조조는 신의가 없다고 떠들 것이다. 그러면 안 된다, 안 돼. 사람에겐 제각각 모시는 주군이 있는 법. 이번에는 관우 마음이 이끄는 대로 옛 주군에게 돌려보내 주자. 쫓지 마라. 뒤를 쫓아서는 아니 될 일이다…."

마지막 말은 조조가 스스로 다짐하는 말처럼 들렸다. 조조의 눈동자는 이야기를 주고받는 동안에도 북쪽을 향한 채 물끄러미 북녘 하늘을 응시할 뿐이다.

2

기어이 관우는 떠났다!

나를 버리고 현덕에게 돌아갔다. 괴롭구나. 대장부의 사랑, 연정이 아닌 사나이와 사나이의 의련(義戀).

"안타깝구나, 이젠 두 번 다시 저런 진정한 의사와는 이야기를 나눌 수 없을지도 모른다."

증오, 지금 조조 마음에 그런 감정은 털끝만큼도 없었다. 올 때와 갈 때를 명백히 하는 관우가 보인 정갈한 행동에 소인배 같은 분노를 품으려야 품을 수가 없었다.

"…."

그러나 조조의 외로운 눈동자는 북녘 하늘을 응시한 채 어찌할 바를 몰랐다. 부지불식간에 눈물이 뺨에 하얀 줄기를 그렸다. 속눈썹은 가슴속에 담은 고심을 깜박였다.

신하들은 조조 얼굴을 감히 쳐다볼 수가 없었다.

허나 정욱과 채양 무리는 달랐다.

"지금 관우를 무사히 나라 밖으로 내보내면 훗날 반드시 후회할 일이 생길 것입니다. 지금 없애야 합니다. 지금 이 순간을 놓치면…."

두 사람은 팔을 움켜쥐고 발을 동동 구르며 조조가 베푸는 관대한 행동을 안타까워했다.

잠시 뒤 조조가 자리를 박차고 일어났다. 그러고는 주위에 있는 장군들에게 일렀다.

"관우가 의를 저버리고 떠난 건 아니다. 관우는 7번이나 작별을 고하러 부문(府門)을 방문했지만 내가 피객패(避客牌)를 내걸고 문을 열어주지 않아 글을 남기고 떠난 것이다. 무례한 사람은 되레 나다. 평생 관우가 마음속으로 조조는 속 좁은 쪼잔한 위인이라고 비웃을 걸 생각하면 마음이 괴롭다. 아직 그리 멀리 가지는 못했을 터. 뒤쫓아가서 관우에게도 내게도 훗날까지 좋은 추억이 될 만한 신의 있는 이별을 고해야겠다. 장료(張遼), 따라오게!"

조조는 당장 전각에서 내려와 말을 준비시켜 달려 나갔다. 장료는 조조가 부리나케 지시한 금은 노자와 비단 도포 1벌을 챙겨서 바로 뒤따라 채찍을 휘둘렀다.

"모르겠다, 저분의 마음을 진정 모르겠다⋯."

전각에 남은 신하들은 어이가 없었지만, 정욱과 채양은 특히 망연하여 중얼거렸다.

산은 곳곳에 울긋불긋 단풍이 들었고, 교외에서 만나볼 수 있는 시내나 길에는 낙엽이 비처럼 흩날렸다. 적토마는 적당히 살이 올라 보기 좋았다. 그야말로 천고마비의 계절 가을이다.

"누가 날 부르는 거지?"

관우는 말을 잠시간 세웠다.

"이보게⋯."

가을바람을 타고 사람 목소리가 들려왔다.

"추격대를 보냈구나!"

관우는 이미 알고 있었다는 듯 창황하지 않고 바로 두 부인이 탄 수레 곁으로 다가갔다.

"수행원은 들어라. 너희는 수레를 밀고 먼저 가라. 난 여기서 길을 막는 자들을 없앤 뒤에 천천히 뒤따라가겠다."

관우는 두 부인이 놀라지 않게 일부러 가볍게 말하고 말 머리를 돌렸다.

멀리서 관우를 부르면서 달려오는 자는 장료다. 장료는 되돌아오는 관우의 모습을 먼저 보았다. 장료는 적토마 옆으로 자기 말을 붙이며 말을 걸어왔다.

"운장, 기다리시오."

관우는 빙긋 웃어 보였다.

"날 운장이라 부르는 사람은 그대밖에 없다고 생각했는데, 역시 맞았구려. 기다리는 건 얌전하게 기다릴 수 있으나 아무리 그대를 보냈어도 내가 잡혀갈 수는 없는 노릇. 그나저나 괴로운 명을 받들고 왔구려."

관우는 민첩하게 옆구리에 낀 언월도를 바로잡아 전투에 임할 자세를 갖췄다.

"아니, 의심을 푸시오."

장료는 당황하여 변명부터 늘어놓았다.

"몸에 갑옷도 입지 않고 손에는 무기도 들지 않은 채요. 내가 여기에 온 이유는 운장을 잡아들이기 위해서가 아니라오. 좀 있으면 승상이 몸소 여기로 올 것이니 먼저 알리러 왔소. 조 승상이 오실 때까지 잠시만, 아주 잠시만 여기서 기다려주시겠소?"

3

"뭐라? 조 승상이 몸소 이리로 오신다는 거요?"

"그렇소, 곧 도착할 거요."

"큰일이군."

관우는 무슨 생각인지 말 머리를 돌려 패릉교(覇陵橋) 중간쯤에 버티고 섰다. 장료는 그 모습을 보고 관우가 자기 말을 믿지 않는다는 사실을 알아챘다. 관우가 좁은 다리 위 한가운데를 막아선 건 많은 사람을 막고자 하는 태세다. 길에서는 사방이 포위될 우려가 있어서다.

"그런 게 아니오. 아니래도."

장료는 굳이 관우가 품은 오해를 풀려고 노력하지 않았다. 머지않아 조조가 불과 심복 6~7기만을 이끌고 달려왔다. 허저(許褚), 서황(徐晃), 우금(于禁), 이전(李典) 등 쟁쟁한 장성들뿐이었지만 하나같이 투구와 갑옷을 입지 않은 채, 허리에 찬 칼 외에는 무기도 갖추지 않은 지극히 평범한 차림이었다.

관우는 패릉교 위에서 그 모습을 물끄러미 응시하였다.

"이리 보니 날 잡아가려고 온 건 아니구나. 허허, 장료가 한 말은 진실이었나?"

다소 낯빛은 누그러졌지만 그래도 조조가 몸소 무슨 일로 예까지 왔는지 여전히 의문이 풀리지 않은 모양이다.

그러자 조조는 재빨리 말을 다리목까지 몰고 와서 조용히 이야기했다.

"이보게, 관 장군. 너무 성급하게 길을 떠난 거 아니오? 아무리 그래도 서운하오. 어이하여 부리나케 떠났는가 말이오?"

그 말을 들은 관우가 말을 탄 채 공손히 인사했다.

"승상과 전 예전에 세 가지 약속을 주고받았습니다. 다행히 지금 옛 주군 현덕이 하북에 계시다는 소식을 들었습니다. 하여 승상 곁을 떠나게 되었습니다. 이 무례를 용서하여주시겠지요?"

"아쉽소. 우리가 함께 지낸 날이 무척 짧았소. 나도 천하의 재상이니 결코 지난날에 한 약속을 어기려는 생각은 추호도 없소. 아무리 그래도 머문 기간이 짧은 듯한 느낌이오."

"입은 은혜, 언젠들 잊겠습니까? 지금 옛 주군이 어디에 있는지 소재를 알면서 한가롭게 아무 일도 하지 않는 날을 보내며 승상의 온정에 기대는 것도 괴로웠습니다. 결국에 떠나려는 결심을 하고 7번이나 부문을 방문했지만, 항상 문은 굳게 잠겨 있어 허무하게 돌아올 수밖에 없었습니다. 인사도 제대로 올리지 못하고 서둘러 길을 떠난 죄는 부디 용서를 바랍니다."

"장군이 온다는 걸 알고 피객패를 걸어둔 내 잘못이오. 아니, 내 옹졸함에서 비롯된 일이라 분명하게 고백하오. 지금 내가 예까지 쫓아온 이유는 그런 내 행동이 부끄러워서요."

"무슨 말씀을요…. 승상이 베푸신 관대한 도량은 무엇과도 비할 게 없습니다. 누구보다도 제가 잘 압니다."

"바라던 바요. 관 장군이 알아준다면 흡족하오. 헤어지고 난 뒤에도 떳떳한 마음을 가질 수 있겠소. 장료, 전하게."

조조는 뒤를 돌아보며 미리 준비해온 금은 노자를 관우에게 건네주게 했다. 물론 관우는 쉽사리 받아들이지 않았다.

"부중에 있는 동안 승상으로부터 과분한 대접을 받았으며 지금부터 겪을 곤궁한 유랑에는 익숙합니다. 아무쪼록 그 돈은 병사들에게 골고루 나누어 주십시오."

조조 또한 쉬 물러서지 않았다.

"모처럼 준비한 내 성의가 물거품이 된 기분이 드오. 이제 와 불과 얼마 안 되는 노자가 장군의 절개에 흠집을 내지도 않을 터. 장군은 어떤 곤궁에도 견딜 수 있겠지만, 장군이 섬기는 두 부인이 먹고 입는 데 어려움을 겪는다면 측은한 일이오. 그동안 쌓인 정으로도 견디기 힘든 일일 터. 장군이 기꺼이 받아들이지 못한다면 두 부인에게라도 노자로 드리고 싶소."

4

관우는 문득 눈을 껌벅거렸다. 두 부인의 처지로 생각이 미치자 바로 애처로운 마음이 끓어오른 듯했다.

"내리신 물건 두 부인께 드리는 것이라면 감사히 받아 전해 드리겠습니다. 오랫동안 신세를 졌는데 사사로운 공만 남기고 헤어지는 날을 맞았습니다. 훗날, 떠돌다 다시 만나는 날이 오면 반드시 은혜에 보답하겠습니다."

관우가 하는 말에 조조도 만족스러운 표정을 지었다.

"장군 같은 충의지사가 몇 달이나 도읍에 머문 것만으로도 도읍에 있는 선비의 기풍이 확연하게 좋아졌소. 나도 장군에게 배운 게 얼마나 많은지…. 단, 우리는 인연이 옅어 빨리 헤어지게 되었소. 서운하지만 생각하기에 따라서는, 뜻대로 되지 않은 것도 인생의 재미가 아니겠소."

그러고는 장료더러 노자를 건네주라 눈짓하고, 또 다른 장수에게는 준비해온 비단 도포 1벌을 가져오게 한 다음 관우에게 건네주라 지시했다.

"가을도 깊어 산길이나 강을 건너는 여정에 만나는 날씨는 점점 추워질 것이오. 이건 내가 장군의 고귀한 영혼을 감싸주기 위해 특별히 마련해온 도포요. 하찮은 물건에 지나지 않으나 부디 여행하면서 걸쳐 비와 이슬을 막기 바라오. 이 정도의 물건을 받는다고 아무도 장군의 절개를 의심하진 않을 터."

비단 도포를 든 장수는 즉시 말에서 내려 성큼성큼 패릉교 중간쯤까지 가 적토마 앞에서 무릎을 꿇고 공손히 비단 도포를 바쳤다.

"감사히 받겠습니다."

관우는 적토마에 걸터탄 채로 묵례를 했지만, 혹시 모략이 아닐까 충분히 경계하는 눈길이다.

"특별히 주신 선물, 승상이 내리신 은혜라 여기고 감사히 받겠습니다."

관우는 옆구리에 찬 청룡언월도를 내밀어 휘어진 칼날 끝에 비단 도포를 걸어 획 하고 당겨 어깨에 걸쳤다.

"안녕히 계십시오."

이 한마디 말만 남긴 채 관우는 발이 빠른 적토마를 몰아 순식간에 북쪽으로 사라져버렸다.

"봐라, 저 늠름한 모습을…."

조조는 넋을 놓고 사라지는 관우의 뒷모습을 바라보았지만, 조조를 따라온 이전, 우금, 허저 등은 입을 모아 하나같이 분노를 터뜨렸다.

"쳇, 저 무슨 무례한 행동인가!"

"승상께서 내린 도포를 칼끝으로 받다니…."

"승상께서 은혜를 베푸니 버릇없이 제멋대로구나."

"지금이다. 아직 저 멀리 모습은 보인다. 쫓아가서 …."

당장이라도 말을 몰아 관우에게 달려가려고 움직거렸다.

조조는 우는 아이 달래듯이 장수들을 달랬다.

"저런 행동도 무리는 아니다. 관우 입장이 돼보면 아무리 무장을 하지 않았어도 이쪽은 내 수하 중 쟁쟁한 자만 20명이나 있는데 관우는 혼자가 아닌가. 저 정도 조심하는 건 너그러이 용서해주어라."

그러고 나서 조조 일행은 바로 허도로 돌아갔지만, 돌아가는 길에서도 좌우에 도열한 여러 대장에게 훈계했다고 한다.

"난 아군이든 적군이든 상관없이 그윽한 정신을 지닌 무인과 접할 때만큼 즐거울 때는 없다. 그때는 천지도 인간도 이 세상 모든 게 아름다운 것으로 가득 찬 듯한 기분이 든다. 그러한 하나의 인격이 다른 사람을 좋은 길로 인도하는 영향은 후세 1000년, 2000년까지 미치리라. 그대들도 세상에서 저런 훌륭한 인물을 만났다는 사실을 덕으로 여기고 그 마음가짐을 배워 각각 후세에까지 향기로운 이름을 남기도록 노력하라."

이 말을 깊이 헤아려볼까?

조조는 훌륭한 무장이 지켜야 할 본분을 잘 이해하고, 또 자기 성격이 지닌 장단점을 제대로 분별한 것이다. 게다가 좋은 장수가 되려고 진심으로 노력했다는 사실도 엿볼 수 있는 대목이다.

5

생각 외로 시간이 꽤나 걸렸으므로 관우는 두 부인이 탄 수레를 쫓아 20여 리를 서둘러 달렸지만 어디서 어긋난 건지 먼저 간 수레가 도통 보이지 않았다.

"아…. 어찌 된 걸까?"

계곡 근처에 일단 적토마를 세우고 주위 일대 산을 돌아보니 계곡 건너편 산에서 누군가 부르는 소리가 아득히 들려왔다.

"관 장군, 잠시 거기서 기다려주십시오."

보아하니, 얼마 지나지 않아 100여 명에 달하는 졸병을 이끌고 앞장서서 오는 대장이 눈에 띄었다. 머리는 황건으로 묶고 청색 비단 도포를 입은 불과 20살쯤 되어 보이는 젊은이가 서둘러 산에서 뛰어 내려와 계곡을 건너 관우 앞으로 다가오는 게 아닌가.

관우는 청룡도를 꼬나들고 위협했다.

"누구냐? 이름을 대지 않으면 단칼에 목을 베어버리겠다."

그러자 대장은 훌쩍 말 등에서 내려 자기소개를 재빨리 하였다.

"전 양양(襄陽) 사람 요화(蓼化)며, 자는 원검(元儉)입니다. 결코 장군께 해를 입히려는 사람이 아니니 안심하십시오.”

“왜 졸개들을 이끌고 가는 길을 막는 게냐?”

“제 말을 들어주십시오. 소년다운 객기로 일찍이 천하가 어지러울 때 고향을 떠나 강호를 떠돌며 500명 넘는 망나니들을 모아서 이 지방을 중심으로 산적질을 하는 자입니다. 헌데 같은 무리 중에 두원(杜遠)이라는 자가 있습니다. 두원이 좀 전에 큰길에 일거리를 찾아 나섰다가 두 부인이 탄 수레를 발견하고는 좋은 먹잇감을 얻었다고 신이 나서 두 부인을 납치하여 산채로 끌고 들어왔습니다.”

“뭐라! 두 부인이 탄 수레를?”

요화는 지금이라도 당장 산채로 달려갈 듯 기색이 변하는 관우를 말렸다.

“두 부인껜 아무 변고도 없습니다. 일단 제 이야기를 좀 들어주십시오. 부인들을 보아하니 무슨 사정이 있는 듯하여 호종에게 몰래 ‘어느 집 뉘시냐’고 물었더니, 유 황숙 부인이라 하여 화들짝 놀랐습니다. 해서 얼른 두원에게 ‘이런 분을 납치하면 어찌하느냐? 얼른 원래 가던 길로 돌려보내드리라’고 간곡히 권했지만, 두원은 고집을 부리고 들질 않았습니다. 그뿐만 아니라 되지도 않는 야심까지 비쳐 불시에 검을 휘둘러 두원을 베어버리고 그 목을 장군께 바치려고 기다렸습니다.”

요화는 사람 머리 하나를 길바닥에 떡하니 내려놓고 다시 절을 했다.

관우는 그래도 의심을 풀지 않았다.

“산적 두목인 녀석이 어찌하여 동료 목을 잘라 아무런 인연도 없는 내게 호의를 베푸는지 도무지 이해가 안 된다."

"지당하신 말씀입니다."

요화는 산적이라는 말을 더욱 비하했다.

"두 부인이 부리는 시종으로부터 장군의 충절을 소상히 듣고 진심으로 탄복했습니다. 녹림의 무리라고는 하나 마음까지 짐승은 아닙니다."

요화는 다짜고짜 말을 타더니 아까 나왔던 산속으로 다시 달려갔다. 잠시 후 요화는 모습을 드러냈다. 이번엔 수하 100여 명에게 두 부인이 탄 수레를 끌게 한 다음 조심스럽게 산길을 내려오는 게 아닌가. 관우는 그제야 요화라는 사람을 믿었다.

맨 먼저 수레 옆으로 다가가 감 부인에게 사죄했다.

"어려움에 맞닥뜨리게 한 건 신하인 저의 죄입니다."

부인은 수레 안에서 조심스레 답했다.

"요화가 없었더라면 어떤 변을 당했을지 모르오. 장군이 그 자를 잘 치하하시오."

6

호종들도 입 모아 요화가 베푼 선심을 칭찬하여 관우에게 낱낱이 고했다.

"두원이 두 부인을 1명씩 나누어 부인으로 삼자 하니 요화는 단호히 거절하고 두원을 베어 죽였습니다. 저렇게 정의감이 강한 사내가 왜 산적질을 하는 것일까요?"

관우는 다시 한번 요화 앞으로 가 심심한 감사를 표했다.

"두 부인이 무사한 건 자네가 도와준 덕이네."

"당연한 일을 했을 뿐입니다. 지나치게 칭찬하시면 되레 민망합니다. 부탁건대 저도 언제까지나 녹림의 무리로 살 수는 없는 노릇입니다. 이번 일을 계기로 호종 일을 허락해주신다면, 다행히 여기 졸병 100여 명도 있으니 수행 역할도 잘할 수 있습니다."

요화는 겸손하게 원하는 바를 제시했다.

관우는 호의만 받아들이고 수행에 대한 청은 허락지 않았다. 혹시 산적을 수행원으로 데리고 다닌다는 이야기가 들리면 옛 주군의 이름에 누가 된다는 결백한 마음에서였다.

요화는 하다못해 여비라도 보태고 싶다며 황금과 비단을 바쳤지만, 그것도 단호히 거절했다. 대신 마음 깊이 느낀 바가 있는지 관우는 헤어질 때 녹림의 의인에게 이런 약속을 했다.

"오늘 자네가 베푼 인정은 꼭 기억해두겠네. 언젠가 다시 만날 날이 오겠지. 나나 주군이 자리 잡았다는 소식이 들리거든 반드시 찾아오게."

수레는 다시 길을 재촉했다. 길은 멀고 가을 해는 짧았다.

사흘째 되는 날 저녁 무렵, 수레를 호위하는 일행은 나무가 듬성듬성 난 숲을 지나는 길이었다. 낙엽이 흩날려 불어오는 쪽에서 한 줄기 연기가 피어오르는 게 보였다. 은거하는 선비 집이라도 있는 듯했다. 그곳에서 하룻밤 묵어가려고 말 머리를 돌렸다.

관우가 방문하니 한 노옹이 초당 문에 나와서 물었다.

"당신은 어디서 온 누구시오?"

"유현덕 아우 관우라 합니다."

"관우 장군이라면…, 안량(顏良)과 문추(文醜)를 베어버린 바로 그분이 아닙니까?"

"그렇습니다."

노옹은 창황하였다. 그 와중에도 관우에게 거듭 물었다.

"저 수레는 뭡니까?"

관우는 사실대로 정직하게 고했다. 노옹은 더더욱 놀라워하며 정중하게 문 안으로 맞이해 들였다.

두 부인이 수레에서 내리자, 노옹은 딸과 손녀를 불러 부인들의 시중을 들도록 알뜰살뜰 배려했다.

"대단한 귀빈이다."

노옹은 깨끗한 옷으로 갈아입은 다음 두 부인이 묵는 방으로 찾아가 다시 인사를 올렸다. 관우는 계속 두 부인 곁을 목석같이 지키고 서 있었다.

노옹은 의아해하며 물었다.

"장군과 유 황숙은 의형제니 두 부인은 형수가 아닙니까? 먼 길 오시느라 고단할 텐데 편히 쉬지도 않고 왜 그렇게 예의를 지키십니까?"

관우는 미소를 띠며 답했다.

"현덕, 장비 그리고 저 세 사람은 형제의 약속을 맺었지만, 의와 예에 있어서는 군신 사이여서 흐트러지지 않을 걸 굳게 맹세했습니다. 그런 연유로 두 분 형수님과 함께 유랑 생활을 하고 있어도 이제껏 군신에 대한 예를 어긴 적은 없습니다. 어르신 눈에는 제가 이상해 보입니까?"

"아닙니다. 당치도 않는 소립니다. 의아해한 저야말로 생각이 짧았습니다. 요즘 보기 드문 충절입니다."

노옹은 관우에게 탄복하여 자기 방으로 초대해 신상을 털어놓았다. 노옹은 호화(胡華)라 하고, 환제(桓帝) 때 의랑(議郎)까지 지낸 은사였다.

"내 자식은 호반(胡班)이라 하는데, 지금 형양 태수 왕식(王植) 밑에서 종사관으로 지냅니다. 나중에 형양도 지나가실 터이니 잊지 말고 한번 방문해주십시오."

호화는 소개장을 써놓았다가 다음 날 아침 두 부인이 탄 수레가 떠날 때 관우에게 슬며시 건네주었다.

오관(五關)을 돌파하다

1

호화 집을 떠나고 나서 덮개가 부서진 수레는 날마다 가을바람을 맞으며 길을 최촉했다. 이윽고 낙양으로 가는 도중에 있는 관문에 다다랐다.

조조 부하 공수(孔秀)라는 자가 부하 500여 기를 거느리고 관문을 굳건히 지키는 모양이다.

"여기는 3개 주(州) 중에서도 으뜸가는 요해다. 일단 무사히 통과해야 할 텐데….”

관우는 수레를 세우고 혼자서 말을 몰고 가 소리쳤다.

"나는 하북으로 가는 나그네요. 관문을 통과시켜주시오.”

그러자 공수가 몸소 칼을 차고 나타났다.

"관 장군이 아니오?”

"그렇소.”

"두 부인을 수레에 태우고 어딜 가시오?”

"옛 주군이 하북에 계시다는 소식을 듣고 거기로 찾아가는 길이오."

"조 승상의 고문(告文)은?"

"서둘러 오느라 고문은 미처 가지고 오지 못했소만…."

"나그네라면 관문 통행증이 있어야 하고, 공무로 통행할 때도 고문 없이는 관문을 통과하지 못한다는 것 정도는 장군도 잘 알잖소."

"돌아갈 날이 오면 언제든지 돌아간다고 예전에 승상과 나 사이에 약속을 주고받았소. 무슨 법이 필요하겠소?"

"하북의 원소는 조 승상의 적이오. 적지로 가는 자를 무단으로 통과시킬 수는 없소. 한동안 문밖에서 머무르시오. 그사이에 도읍에 사람을 보내 상부 명을 받아오리다."

"하루가 시급하오. 태평하게 사신이 돌아올 때까지 기다릴 시간이 없소."

"아무리 뭐라 해도 승상의 명을 받기 전에는 이 관문을 통과시킬 수 없소. 게다가 지금 변경이 전란에 휩싸인 때니 어떻게 국법을 소홀히 할 수 있겠소이까?"

"조조가 세운 국법은 조조가 지배하는 백성과 적에게 적용되는 것이오. 난 승상의 손님이지 신하도 아니고 적도 아니잖소? 굳이 통과시키지 않겠다면 몸으로 뚫고 나가는 수밖에 없소만…. 그리하면 화를 부르게 될 터. 흔쾌히 지나가게 해주시구려."

"안 된다고 하는데도? 거참 끈질긴 자군. 그렇다면 장군이 모시고 가는 수레 안에 있는 사람이나 시종들을 인질로 여기에 잡아둔다면 장군만은 통과시켜주겠소."

"그 조건은 내가 허락지 않소."

"하는 수 없소. 물러가시오."

"어찌 안 되겠소?"

"그만하시오!"

공수는 관문을 닫으라고 좌우에 있는 병사에게 엄하게 지시했다.

"눈이 삐었나?"

관우는 분노로 눈썹을 치켜세우고 청룡도를 내밀어 공수 가슴팍에 들이댔다. 공수는 엉겁결에 청룡도 자루를 잡았다. 상대를 몰라도 너무 몰랐고, 자신도 몰랐다.

"건방진 놈!"

욕설을 퍼부으며 부하 관병에게 불한당을 잡아들이라고 큰 소리로 호령했다.

"거기까지다."

관우는 청룡도를 있는 힘껏 잡아당겼다.

무심코 칼자루를 잡고 있던 공수는 앗! 하고 안장에서 몸을 일으켜 허리에 찬 칼에 손을 가져간 순간, 관우가 내지르는 외침과 함께 공수의 몸뚱이는 둘로 나뉘어 피보라를 일으키며 바닥으로 고꾸라졌다. 나머지 졸병들은 헤아릴 가치도 없었다. 관우는 종횡무진 가차 없이 베어 없애고는 두 부인이 탄 수레를 통과시키고 나서 큰 소리로 말하고 떠났다.

"패릉교 위에서 조 승상과 작별을 고하고 대낮에 이 관문을 통과하는 사람이다. 어찌 너희가 저지른 과실이겠느냐? 나중에 관우가 오늘 동령관(東嶺關)을 넘었다고 도읍에 보고하라."

그날 수레 지붕에는 부슬부슬 진눈깨비가 추적거렸다. 다음 날도 그다음 날도 수레바퀴 자국은 서둘러서 곧장 관도(官渡, 하남성 개봉開封 부근)를 빠져나갔다. 낙양 성문은 어느새 저 멀리 보였다. 거기도 물론 조조 세력권 내여서 제후 한복(韓服)이 지키고 있었다.

2

시외 관문은 어젯밤부터 갑자기 경비가 삼엄해졌다. 평상시 파수병에다 강한 기마대가 1000기나 증강되었고 부근에 있는 높고 낮은 지형에는 복병을 일일이 숨겨두었다. 관우가 공수를 저승으로 보내고 동령관을 돌파해 이쪽으로 온다는 소식을 일찍이 들어서다.

그것도 모른 채 관문에 도착한 관우는 당당하게 그 앞에 서서 외쳤다.

"난 한나라 수정후 관우다. 북쪽 땅으로 가는 길이니 문을 열어 지나가게 해주시오."

"이런, 왔구나."

관우의 쩌렁쩌렁한 목소리를 듣자마자 철문과 철갑이 삐걱거렸다.

낙양 태수 한복은 겉보기에도 무시무시한 차림으로 군졸들 사이에서 날렵하게 말을 몰아 나왔다.

"고문을 보여라."

한복은 처음부터 도전적인 태도였다.

"없다."

"고문이 없으면 몰래 도읍에서 도망가는 사람일 뿐이다. 물러가지 않으면 잡아들이는 수밖에…."

한복의 태도는 관우의 화를 돋우기에 충분했다. 관우는 얼마 전에 공수를 베어버리고 왔다고 이실직고하였다.

"너희도 목이 아깝지 않은 자들인가?"

그 말이 채 끝나기도 전에 사방에서 징이 울렸다. 높고 낮은 곳에서 징 소리와 북소리가 일제히 울려 퍼졌다.

"이놈들 봐라. 지금 보니 이미 계략을 짜놓고 내가 말려들기를 기다렸구나."

관우는 일단 적토마를 물렀다.

"쏘지 마라. 생포하라!"

관우가 달아나는 줄 알았는지 병사들은 잽싸게 쫓아왔다.

순간 관우가 뒤돌았다. 푸르도록 진한 피와 붉은 살점, 관우가 한 번 휘두른 칼에 주위는 삽시간에 피로 물들었다. 한복의 부장 맹탄(孟坦)은 기세 좋은 용사였지만 관우 앞에 서면 도끼를 향해 덤벼드는 사마귀와 같았다.

"맹탄이 쓰러졌다!"

기세가 꺾인 병사들은 저마다 외치면서 관문 안으로 줄행랑을 놓았다.

태수 한복은 문 옆에 말을 세우고 입술을 잘근잘근 씹다가 참새 떼를 쫓는 독수리처럼 달려오는 관우를 겨냥하여 메기던 화살을 휙 쏘았다. 화살은 관우 왼쪽 팔꿈치를 관통하였다.

"네 이놈!"

관우가 화살이 날아온 방향을 더듬어 한복을 찾아냈다.

적토마는 입을 벌리고 무서운 기세로 달려왔다. 한복은 지레 겁을 집어먹고 재빨리 관문 안으로 말 머리를 돌리려고 했지만, 늦었다. 한복이 탄 말 뒤쪽 안장을 적토마가 물어뜯듯이 덮치는 찰나, 털썩하고 벽돌 위로 목이 굴러떨어졌다. 바로 한복의 머리다. 주위 부하들은 간담이 서늘해져 앞다투어 적토마 말발굽을 피해 혼비백산이 되어 쥐구멍을 찾고 다 달아나 버렸다.

"자, 지금이다!"

관우는 피를 헤치면서 멀리 있는 수레를 불렀다. 수레는 핏속에서 덜커덩덜커덩 소리를 내며 낙양으로 들어갔다. 어디서랄 것도 없이 수레를 겨냥하여 화살이 비 오듯 날아왔지만, 태수 한복과 용장 맹탄의 죽음이 알려지자 전 시내가 공포에 휩싸여 가는 길을 막는 병사는 나타나지 않았다.

낙양 성문을 돌파하여 다시 산과 들로 나올 때까지는 밤에도 쉬지 않고 수레를 재촉했다. 수레 안에 있던 두 부인도 이날 하루 밤낮을 고치 속 누에처럼 서로 껴안은 채 공포에 질려 눈을 감고 보냈다. 그로부터 며칠 동안 낮에는 깊은 산속이나 물가에서 자고, 밤이 되면 수레를 또 열심히 굴렸다.

기수관(沂水關, 하남성 낙양 교외)에 도착했을 때는 저녁 무렵이다. 그곳은 원래 황건적 대장이었다가 나중에 조조에게 항복한 변희(弁喜)라는 사람이 지켰다. 산에는 한나라 명제(明帝)가 건립한 진국사(鎭國寺)라는 유명한 고찰이 하나 있다. 변희는 부하들을 그 절에 모아놓고 무엇인가 모의하는 중이다.

"관우가 오거든 말이야."

3

밤에 부는 바람 소리는 온 산에 들어선 소나무 하나하나에 깃들고 별은 푸르도록 맑았다. 때마침 종소리가 진국사 안에서 은은하게 울려 퍼졌다.

"왔다!"

"왔습니다!"

산사 일주문 쪽에서 뛰어온 병사 둘이 회랑 아래서 큰 소리로 고했다.

법당에서 모의하던 사람들이 우르르 쏟아져 나왔다. 대장 변희 외에도 맹장 10명 정도와 책사가 붉은 횃불을 등에 지고 서 있었다.

"조용히 해라."

대장 변희가 나무라며 난간에 나란히 서서 일주문 쪽 하늘을 응시했다.

"왔단 말은, 관우 일행과 두 부인이 탄 수레 말이냐?"

"그렇습니다."

"산기슭 관문에서는 아무것도 묻지 않고 통과시켰겠지?"

"분부하신 대로 명령에 따랐습니다."

"관우를 충분히 안심시키기 위해 시킨 일이다. 낙양에서도, 동령관에서도 관문에서 저지해 오히려 많은 사상자를 냈다. 우리는 계략을 짜서 반드시 그놈을 사로잡아야 한다. 그래, 맞으러 나가자. 스님들도 마중 나오라 전해라."

"지금 종이 울렸으니 이미 나와 있을 것입니다."

"가자."

변희는 좌우에 있는 사람들에게 눈짓하고 계단을 하나둘 내려갔다.

그날 밤 관우는 산기슭 관문에서도 어려움 없이 통과했을 뿐만 아니라 진국사 산사에서 하룻밤 묵어가려고 했더니 갑자기 온 산에 종소리가 울려 퍼짐과 동시에 승려들이 마중하러 나와서 환대하니 의외라는 생각이 머리를 스쳤다.

꽤 나이 들어 뵈는 승려 보정(普淨)은 수레 아래에 머리를 조아렸다.

"먼 길 오시느라 고단하시지요. 산사라 해도 비와 서리를 피할 수 있을 뿐이지만 그래도 마음 편히 쉬십시오."

보정은 오랜 여정 동안 수레를 타고 온 두 부인을 위해 따뜻한 차를 먼저 내왔다. 보정이 베푸는 호의에 관우는 자기 일처럼 기뻐하며 정중하게 인사를 하자, 장로 보정은 반갑다는 듯이 물었다.

"장군, 고향 포동(蒲東)을 떠난 지 몇 해나 되십니까?"

"벌써 20년 가까이 됩니다."

"그렇다면 절 잊으셨겠네요. 저도 포동이 고향입니다. 장군이 살던 고향 집과 제 생가는 개울을 사이에 두고 있었습니다만…"

"오, 장로도 포동 분이십니까?"

그 순간 변희가 허리에 찬 칼을 울리면서 성큼성큼 두 사람 근처로 다가왔다.

"아직 법당으로 모시지도 않고 무슨 이야기를 그리 나누는가? 귀한 손님에게 실례가 아닌가?"

변희는 수상하다는 듯 보정에게 눈을 부라리면서 관우를 법당으로 이끌었다.

그때 장로 보정이 할 말이 있다는 듯 관우에게 눈빛으로 뭔가를 알리려는 태도를 보였는지라 관우는 재빨리 마음속으로 전하려던 말을 지레짐작했다.

역시 변희가 해대는 교묘한 거짓말은 감쪽같아서, 연회장 호롱불 아래에서는 관우 인격에 감복하여 환대에 온 힘을 다하는 듯했지만, 회랑 밖이나 제단 뒤에서는 몸을 조여드는 살기가 느껴졌다.

"유쾌한 저녁입니다. 장군같이 충절과 풍아를 따르는 장수는 보기 드뭅니다. 부디, 한잔 따라주십시오."

변희 눈 속에도 흉악한 기운이 가득 차 여우같이 번뜩였다. 간교한 짐승 같은 놈이라고 생각하며 관우는 정신을 한 치도 흩트리지 않았다.

"술 한잔으로 만족할 턱이 없다. 네겐 이걸 주마."

관우는 벽에 세워둔 청룡도를 꼬나들기가 무섭게 변희를 두 동강 내버렸다. 자리에 있던 호롱불은 내뿜는 피로 이내 어두워졌다. 관우는 문을 발로 걷어차고 회랑으로 뛰어 내려갔다.

"서둘러 죽고 싶은 자는 이름을 대라. 이 관우가 황천길로 인도하마."

관우는 큰 종이 울리는 듯한 목소리로 외쳤다.

4

두려움에 떨던 적은 사방팔방 흩어져 달아났다. 이내 아무 일 없다는 듯이 조용하게 솔바람이 불어왔다. 관우는 수레를 요모조모 살핀 다음 동이 트기 전에 진국사를 떠났다. 떠날 때 정중하게 장로 보정에게 감사 인사를 하는 것도 잊지 않았다.

"저도 이제 더는 이 절에 몸을 의탁할 수는 없겠지요? 가까운 나라를 구름처럼 떠돌아 다녀볼까 합니다."

관우는 자기 일처럼 안타까웠다.

"저로 인해 장로도 이 절을 떠나야 하는 처지가 되었습니다. 훗날 다시 만난다면 반드시 이 은혜에 보답하겠습니다."

진심이 담긴 관우가 하는 말에 보정은 껄껄 웃으며 작별 인사를 했다.

"산허리에 머무는 것도 구름, 산허리에서 벗어나는 것도 구름, 만나는 것도 구름, 헤어지는 것도 구름이니 어찌 한 곳에 머물겠습니까? 잘 가십시오."

모든 승려가 보정을 따라 진국사에서 내려오더니 말과 수레를 배웅했다. 이리하여 동틀 무렵 관우 일행은 이미 기수관을 넘어 형양 땅으로 접어들었다.

형양 태수 왕식은 이미 관우 소식을 들었으나 몸소 문을 열고 일행을 정중하게 맞이하고는 객사로 안내했다.

그러고 나서 저녁에 심부름꾼을 보내왔다.

"주인 왕식이 장군의 객지에서 쌓인 노고를 풀어드리고자 약소하지만 작은 연회를 열어 청하였습니다."

관우는 두 부인 곁을 한시도 떠날 수 없다며 거절하고 병졸과 함께 말에게 여물을 먹였다.

왕식은 오히려 기뻐하며 종사 호반을 불러 은밀하게 계략을 알렸다.

"알겠습니다."

호반은 그 말만 남기고 즉시 병사 1000여 기를 이끌고는 이경쯤 됐을 때 관우 객사를 소리 소문 없이 둘러쌌다. 그러고는 관우 일행이 잠들 때까지 기다렸다가 객사 주위에 횃불을 잔뜩 준비하고 염초를 싼 마른 잡목을 울타리 밖에 일일이 옮겨 놓았다.

"됐다."

신호를 보내면 되도록 준비했지만, 아직 객사 방 하나에 등불이 꺼지질 않아 신경이 쓰였다.

"언제까지 안 잘 참이지? 대체 무얼 하는 걸까?"

호반은 살며시 가까이 가서 방 안을 들여다보았다. 그랬더니 다홍빛 양초 같은 붉은 얼굴에 칠흑 같은 수염을 치렁치렁 길러 손질한 선비가 책상에 팔꿈치를 괴고 책을 읽는 게 아닌가.

"아…, 저 사람이 관우구나. 소문대로 예사로운 장수가 아니다. 마치 천상에서 내려온 무신이라도 보는 듯하구나."

자신도 모르게 관우를 향해 무릎을 꿇으니, 관우가 기척을 느끼고 문득 얼굴을 들었다.

"누구냐?"

관우가 조용히 나무랐다.

달아날 마음도 숨고 싶은 마음도 들지 않았다. 호반은 관우를 향해 정중히 인사했다.

"왕 태수 종사, 호반입니다."

"뭐, 종사 호반?"

관우는 불현듯 책갈피 사이에서 편지를 1통 꺼내 들어 가리켰다.

"이 사람을 아느냐?"

"예, 아버지 호화께서 제게 보내는 편지입니다."

호반은 놀라서 편지를 읽고는 장탄식의 한숨을 내쉬었다.

"만약 오늘 밤 아버지가 쓴 편지를 읽지 않았다면 저는 천하의 충신을 죽였을지도 모릅니다."

호반은 다급하게 왕식이 짠 책략을 털어놓고 한시라도 빨리 떠나라고 재촉했다.

관우도 놀란 나머지 허겁지겁 두 부인을 수레에 태우고 객사 뒷문으로 탈출했다. 분주하게 나가는 수레 소리가 들리니 그제야 사각팔방에서 횃불이 날아들었다. 객사를 둘러싸고 있던 염초를 싼 잡목이 일제히 폭발하듯이 타올라 붉게 길을 비쳤다.

그날 밤, 왕식은 성문을 지키며 단단히 준비하였지만, 오히려 관우가 휘두른 분노의 단칼을 받고 비명횡사했다.

5

호반은 관우를 쫓는다 둘러대고 성 밖 10여 리까지 따라왔지만, 동녘 하늘이 뿌옇게 밝아오자 멀리서 활을 흔들어 슬며시 관우에게 이별을 고했다.

며칠이 지나서 관우 일행은 활주(滑州, 하남성 황하黃河 나루)성으로 들어갔다. 태수 유연(劉延)은 활과 창으로 무장한 대오를 거느리고 관우를 길에서 맞아들여 여러 질문으로 의중을 떠보았다.

"이 길을 따라 더 가면 황하가 나오는데 장군은 어떤 방법으로 건널 참인가?"

"물론 배로 건널 것이오."

"황하 나루에는 하후돈(夏候惇) 부하 진기(秦琪)가 요해를 지키고 있소. 필시 장군이 건너는 걸 허락지 않을 터."

"부탁이니 당신 배를 빌려주시오. 우리를 위해 배를 1척만 띄워주시겠소?"

"배는 많으나 장군에게 빌려줄 배는 없소. 그도 그럴 것이 조승상께 그런 지시를 받은 적이 없소이다."

"허허, 도움이 안 되는 사람이구나."

관우는 헛웃음을 지으며 중얼거리고는 그대로 수레를 이끌고 직접 진기가 주둔하는 진지로 발걸음을 옮겼다.

나루 입구에 맹장을 좌우로 거느리고 말을 탄, 표범 눈에 개이빨을 한 거친 무사가 눈에 띄었다.

"멈춰라! 거기 오는 자는 누군가?"

"당신이 진기인가?"

"그렇다."

"난 한나라 수정후 관우다."

"어디로 가느냐?"

"하북으로 간다."

"고문을 보여라."

"없다."

"승상이 승인한 고문이 없으면 통과할 수 없다."

"조 승상도 한나라 신하고 나도 한나라 신하인데 왜 조조가 내리는 지시를 받아야 하는가?"

"흥, 날개가 있으면 날아서 건너라. 큰소리치는 걸 보니 더더욱 한 발짝도 통과시킬 수 없다."

"모르느냐, 진기!"

"뭘 말이냐?"

"오는 길마다 이 몸을 막은 자들은 빠짐없이 목과 몸통이 따로 떨어졌다는 사실을…. 이름도 없는 하급 장수인 주제에 안량, 문추보다 더 낫다고 잘난 체하는 꼴이 가엾구나. 죽음을 헛되이 하지 마라. 비켜라."

"닥쳐라! 내 실력을 보고 나서 지껄여도 늦지 않다."

진기는 악을 쓰고는 그 자리에서 칼을 휘두르며 덤비니 졸병들도 관우 앞뒤에서 함성을 질렀다.

"아아, 졸개들. 구할 길이 없구나!"

청룡언월도는 다시 한번 바람을 부르고 피를 뿌렸다.

진기의 목은 당연히 땅에 떨어졌다. 안타깝게도 진기의 목은 적토마 말발굽에 밟히고 달아나는 부하들 발에 밟혀서 피와 모래로 새카맣게 더럽혀졌다.

관우는 나루터에 다다라 일단 배를 매어놓는 곳을 점령했다. 칼을 들이대는 잡병들을 쫓고 또 쫓아내 배를 1척 겨우 앗아두 부인이 탄 수레를 배에 싣자마자 매어놓은 밧줄을 풀고 돛을 올려 찰랑찰랑 흐르는 물로 배를 띄웠다.

이윽고 하남 강변을 벗어났다. 북쪽 기슭은 이미 하북이다. 관우는 강과 하늘을 바라보며 그제야 한숨 돌렸다. 돌아보면 도읍을 떠나서 관문 5곳을 돌파하고 수장 6명의 목숨을 앗았다.

허도를 출발해서 헤쳐온 길은 이렇다.

양양(한구漢口에서 한수漢水 상류 쪽으로 280리)

패릉교(하남성 허주)

동령관(하남성 허주에서 낙양으로 가는 도중)

기수관(하남성 낙양 교외)

활주(하남성 황하 나루)

"음…. 용케 예까지 왔구나."

관우는 나지막한 목소리로 읊조렸다.

허나 앞으로 가는 길에 펼쳐질 천산만수(千山万水)에는 어떠한 고난이 기다릴까? 아니면 기쁨이 기다릴까? 알 수가 없었다. 나란히 함께 선 두 부인은 예까지 왔으니 하루빨리 유현덕과 얼굴 마주할 날을 마음에 그리며 눈동자를 저 멀리 물위로 던진 채 넋을 잃고 물끄러미 바라보았다.

건달 아들

1

관우 일행이 탄 배가 북쪽 기슭에 다다르자 수레를 육지에 끌어 올린 뒤, 주렴을 늘어뜨려 두 부인을 감추었다. 다시 쓸쓸한 바람과 망망한 초원을 가로지르는 유랑이 이어졌다.

그렇게 며칠이 지난 어느 날이다. 저 멀리서 홀로 말을 걸터탄 나그네가 다가왔다. 가까이 가보니 여남(汝南)에서 헤어진 손건(孫乾)이 아닌가?

우연히 만난 걸 서로 반가워하며 먼저 관우가 물었다.

"어딘가에서 맞이할 거라는 지난날 한 약속을 여기에 올 때까지 죽 생각하였소만, 무슨 연유로 시간이 이리 걸렸소?"

"원소 진영에 내분이 일어나, 여남의 유벽(劉辟)과 공도(龔都)의 뜻을 받들어 하북을 섬기고자 했던 제 계획이 어긋나버렸습니다. 원래 계획대로 되었다면 원소를 설득하여 현덕 님을 여남으로 보내도록 일을 꾸미고 저는 도중에 일행을 기다릴 계획이었습니다."

"유 황숙은 원소 밑에 아직 무사히 계신가?"

"아닙니다. 바로 사나흘 전에 제가 가서 은밀히 일을 꾸며 하북을 벗어나 여남으로 가시게 조치했습니다."

"그 후 안부는?"

"아직은 모릅니다. 장군과 한 약속도 있고 두 부인의 신상도 마음에 걸려 일단 저는 이쪽으로 서둘러 오던 참입니다. 장군도 두 부인이 탄 수레도 이대로 아무것도 모른 채 하북으로 갔었다면 제 발로 우리 안으로 들어가는 꼴이 될 뻔했습니다. 위험은 바로 코앞에 있습니다. 바로 길을 돌려 여남으로 서둘러 가십시다."

"때마침 잘 알려주었소. 유 황숙만 아무 탈 없이 가셨다면…. 암튼 여남으로 가면 만날 수 있다는 거요?"

"그렇습니다. 현덕 님도 얼마나 기다리시는지…. 하북에 있는 동안 끊임없이 주위에서 보내는 냉담한 시선을 받았고 원소에게 2번이나 목이 베일 뻔했습니다."

손건이 오늘까지 현덕이 겪은 숨은 고통과 고생을 있는 그대로 말하니, 주렴 안에서 잠자코 듣던 두 부인도 흐느껴 울고 관우도 뜨거운 눈물을 흘렸다.

"그렇다. 마음을 놓아서는 안 된다. 여남은 이제 가까워졌지만 무슨 일이든 다 되어가기 직전에 마음이 풀어져 생각지도 않았던 일에 가로막힌다. 손건, 길을 안내해주게나."

관우는 마음을 다잡고는 하인들에게도 충고했다.

"알겠습니다."

갑자기 길을 바꾸어 여남 하늘을 향해 서둘렀다.

길을 떠난 지 얼마 되지도 않았을까? 뒤에서 300여 기에 달하는 부대가 뒤쫓아 오는 것이다. 얼마 지나지 않아 따라붙으니 관우는 손건에게 수레를 부탁하고 혼자 말 머리를 돌려 병사들을 기다렸다. 가장 앞에서 달려오는 말에 걸터앉은 대장을 보니 한쪽 눈이 찌부러진 게 눈에 띄었다. 아니나 다를까 조조 휘하 최고의 대장 하후돈이 아닌가!

관우는 온몸의 털을 곤두세우고 청룡도를 고쳐 꼬나들었다.

"어이, 거기 관우 아닌가?"

하후돈이 관우 이름을 먼저 불렀다.

"보면 알 터."

관우도 배에 있는 힘껏 힘을 주고 큰소리를 쳤다.

호랑이를 보면 용은 화를 내고, 용을 보면 호랑이는 바로 포효한다. 양쪽 다 한 치의 양보도 없는 살기와 살기가 부딪혔다.

"네놈이 함부로 오관을 쳐부수고 여섯 장수를 죽였으렷다! 게다가 아끼는 부하 진기까지 베다니…. 얌전히 목을 내놓겠느냐? 아니면 포박을 받겠느냐?"

관우가 어이없어하며 한바탕 웃어젖혔다.

"예전에 벌였던 좌담을 기억하는가? 내가 돌아가는 날, 만약 가로막는 자가 있으면 죽일 것이며 시체 산을 넘고 피바다를 건너서라도 돌아갈 거라고 조 승상에게 이야기하고 허락까지 받았다. 지금 그 약속을 이행할 뿐이다. 귀공도 이 관우를 위해 피를 바치려고 왔는가?"

2

"아…, 가증스러운 놈일세. 천하에 사람도 몰라보고 큰소리를 내뱉는 놈이구나."

하후돈은 한쪽 눈을 부라리며 분노에 떨었다.

재빨리 내뻗은 하후돈의 어골창(魚骨鎗)은 날렵하게 관우 수염을 스쳤다. 챙, 챙…. 관우가 휘두르는 언월도 자루와 맞부딪혀 둘 중 어느 것이 부러질 것만 같았다. 적토마는 주인과 같이 싸우는 듯 부르르 입을 열고 사나운 기세를 내뿜어댔다. 10합, 20합, 30합…. 하후돈이 꼬나든 창과 관우가 내두르는 칼은 타는 냄새가 날 정도로 불꽃을 튀기며 맞부딪쳤다.

그때 저 멀리서 목이 쉬도록 외치면서 말을 타고 달려오는 사람이 있었다.

"기다리시오! 두 사람 다 싸움을 멈추시오!"

조조가 보낸 급사다. 오자마자 말 위에서 조조가 직접 써보낸 고문부터 꺼냈다.

"관 장군의 충의를 기특히 여겨 관소, 하구 등 모든 곳을 무사통과시키라는 명입니다. 직필로 전합니다."

급사는 소식을 전하고 제지했지만, 하우돈은 고문을 보려고도 하지 않은 채 되레 추궁했다.

"승상은 관우가 여섯 장군을 죽이고 다섯 관문을 부수며 행패 부린 사실을 알고서도 그러시는가?"

"고문은 그 일이 벌어지기 전에 승상부에서 내린 것입니다."

급사가 엉겁결에 대답했다.

"거 봐라. 승상께서도 그 사실을 알았다면 고문 따위는 보내지도 않았을 터. 이참에 이놈을 생포해서 도읍으로 잡아가 승상이 내리시는 처분을 받겠다."

대담무쌍한 대장이니만큼 관우를 이대로 보내주려고 하지 않았다. 그리하여 두 영웅은 사람도 들이지 않고 계속해서 싸웠다.

그러자 그다음 급사가 와서 부리나케 외쳤다.

"두 장군 모두 무기를 거두십시오. 승상의 뜻입니다."

하후돈은 창을 조금도 쉬지 않으며 소리 질렀다.

"기다려라, 내가 생포한다고 하지 않았느냐? 알고 있다, 알고 있어."

가까이 다가가기 힘들어서인지 급사는 멀리서 맴을 돌면서 전했다.

"그게 아닙니다. 길 가는 중에는 관소에 고문을 보여주지 않으면 통과시키지 않을 게 분명하니 필시 곳곳에서 어려움을 겪을 거라며 연거푸 3번이나 고문을 보내셨습니다."

큰 소리로 고했지만, 하후돈은 잠시 귀가 먹은 듯했다. 관우도 굳이 하후돈에게 양해를 구하지 않았다. 말도 지쳐가고 그쯤 되면 사람도 지쳐갈 무렵이 되었다.

이번에는 저 멀리서 뽀얀 먼지를 일으키며 말 1기가 달려오는 게 아닌가.

"하후돈! 고집도 적당히 부리게, 승상이 내리신 명령을 거역할 참인가?"

도착하자마자 질책하는 사람이 있었다. 그 사람은 허도에서 보낸 급사 장료다.

하후돈은 먼저 말을 물리고, 온 얼굴에 큰 땀방울을 뚝뚝 흘리면서 못내 아쉬워했다.

"아, 장료. 그대까지 왔소."

"승상은 심려가 이만저만이 아니시오…. 귀공같이 고집을 부리는 자가 있으니."

"무슨 걱정을 그리하시오?"

"동령관 공수가 관우를 저지하다 죽었다는 이야기를 듣고는 이 일은 내가 깜박 잊은 죄다 하시었소. 만약 앞으로도 같은 사건이 일어난다면 곳곳에서 근무하는 태수를 헛되게 죽게 하는 꼴이라며 급히 고문을 보내고 재차 급사를 보냈지만, 그래도 걱정스러운 나머지 나까지 파견하게 된 거라오."

"왜 그렇게까지 마음을 쓰는 건지…."

"음…. 장군도 관우같이 충절을 다해보게나."

"설마, 관우 따위에게 질까 보냐."

하후돈은 지기 싫었는지 침을 찍 뱉고도 여전히 분을 삭이지 못했다.

"관우 손에 죽은 진기는 원비장군 채양의 조카로 채양이 특별히 날 눈여겨보고 부탁한다고 맡겼던 부하다. 그런 부하를 잃고 어찌 내가…."

"진정하시오. 채양에게는 내가 잘 말해두겠소. 어찌 되었든 승상께서 내린 명을 받아들이시오."

장료가 달래니 하후돈은 마지못해 군병을 거두어 돌아갔다.

3

장료는 혼자 뒤에 남았다.

"별안간 가던 길을 바꾸셨는데 대체 어디로 가실 작정이오?"

이해할 수 없다는 표정으로 관우에게 물었다.

관우는 있는 그대로 털어놓았다.

"도중에 주군 유비가 원소 밑에서 벗어나 이미 그곳에 계시지 않는다는 소식을 들었소."

"아, 그렇소? 주군이 계신 곳을 못 찾는다면 다시 도읍으로 돌아와 승상을 받드는 게 어떻겠소?"

"무사가 한 걸음을 내딛었소. 어찌 그 걸음을 되돌리겠소? '입을 여는 것도, 한마디 말을 하는 것도 금과 철같이 하라'고 하잖소. 혹시 계신 곳을 모를 때는 천하를 두루두루 돌아서라도 만나볼 작정이라오."

장료는 묵묵히 도읍으로 발걸음을 돌렸다. 헤어질 때 관우는 조조가 베푼 신의에 감사하고 또 감사하다며 소중한 부하를 죽인 걸 사죄한다고 전해달라 부탁했다.

손건이 지키는 수레는 아무 일도 모른 채 앞서서 길을 가는 중이다. 허나 적토마의 빠른 다리로 쉽게 따라잡았다. 앞서 가는 수레도 뒤따라가는 관우도 지나가는 차가운 비를 맞아 흠뻑 젖었다. 해서 그날은 민가에서 하룻밤 묵어가기로 정하였다.

관우 일행은 젖은 옷을 벗어 화롯불 옆에 널어 말렸다. 집주인은 곽상(郭常)이라는 인상이 선해 보이는 사람이다. 양을 잡아 구운 고기와 술을 데워 내와 일행을 마음 편하게 대해주었다. 시골집인데 후당도 딸려 있었다. 두 부인은 후당에서 마음 편히 쉬었다. 옷도 다 말라 관우와 손건은 밖으로 나와 말에게 여물을 주고 하인과 보졸에게도 술을 나누어 주었다.

그때 담벼락 밖에서 여우처럼 의혹에 가득한 눈을 한 젊은 이가 연신 안을 엿보더니 불쑥 들어와서 큰 소리로 무례하게 물었다.

"이 성가신 사람들은 누구냐?"

"엇…. 고귀한 손님께 무슨 말버릇이냐, 쯧쯧."

주인 곽상은 나무랐지만, 나중에 그 젊은이가 없을 때 화롯 가에서 둘러앉아 이야기를 나누던 중 눈물을 흘리며 관우와 손 건에게 신세 한탄을 늘어놓았다.

"아까 그 데퉁스러운 놈은 제 아들놈입니다만, 보신 것처럼 밤낮으로 사냥만 하러 다니고 농사나 학문에는 전혀 손을 대지 않습니다. 도무지 감당하기 힘들어서…."

"뭐, 그리 걱정할 일은 아니잖소? 사냥도 무예 일종이고, 유 학이나 집안일도 머지않아 맘을 잡고 하겠지요."

두 사람이 심심한 위로를 건넸다.

"사냥만이라면 그래도 괜찮지만 마을에 있는 놈팡이들과 도 박을 하질 않나 술이든 여자든 뭐든지 끝이 없는 놈이어서…. 자식이지만 정나미가 떨어진 적도 한두 번이 아닙니다."

그날 밤 모두 잠든 시간에 작은 사건이 하나 일어났다. 악당 대여섯이 숨어들어 마구간에 묶어둔 적토마를 훔치려 시도한 것이다. 워낙 기질이 사납고 강한 말인지라 그중 하나가 적토 마 뒷발질에 채였고, 그 소리에 다들 잠을 깬 한바탕 소란이 벌어졌다. 게다가 손건과 호종이 포위하여 잡아보니 그중 한 사람이 초저녁에 잠깐 본 이집 아들놈이었다.

"베어버려라!"

줄줄이 묶어놓고 손건이 씩씩대며 명을 내리자, 주인 곽상이 통곡하면서 관우에게 달려왔다.

"제발 자비를 베풀어주십시오. 형편없는 놈이지만, 늙은 어미가 아들놈이 없으면 사는 보람을 못 느낄 정도로 애지중지합니다. 부디 자비를 베풀어 저놈 목숨만큼은 살려주십시오."

멍석에 이마가 닿도록 백번 빌었다.

관우가 한마디 하니 도둑들은 일제히 풀려났다. 곽상 부부는 아들의 은인이라고 감사해하며 그다음 날 아침에도 고개를 나란히 하고 백배사죄했다.

"나무랄 데 없는 부모를 두고 과분한지도 모르는 아들이다. 여기로 불러보시오, 좋은 말로 타일러보겠소."

관우 말에 노부부는 기뻐하며 데리러 갔지만, 아들놈은 이미 종적을 감추었다. 하인 말에 따르면 이른 새벽 또 질 나쁜 친구 대여섯이랑 어울려 어딘가로 가버렸다고 한다.

4

다음 날은 산길로 접어들었다. 고개 하나를 겨우 넘었을 때다. 100여 명에 달하는 수하를 거느린 산적 두목이 말을 걸터 탄 채 길 한가운데를 막고 외쳤다.

"난 황건의 잔당, 배원소(裴元紹)다. 산을 무사히 넘고 싶으면 적토마를 넘겨라."

하는 짓이 우스워 관우는 왼손으로 수염을 들어 보여주었다.

"이걸 봐도 모르겠나?"

그러자 배원소는 화들짝 놀란 표정이다.

"긴 수염, 붉은 얼굴, 봉의 눈을 한 대장은 바로 관우라고 소문으로만 들었는데…. 혹시 그 소문의 관우가?"

"바로 눈앞에 있는 사람이다."

"아, 그럼."

배원소는 놀란 나머지 말에서 뛰어내리더니 느닷없이 뒤에 서 있던 수하들 속에서 한 젊은이를 끌고 나와 상투를 잡자마자 바닥에 비틀어 눌렀다. 관우는 배원소가 무엇을 하려는지 의중을 몰랐다.

"관 장군, 이 애송이를 기억하십니까? 산기슭에 사는 곽상 아들로…."

"아, 그 건달 아들인가."

"이놈이 새벽같이 우리 산채로 와서 오늘 고개를 넘는 사람은 천하의 준마 적토마를 타고 있다. 돈도 가지고 있고 여자도 데리고 있다. 와서 그렇게 말하고는 벌어들일 돈을 나눠달라고 요구했습니다. 이리 말하면 산적 주제에 입바른 소리 한다고 웃으실지도 모르지만, 전 돈이나 여자 따위에 눈이 뒤집히는 사람은 아닙니다. 천하의 준마라는 말을 듣고는 놓칠 수 없었을 뿐입니다. 관 장군이라고는 꿈에도 생각지 못했기에…."

"이제 알겠다. 저놈은 어젯밤부터 적토마를 노렸구나. 그러다 힘에 부치니 산채로 가서 자네를 부추긴 게로구나."

"뻔뻔한 녀석!"

배원소가 목을 누르며 갑자기 단검으로 베어버리려는 찰나.

"기다리게. 그 아이를 죽여서는 안 되네."

"왜 그러십니까? 모처럼 이놈의 목을 바쳐서 사죄하려고 했
는데…."

"놓아주거라. 그 아이에겐 연로하신 부모가 계신다. 그 부모
에게 어젯밤 우리 일행이 신세를 졌으니…."

"아, 장군은 소문으로 듣던 그대로입니다. 역시 관 장군이십
니다."

배원소는 그놈의 뒷덜미를 잡아서 길가에 내던졌다. 곽상의
아들은 목숨만 겨우 부지해 골짜기 밑으로 꽁무니를 뺐다.

관우는 산적 두목이라는 배원소가 끊임없이 자신을 추종하
는 말을 하니 갑자기 궁금해졌다.

"어떻게 나를 아느냐?"

"여기서 20리 정도 떨어진 와우산(臥牛山, 하남성 개봉 부근)에
관서(關西)의 주창(周倉)이라는 인물이 삽니다. 판자 같은 가슴
팍에 용 수염을 하고 양손으로는 1000근도 쉽게 잡는다는 호
걸입니다. 그자가 장군을 사모하는 마음이 보통을 넘습니다."

"어떤 사람인가?"

"황건의 장보(張宝)를 따르던 자였지만, 지금은 산림에 숨어
서 오직 장군의 위명(威名)을 흠모하며 언젠가 뵐 날이 있으리
라 기대하며 기다립니다. 저도 귀에 딱지가 앉도록 주창에게
관 장군 이야기를 들었습니다."

"산속에도 훌륭한 인물이 있었단 말인가? 그런 자라면 자네도 주창과 친밀하게 지내며 나쁜 일은 삼가고 좋은 일은 널리 하면서 바르게 사람의 도리를 행하며 살아가는 게 어떤가?"

배원소는 진심으로 마음을 다잡겠다고 다짐했다.

그러고 나서 산길을 안내 받아 10리 정도 나아가니 저 멀리에 시커멓게 앉아서 무릎을 꿇은 무리가 보였다. 가까이 가보니 우두머리인 듯한 자가 길가에 웅크리고 앉아 관우와 손건 일행에게 절을 하는 게 아닌가.

배원소는 말을 세우더니 관우에게 정중하게 부탁했다.

"관 장군, 저기에 관 장군을 맞이하러 나온 사람이 바로 주창입니다. 부디 한마디 건네주십시오."

고성굴

1

무슨 생각이 들었는지 관우는 말에서 내리더니 성큼성큼 주창 곁으로 다가갔다.

"그대가 주창인가. 왜 그리 자신을 낮추는가? 일어나게나."

관우는 친절하게 주창을 일으켜 세웠다.

주창은 일어났지만, 한층 더 자신을 부끄러워하며 입을 열었다.

"각 주에서 대란이 일어났을 때 황건 무리에 속해 있었는지라 때때로 전장에서 모습을 뵌 적이 있습니다. 황건적 난이 평정된 후에도 지은 죄가 있어 산림에 숨어 도적으로 살아왔습니다. 이런 기회에 뵐 수 있게 되어 저 스스로 한이 되기도 하지만, 하늘에서 보물 같은 기회를 내려주셔서 감사한 마음뿐입니다. 장군, 부디 이 근본 모르는 인간을 거두어주십시오. 구해주십시오."

"거두어달라? 아니 구해달라?"

"장군을 위해 일하는 거라면 말 앞에서 뛰는 보졸이라도 좋습니다. 나쁜 길에서 벗어나 바르게 살고 싶습니다."

"아, 그대는 선한 사람이다."

"부탁합니다. 받아만 주신다면 목숨도 아끼지 않겠습니다."

"저 많은 수하는 어찌할 건가?"

"항상 장군의 이름을 듣고 마음에 새기며 저와 같이 따르는 자들입니다."

"기다려보게. 두 부인께 의견을 여쭤보고 오겠네."

관우는 조용히 수레 옆으로 가서 두 부인에게 의향이 어떤지 물었다.

"우리는 아녀자 몸인지라 장군이 하고 싶은 뜻대로…. 예까지 오는 도중에 동령의 요화도 산적을 거느리고 다니면 주군 이름에 폐를 끼친다며 단호히 거절한 예도 있지 않았습니까? 세상 사람들 보는 눈이 좀 무섭습니다만…."

감 부인이 의견을 조심스레 말하였다.

"지당하신 말씀입니다."

관우도 동의하고 주창 앞에 돌아오더니 안타까운 듯 전했다.

"부인들께서 직접 전하신 말씀이다. 일단 산채로 돌아가 때를 기다리는 게 좋지 않겠느냐?"

"지당한 말씀입니다. 몸은 녹림에 있고, 재주는 필부이니 무리하게 부탁하기도 황송합니다. 하지만 오늘은 저에게 천재일우(千載一遇)라고 할까, 맹귀부목(盲龜浮木, 눈먼 거북이 우연히 뜬 나무를 붙잡았다는 뜻으로, 어려운 형편에 우연히 행운을 얻게 됨을 이르는 말-옮긴이)이라고 할까 놓치고 싶지 않은 기회입니다. 하루라도 더는 악행을 저지르면서 살고 싶지 않습니다."

주창은 울먹였다. 진심으로 호소하면 사람의 마음을 움직일 수도 있을 거라고 생각하는 듯 구구절절 속마음을 털어놓으면서 매달렸다.

"절 인간으로 만들어주십시오. 지금 장군을 뵙는 것도 우물 바닥에서 하늘을 바라보는 것과 진배없습니다. 한 줄기 연이 끊어지면 다시 바른길을 걸어가게 될 날이 올지 의심스럽습니다…. 만약 많은 수하가 꺼려지신다면 잠시 배원소에게 맡기고 이 몸만이라도 말구종으로 따라가고 싶습니다."

관우는 주창이 보인 성의에 마음이 흔들렸는지 다시 두 부인에게 의견을 물었다.

"가여운 사람이니, 청을 들어주시오."

부인이 허락하니 관우도 기뻐했고 주창은 말할 것도 없이 기뻐 어쩔 줄을 몰랐다. 주창은 그 감사함을 하늘에 대고 외칠 정도였다.

배원소는 주창이 간다면 자기도 말구종으로 데려가 달라며 주창에 이어서 관우에게 진심 어린 호소를 해왔다.

주창은 배원소를 살살 타일렀다.

"자네가 수하를 맡아주지 않으면 하나같이 흩어져서 마을로 내려가 어떤 악행을 저지를지 모른다. 훗날 반드시 연락할 테니 당분간 날 대신해 산에서 기다려주게."

하는 수 없이 배원소는 수하를 통솔하여 산채로 터덜터덜 발걸음을 옮겼다.

주창은 소망을 이루어 의욕이 차고 넘쳐 산에서 산으로 이

어지는 길을 몸이 부서져라 앞장서서 수레를 끌었다. 머지않아 목적지인 여남에 가까운 경계까지 다다랐다. 그날 일행은 문득 저 멀리 험난한 산 중턱에 고성(古城)이 하나 있는 걸 발견했다. 흰 구름이 고성의 망루와 성문을 한가롭게 에워싸고 있었다.

2

"저 고성에서 연기가 뭉게뭉게 피어난다. 누가 성을 지키는 걸까?"

관우와 손건이 손차양으로 햇볕을 가리며 성을 살펴보는 사이에 주창은 눈치 빠르게 어딘가로 뛰어가 마을 사람을 데리고 왔다. 그 사람은 사냥꾼이었다.

"석 달 정도 전이었습니다. 장비라는 이름의 무시무시한 대장이 40~50기 정도 수하를 데리고 다짜고짜 고성을 공격해, 이전까지 고성을 근거지로 위세를 떨었던 1000여 명에 달하는 놈팡이와 적장을 남김없이 퇴치하였습니다. 그러더니 어느새인가 해자를 깊게 파고 방책을 엮었습니다. 그 후 근처 마을에서 군량이나 말을 그러모으고 인원수도 조금씩 늘리더니 지금은 3000명 정도 저곳을 지키는 듯합니다. 아무래도 이 지역 관리나 나그네들도 두려운 나머지 함부로 저 산기슭에 가까이 가는 사람은 없습니다. 나리들도 우회하는 길이지만 이쪽 봉우리 남쪽으로 돌아서 여남으로 가시는 편이 무사할 것입니다."

관우는 잠자코 듣고는 있었으나 마음속으로는 하늘로 날아오를 듯 기뻤다. 그 사냥꾼을 일터로 돌려보내고 나서 손건을 돌아보며 물었다.

"지금 하는 말 들었소? 분명 아우 장비일 거요. 서주가 몰락한 후에 뿔뿔이 흩어져 반년이나 지났는데 뜻밖의 장소에서 만나게 될 줄이야. 손건, 귀공이 고성으로 먼저 달려가서 자초지종을 고하고 장비를 만나 두 부인이 탄 수레를 맞이하러 나오라고 전해주겠소?"

"분부대로 하겠습니다."

손건도 투지가 샘솟았는지 그 말만 남기고는 바로 말을 몰아서 내달렸다. 날쌘 말은 순식간에 계곡을 내려가더니 저 멀리 산자락을 돌아 머지않아 목적지인 고성 아래로 다가갔다.

옛날에 어느 왕후가 거처로 삼았는지 궁금해질 정도로 어마어마한 산성이었으나, 산봉우리에 보이는 누벽과 망루는 이미 풍화되고 산기슭으로 난 몇 안 되는 문이나 돌계단만 수리한 상태였다. 정식으로 면담을 요청하니 파수병이 부장에게, 또 부장이 장비에게 손건의 방문을 알렸다.

"손건이 여길 올 리가 없다. 가짜일 게야."

장비 목소리가 쩌렁거리며 중문에서 들려왔다.

"날세, 나야."

손건이 자신도 모르게 소리 질렀다.

"야, 정말 손건인가? 어떻게 예까지 왔는가?"

장비는 여전히 활기가 넘쳐 보기 좋았다. 높은 돌계단 위에서 손을 흔들어 불러들였다. 이윽고 안내 받은 곳은 산허리에 있는 전각으로 장비는 여기에 자리 잡고 왕 노릇을 하는 듯했다.

"절경일세. 좋은 곳을 점령하였구먼. 여기다 병사 1만 명과 3000명을 먹여 살릴 수 있는 식량만 있으면 주(州) 하나는 손쉽게 손에 넣을 수 있겠구나."

손건이 하는 말을 듣고 장비는 껄껄 웃으며 덧붙였다.

"아직 여기 온 지 석 달 정도밖에 안 되지만 벌써 병사 3000명을 모았네. 1주가 아니라 10주, 20주라도 점령해서 옛 주인 현덕을 다시 만난다면 그대로 바치려네. 자네도 내 한쪽 팔이 되어주게."

"유 황숙을 위해서라면 도와주고말고도 없네. 우린 한 몸이 아닌가? 관 장군과 같이 황숙의 두 부인을 보호하고 여남으로 향하는 도중, 관 장군의 지시를 받아 내가 먼저 와본 걸세. 어서 두 부인을 모신 수레를 맞이하러 나가세."

"뭐라?"

"허도를 떠나서 여남의 유벽에게 갈 예정이네. 거기에는 하북의 원소에게 잠시 몸을 의탁하던 주군도 와 있을 거라…."

더 자세하게 전후 사정을 이야기하니 장비는 무슨 생각인지 별안간 성안 부하에게 출진 명령을 내렸다. 자신도 1장 8척짜리 사모를 손에 꼬나들고 손건에게 외쳤다.

"뒤따라오게나."

갑자기 불어닥친 질풍처럼 산굴 문에서 뛰쳐나갔다. 그 모습이 아무래도 심상찮아 홀로 남겨진 손건도 황급히 말에 뛰어올랐다.

3

넓고 긴 계곡을 따라 1000여 기에 달하는 병마가 이쪽을 향해 올라온다고, 수레를 멈추고 바라보던 하인이 희색을 띠며 들떠 외쳤다.

"저것 봐, 장비가 벌써 군사를 이끌고 마중 오네."

이윽고 거기로 뛰어 올라온 장비는 달려온 말 위에서 사모를 꼬나들고 호랑이 수염을 쓰다듬으며 소리 질렀다.

"관우는 어딨나? 관우, 관우….."

곁에 다가가지도 못할 정도로 노기를 띤 낯빛이다.

"어이, 장빈가? 여기 있네. 무사했구나."

관우는 장비 목소리를 듣고 아무 생각 없이 맞이하러 나갔더니 장비가 다짜고짜 사모를 겨누며 낙뢰가 나무를 찢듯이 고함을 질렀다.

"여기 있나, 인간도 아닌 놈!"

사모를 휘두르며 사납게 덤벼들 기세다.

관우는 적잖이 놀라서 맹렬한 장비의 사모를 받아치면서 물었다.

"무슨 짓이냐, 장비. 인간도 아니라니?"

"그게 아니라면 의리 없는 놈! 무슨 면목으로 뻔뻔스럽게 날 만나러 온 거지?"

"이상한 놈일세. 이 관우가 무슨 의리 없는 짓을 했다고 이 난린가?"

"그 입 다물어라! 조조를 섬기고 수정후로 봉해져 실컷 부귀를 누리면서 의리는 죄다 수챗구멍에 내다 버렸느냐! 허도 형세가 나빠지니 이쪽으로 도망쳐 와서 염치없이 날 속이려는 거 모를 줄 아느냐. 한때는 의형제를 맺었지만 짐승만도 못한 놈을 이제 형이라고 부를 수 없다. 자 덤벼라, 덤벼! 널 무찌르면 난 살지만 네가 살아 있을 정도라면 이 세상에 살고 싶지도 않다. 자, 덤벼라!"

"하하하, 성질은 여전히 급하구나. 내 입으로 변명은 않겠다. 두 부인이 있는 수레로 가서 인사부터 드리고 나서 허도에서 있었던 사정을 찬찬히 들려주마."

"네 이놈, 웃음이 나오느냐!"

"지금 상황은 웃을 수밖에 없네그려."

"도둑놈이 콧노래 흥얼거리는 식이냐? 더는 참을 수 없다."

획획 하고 사모를 훑더니 다시 관우를 겨냥하여 덤벼드는 모습에 수레 안에 있던 두 부인이 보다못해 주렴을 걷고 소리쳤다.

"장비, 장비. 왜 충의를 지킨 사람에게 무턱으로 화를 내는가. 그만하시오."

장비는 그저 돌아보기만 했다.

"아, 부인. 제가 놀라게 한 모양이군요. 이 의리 없는 놈을 징벌하고 나서 고성으로 안전하게 모시겠습니다. 쓸개에 가 붙고 간에 가 붙는 놈에게 속아서는 곤란합니다."

장비가 꽥 소리를 질렀다.

감 부인은 슬퍼하며 나오지도 않는 목소리를 쥐어짜 장비가 오해하였다고 달랬지만 이렇게 화가 났을 때에는 금세 진정하고 다른 사람이 하는 말에 귀 기울일 장비가 아니다.

"관우가 어떻게 둘러대든지 진정 충신이라면 두 주군을 모실 리가 없습니다."

거기에 뒤따라온 손건은 그 행태를 보고 자신이 알아듣게 설명했는데도 이러냐며 옆에서 불같이 소리를 질렀다.

"아이코, 말귀 못 알아듣는 호랑이 수염아! 난폭한 것도 유분수지. 관 장군이 한때 조조 밑에 있었던 건 죽음보다 더한 인고와 계획이 있어서였다. 너같이 생각이 짧고 무책임한 자는 알리가 없지만, 진정 좀 하고 사모를 내려놓아라. 관 장군이 하는 말을 차분히 들어보란 말이다."

그 말은 되레 장비를 더 격노하게 만들었다.

"그러고 보니 네놈들이 한통속이 되어 날 생포하라는 조조의 명을 받고 왔구나. 그렇다면!"

격앙하는 장비를 관우는 끝까지 달랬다.

"널 생포하려고 했으면 병마를 훨씬 많이 갖추고 왔겠지. 봐라, 내가 데리고 있는 사졸은 두 부인이 탄 수레를 끌 인원밖에 없잖느냐? 왜 그리 쓸데없는 의심을 하느냔 말이다, 하하하."

관우가 호방하게 웃어젖혔지만, 하필 그때 뒤쪽에서 한 무리의 군마가 땅을 울리며 이쪽으로 오는 게 아닌가.

"그러면 그렇지."

드디어 장비는 확신하고 본격적인 공격 자세를 갖췄다.

4

자세를 잡은 장비 앞을 살짝 비켜서 관우는 적토마에 걸터탄 채 뒤돌아보았다.

"장비야, 잘 봐라. 지금부터 내가 여기로 오는 추격대를 쫓아버리고 네게 내 말이 거짓이 아니라는 증거를 보여줄 테니."

"그러고 보니 저기 몰려오는 건 조조 부하 아니냐? 네놈이랑 미리 짜고 이 장비를 쳐부수려고 하는 거렷다?"

"아직도 의심하느냐? 눈앞에서 그 의심을 단번에 풀어주겠다. 잠시 기다려라."

"구경만 하마. 내 부하가 북을 3번 울리는 사이에 추격대 대장의 목을 여기 가져오지 못할 때는 내 뜻에 따라 행동할 테니 그리 알아라."

"좋다."

관우는 고개를 주억거리더니 반 정(町) 정도 말을 몰아, 지켜보는 장비와 두 부인을 뒤로한 채 적군을 기다렸다.

뿌옇게 피어오르는 모래 연기 위로 화염기(火焰旗) 3개를 휘날리며 부리나케 달려온 추격대는 이윽고 관우 앞으로 가까이 다가왔다.

"게 오는 건 누구냐!"

관우는 움직이지 않은 채 연거푸 큰 소리를 질렀을 뿐이다.

그러자 철갑으로 빈틈없이 갑옷을 차려입은 대장 하나가 앞으로 나오더니 소리쳤다.

"원비장군 채양이다. 네 이놈, 다섯 관문을 부수고, 잘도 내 조카 진기까지 죽였겠다. 네놈 목을 잘라 승상께 바치고 그 공으로 네 수정후는 내가 받아야겠다. 각오해라, 떠도는 부랑자야!"

"우습구나. 풋내기 녀석."

관우가 말하자마자 뒤에서 장비의 부하가 소리 높여 북을 1번 울렸다. 그러고는 2번, 3번… 세 번째 북소리가 채 끝나지 않았을 때 관우는 이미 술렁거리는 적진에서 몸을 빼내 장비 앞으로 달려왔다.

"여기, 채양의 목이다!"

장비 발밑에 목을 툭 던지더니 다시 적을 무찌르기 위해 달려갔다.

장비는 흐뭇해하며 관우 뒤를 따랐다.

"보았소. 역시 관우는 내 형이오. 나도 가세하리다."

두 장수는 채양 군을 인정사정 볼 것 없이 쳐부수었다.

그렇잖아도 대장을 잃고 어디로 달아날까 허둥대는 병사들은 잠시도 버티지 못했다. 두 영웅의 말발굽 아래에서 시체가 되는 자, 달아나는 자, 항복을 외치는 자 등 가소로울 정도로 간단하게 괴멸해버렸다.

장비는 기수병 하나를 생포하여 달아매고 왔는데 그자의 자백으로 관우에 대한 의심은 더 깨끗이 풀렸다. 기수병이 한 자백에 따르면, 채양은 조카 진기가 황하 강변에서 죽었다는 소리를 듣고 관우에 대한 사사로운 분노를 풀려고 몇 번이나 조조에게 찾아가 복수하겠다고 부탁했지만, 조조는 허락지 않았다.

때마침 여남의 유벽을 치기 위한 군세(軍勢)를 모았고 채양도 그 명을 받았다. 채양은 명을 받는 즉각 허도를 떠났으나 여남으로 향하지 않고 도중에, 우리는 관우를 치기 위해 추격해 왔다고 공언했다.

"관우를 살려두는 건 미래를 위해서도 승상을 위해서도 좋지 않다. 승상은 한때 쌓은 사사로운 정으로 관우를 놓아주고 말았지만, 곧 후회하게 되리라."

이 추격은 채양이 내린 독단에서 빚어진 일이었다.

그런 사정을 듣고는 장비는 쑥스러운지 관우 앞에 와서 머리만 긁적였다.

"미안하게 됐소. 형님, 나쁘게 생각지 말아주오. 자, 고성으로 들어가시지요. 쉬면서 천천히 밀린 이야기나 합시다."

"나에게 딴마음이 없다는 걸 이제 알겠느냐?"

"알고말고요."

장비는 겸연쩍은 얼굴로 수하 3000명을 향해, 두 부인이 탄 수레를 호위하여 계곡을 건너라고 부러 더 큰 소리로 지시하기 시작했다.

의형제가 재회하다

1

그날 밤 산 위 고성에서는 있는 대로 불을 환히 밝혔고, 토속적인 음악은 쩌렁쩌렁 울려 퍼져 구름 속에서까지 들릴 듯했다.

장비가 두 부인을 맞이하여 그간에 겪은 노고를 위로해드리려는 자리다.

"여기서 여남까지는 산 하나만 넘으면 되니 큰 배에 올랐다 생각하십시오. 이젠 안심하셔도 됩니다."

그다음 날 아침이 밝아오자 망루에 서 있던 파수병이 성안으로 다급하게 달려와 전했다.

"활과 화살로 무장한 40~50기 무리가 쏜살같이 성을 향해 다가오는 중입니다."

장비가 듣자마자 직접 남문으로 갔다.

"어떤 놈이냐?"

기마 궁전대(弓箭隊)는 남문에 다다라 말에서 내렸다. 무리를 살펴보니 서주 함락 때 헤어진 미축과 미방 형제가 그 안에 섞여 있는 게 아닌가.

"야, 미 형제가 아닌가?"

"오오, 역시 장비였구려."

"어쩐 일인가?"

"서주 함락 후에 황숙 행방을 여기저기 물어보고 다녔습니다. 헌데 황숙은 하북에 숨어 있다 하고, 관우는 조조에게 항복했다는 맥 빠지는 소식만 들려오지 뭡니까? 고민하다 기러기 떼처럼 일족을 이끌고 각주를 돌아다니던 차에, 요즘 고성에 호랑이 수염을 한 난폭한 왕이 병사들을 모은다는 얘길 들었습니다. 그러면 분명 장비일 것 같아 부리나케 여기로 달려오는 길입니다."

"잘 와주었네. 관우 형님은 이미 도읍을 빠져나와 어젯밤부터 여기 고성에 머무는 중이네그려."

"관 장군도?"

"황숙의 두 부인도 와 계시지."

"뜻밖이군."

미 형제는 곧바로 고성으로 들어가 두 부인부터 알현한 뒤 관우를 만나 번갈아가면서 오랜만에 만난 회포를 풀었다. 두 부인은 사람들에게 허도 체류 중 겪었던 관우의 충절을 소상하게 이야기보따리를 풀어놓았다. 장비는 새삼스럽게 면목 없다는 듯 감탄해 마지않았다.

장비는 그날 밤도 양을 잡아 내고, 산나물도 데쳐서 주연을 성대하게 열었다.

"이 자리에 큰형님이 계셨더라면 얼마나 술이 맛있을까….

큰형님을 생각하면 술도 제대로 넘어가지 않는구나….”

관우는 때때로 탄식했다. 그 모습을 지켜보던 손건이 안타까운지 이리 말해주었다.

“어님은 그리 멀지 않으니, 내일이라도 당장 나와 함께 황숙을 만나뵙시다그려.”

관우가 무엇보다 바라던 일이다. 미처 동이 트기도 전에 관우는 손건을 데리고 여남으로 떠나는 길을 재촉했다.

얼마 후 여남성에서 유벽을 만났다.

“유 황숙이라면…. 나흘 전까진 여기 계셨지만, 성안 세력이 미약한 걸 간파하고 이 세력으론 일을 해내기 어렵다고 말씀하시었소. 그러면서 아우들의 소식도 전혀 파악할 수 없으니 다시 하북으로 돌아가셨소. 간발의 차로….”

유벽은 하염없이 아쉬워했다.

한발의 차가 때에 따라서는 1000리 간격이 되는 일도 간간이 있다. 관우는 근심 어린 표정을 만면에 띄우고 안타까워하며 여남을 뒤로할 수밖에 없었다.

허무하게 고성으로 돌아온 뒤, 손건은 관우에게 따뜻한 위로의 말을 건넸다.

“일이 이리됐으니 제가 다시 한번 하북으로 가보겠소. 걱정하지 마시오. 반드시 모시고 올 테니….”

“하북이라면 내가 가겠소.”

장비가 몸부터 나섰다. 그러자 관우가 진지하게 말렸다.

“지금 이 고성은 집 없는 우리 형제에겐 중요한 거점이니 넌 결코 여기서 움직이지 말아라.”

결국, 관우는 손건을 길잡이로 몇몇 수행원을 데리고 멀리 하북까지 현덕을 찾으러 떠났다. 도중에 와우산 산기슭까지 와서 잊지 않고 주창을 찾았다.

"언젠가 여기서 헤어졌던 배원소에게 다녀오너라."

관우는 전할 말을 주창에게 부탁했다.

2

주창은 관우와 헤어진 뒤 혼자 와우산으로 들어갔다. 그곳에는 때를 기다리라는 말을 기억하는 배원소가 약 수하 500명과 말 50~60필을 거느리고 틀어박힌 채 지내는 중이었다. 관우는 배원소에게 이런 말을 전했다.

"조만간 내가 황숙을 맞이해 돌아갈 때는 여길 지나갈 터. 그때 세력을 정비하여 도중에 맞아주면 어떻겠는가?"

곁에서 이 말을 듣던 손건은 관우가 어느 누구와 한 약속이든지 꼭 지키는 사람이라고 감탄해 마지않았다.

시간이 꽤 흘러 관우와 손건은 이윽고 기주 경계까지 다다랐다. 내일부터 지나갈 길은 이미 원소의 영지다. 손건은 신중하게 대처했다.

"장군은 이 근처에서 임시로 숙소를 얻어 기다리십시오. 제가 혼자 기주로 들어가 몰래 황숙을 만나뵙고 계획을 짠 연후에 빠져나오겠습니다."

두 사람은 이리 정하고 헤어졌다.

관우는 시종 몇만 데리고 가까운 마을에 들어가 혼자 여행하는 나그네 행세를 하며 마을에서도 모양새가 그럴듯한 집의 문을 두드렸다. 주인장은 흔쾌히 받아주었다. 며칠 머무는 동안 주인장의 심성을 알고는 이야기를 나누는 도중에 주인이 묻는 대로 관우라고 이름을 밝혔다.

주인은 놀라기도 했지만, 상당히 기뻐했다.

"정말 무슨 이런 인연이 다 있습니까? 우리 집 성씨도 관 씨로, 저는 관정(關定)이라고 합니다."

주인은 그 자리에서 두 아들을 불러 소개했다. 둘 다 빼어난 재능을 지닌 훌륭한 아들이다. 형 관영(關寧)은 유학에 뛰어났고 동생 관평(關平)은 무예를 열심히 닦는 젊은이다.

부하 20여 명을 관정 집에 숨겨놓고 관우는 이제나저제나 손건이 보내올 소식만 기다렸다.

한편, 손건은 기주에 숨어 들어가 현덕이 사는 저택을 수소문해 겨우 찾아냈다. 그 후에 현덕은 자초지말을 듣고 가족과 형제들이 건재하다는 사실을 알게 되어 무척 기뻐했다. 지금 와 후회하는 건 자기 발로 기주 영내에 다시 돌아온 점이다.

"어찌하면 벗어날 수 있을까? 지금 내 행동이 워낙 원소나 그 신하들에게 주목 받는 때니…."

현덕의 마음은 날아갈 듯했지만, 몸은 철책에 둘러싸인 처지와 같았다.

"그렇다…, 간옹(簡雍)의 지혜를 빌려보자. 간옹은 요즈음 원소에게도 신뢰 받는 듯하니."

현덕은 황급히 사람을 보내 간옹을 불러들였다.

"네? 간옹도 여기 와 있습니까?"

손건은 처음 듣는 이야기인지라 놀라서 눈이 휘둥그레졌다.

간옹도 이전에는 유비 휘하에 있던 사람이다. 지나온 이야기를 들어보니 간옹은 현덕을 존경하여 기주로 왔지만, 그리 보이면 원소의 심기가 좋지 않다는 사실을 알아차리고 부러 현덕에게는 냉담하게 대하고 원소 마음에 들도록 성안에서 일하는 중이라 했다. 그런 깊은 속사정이 있으므로 간옹은 잠시간 왔다가 돌아갔지만, 그 짧은 시간에 목적은 달성했다.

간옹에게 들은 술책을 가슴에 담고, 현덕은 다음 날 기주성에 올라가 원소를 만났다.

"조조와 장군이 벌이는 전쟁은 좋든 싫든 결국 장기전이 될 듯합니다. 강대한 두 나라의 실력은 우열을 가리기 힘들어 어느 쪽이 이길 것이라 예측할 수 없습니다. 지금 외교와 전쟁을 병행해서 형주의 유표를 같은 편으로 끌어들이는 술책에 성공한다면 제아무리 조조라도 패배의 땅을 밟을 수밖에 없습니다."

"음…. 유표도 지금은 쉽게 움직이지 않을 거요. 용과 호랑이가 둘 다 다치면 유표는 병사를 움직이지 않고 어부지리(漁父之利) 위치에 서게 될 터."

"바로 그것이 외교입니다. 9개 군(郡)을 다스리는 큰 나라인 형주를 간과하는 건 어리석은 일이 아니겠습니까?"

"귀공이 말하지 않아도 익히 잘 알고 있소. 이미 여러 번 사신을 보내봤지만 유표는 얽히려고 하질 않았소. 사신을 다시 파견하는 건 우리 국위를 떨어뜨릴 뿐."

"제가 가서 반드시 우리 편으로 가담시켜 보이겠습니다. 전 유표와 황실의 동종(同宗)으로 먼 친척뻘이 되니 설득하는데 유리할 것입니다."

3

원소는 밤낮으로 고민했다. 이윽고 마음이 크게 움직인 모습이다.

원소의 결심이 흔들리기 전에 재빨리 현덕은 말을 덧붙였다.

"게다가 요즈음 관우도 허도를 탈출하여 각지를 떠돈다는 이야기를 들었습니다. 저를 형주로 보내준다면 반드시 관우도 수소문해보고 같이 데려오겠습니다."

"관우를?"

원소는 돌연 얼굴색을 바꾸었다.

"관우는 안량, 문추를 친 원수가 아닌가. 내게 관우를 바친다면 목을 베기라도 하라는 말인가!"

"그럴 리가 있습니까? 안량, 문추 따위는 사슴 2마리에 지나지 않습니다. 사슴 2마리를 잃더라도 호랑이 1마리를 손에 넣는다면 보상 받고도 남지 않습니까?"

"아하하, 아까 한 말은 농일 뿐이오. 사실 관우를 깊이 총애하고 있소. 그대가 형주로 가서 유표를 설득하고 아울러 관우까지 데리고 온다면야 왜 내가 동의하지 않겠소? 바로 출발하시오."

"알겠습니다. 이 일이 사전에 새어 나가면 계책을 행할 수가 없습니다. 제가 형주에 도착할 때까지는 신하들에게도 끝까지 비밀로 해두시지요."

현덕은 하룻밤 만에 채비를 마친 뒤 그다음 날 은밀히 원소의 서간을 받아 바람처럼 관외로 빠져나갔다. 그 뒤에 바로 간옹이 원소를 배알했다. 그러고는 원소를 불안에 빠트렸다.

"현덕을 형주에 보냈다 들었습니다. 정말 말도 안 되는 일을 하셨습니다. 아시겠지만 현덕은 마음이 약한 인물이어서 유표에게 설득당해 형주 편이 되어버릴 우려가 있지 않습니까? 유표는 원대한 야심을 품고 있을 것이고, 현덕과 유표는 같은 성씨로 친척이나 마찬가지입니다."

"설득하러 간 사람이 설득을 당해서는 아무 소용이 없다. 아니 훗날 큰 재앙이 될 수 있다. 어찌하면 좋단 말이냐?"

"제가 쫓아가서 데리고 오겠습니다."

"하면 내 체면이 서질 않네."

"그렇다면 수행원으로 현덕과 동행하겠습니다. 사명을 어기는 일이 없도록 지켜보겠습니다."

"그게 좋겠소. 바로 쫓아가시오."

안타깝게도 원소는 간옹에게 관문 통행증을 내주고 말았다.

곽도가 간옹이 말을 달려 어딘가로 급히 갔다는 소식을 들었을 때는 저녁 무렵이다. 부하를 시켜 다시 조사해보니 그전에 현덕이 먼저 형주를 향해 떠났다는 청천벽력 같은 소식을 들었다.

"큰일이다!"

낭패라는 생각에 곽도는 원소에게 진언했다.

"말도 안 되는 실수를 하셨습니다. 전에 현덕이 여남에서 돌아온 건 여남은 아직 병력도 적고 자신의 일을 도모하기엔 부족해 단념하고 온 것입니다. 이번에는 그렇지 않습니다. 형주로 가면 돌아오지 않을 것입니다. 제게 추격을 허락해주신다면 쫓아가 현덕의 목을 치든지 생포해 오든지 하겠습니다. 부디 결단을 내려주십시오."

원소는 허락지 않았다. 현덕만이었다면 의심했을지도 모르지만, 간옹이 이중으로 술책을 부렸으니 깊이 믿어버려 의회하려고도 하지 않았다. 곽도는 깊이 탄식했지만, 말없이 물러나는 수밖에 없었다.

간옹은 바로 현덕을 따라잡았다. 일이 뜻대로 되었다고 서로 쳐다보며 웃음을 주고받았다. 기주 경계도 무사히 벗어났다. 먼저 가 있던 손건이 두 사람을 기다렸다가 합류한 뒤 길을 안내해서 이윽고 관정 집에 다다랐다.

관정 집 문 앞에는 주인 관정과 관우 일행들이 죽 늘어서서 유비 일행을 기쁘게 맞이했다. 오랜만이라고 서로 눈인사를 주고받으며 원소에게서 겨우 빠져나온 유비도, 기다리던 관우 눈에도 눈물이 그렁그렁 고였다.

4

"어!"

"오오…."

두 사람 입에서 새어 나온 건 그 말밖에 없었다. 관우와 현덕의 침묵이 백 마디 말보다 더 벅찬 심정을 여실히 말해주었다.

관정은 두 아들과 함께 문을 활짝 열어젖혀 현덕을 집 안으로 안내했다. 한적한 산속에 있는 집이었지만, 마음에서 우러나오는 환대는 어떤 훌륭하고 호화로운 대접보다 더한 풍미가 우러났다.

겨우 사람 없는 기회를 틈타 현덕과 관우는 처음으로 손을 맞잡고 울었다. 관우는 현덕의 신발에 볼을 갖다 댔고, 현덕은 관우의 손을 들어 올려 이마에 갖다 댔다.

환영을 위한 소박한 연회 자리에서 현덕은 관정의 아들 관평을 보고는 장래가 기대되는 사람이라고 탄복했다.

"관우는 아직 아들이 없으니 차남 관평을 양자로 얻으면 어떻겠는가?"

둘 있는 아들 중 하나라…. 관정은 감히 생각지도 않았다며 흡족해했다. 관우도 은근히 관평의 능력을 총애하였는지라 이야기는 그 자리에서 바로 성사되었다.

"원소 추격대가 따라오기 전에 서두릅시다."

일행은 다음 날 아침이 밝자마자 바로 출발했다.

서두르고 서둘러서 여정은 하루가 다르게 진척되었다. 이윽고 구름 위로 와우산 어깨가 보였다. 그다음 날에는 와우산 산기슭 길에 접어들 수 있었다.

그러자 전에 관우 지시로 이쪽에서 수하를 이끌고 마중 나와 있어야 할 배원소 부하들이 저 멀리서 거센 바람에라도 휩싸인 듯 흩어져 달아나는 게 아닌가.

"무슨 난리인가?"

관우는 무리에서 주창을 찾아내어 물어보았다.

"누군지 정체를 모르겠습니다. 우리가 오늘 관 장군을 맞이하려고 집결하여 산 위에서 내려오는데 도중에 부랑자 하나가 말을 매어놓고 길에서 단잠을 자고 있었습니다. 선두에서 배원소가 비키라고 소리치자 산적 주제에 대낮부터 돌아다닌다며 일어나더니 순식간에 배원소를 베어버렸습니다. 그러자 수하에 있던 놈들이 그 부랑자를 둘러싸고 덮쳤지만, 그자의 완력이 너무 강해 때리면 때릴수록 기세를 더해 어떻게 손을 쓸 방도가 없었습니다. 세상에 저런 괴력을 지닌 사람은 처음 봅니다."

관우는 이야기를 다 듣고 나서 고개를 주억거렸다.

"하면 그 신기한 인물의 창과 내 청룡도를 오랜만에 맞부딪혀봐야겠구나."

말을 몰고 앞장서 산기슭 높은 곳으로 올라갔다. 현덕도 채찍을 휘둘러 뒤를 쫓아갔다. 그러자 저 멀리 바위 언저리에 독수리같이 말을 타고 있던 부랑자는 멀리서 다가오는 현덕의 모습을 보더니 곧바로 안장에서 내려와, 관우가 도착했을 때는 이미 땅에 엎드린 모습이다.

"아니, 조운이 아닌가."

현덕도 관우도 입을 맞춰 소리쳤다.

"이런 데서 황숙을…."

부랑자는 고개를 들어 이 말만 하고는 반가운 듯 바라보았다.

이자는 상산(常山) 진정(眞正) 사람 조운으로, 자는 자룡이다. 조자룡은 예전에 공손찬 군의 대장으로 현덕과도 친교가 있었다. 한때 현덕 진영에 있기도 하였지만, 북평(北平)이 급변하는 바람에 공손찬을 도와 온갖 계략으로 힘껏 싸워 원소 군을 괴롭히기도 했다. 결국, 힘에 부쳐 공손찬의 성이 함락되고 멸망한 후 정처 없이 떠도는 신세가 되었다. 조자룡은 충절을 잘 지켜 몇 번이나 원소가 권해도 섬기지 않고, 여러 주의 제후들도 예의를 갖춰 맞아들이려고 해도 녹봉이나 이익에 한눈팔지 않았다.

신세가 딱해진 바람의 신같이 각지를 떠돌아다니던 중 조운은 여남의 주(州) 경계에 있는 한 고성에 장비가 진을 치고 있다는 소식을 들은지라 예까지 온 것이다.

현덕은 여기서 조운을 만난 건 하늘이 내린 선물이라며 감격하였다.

"그대를 처음 봤을 때부터 부탁하려고 마음에 품었던 말이 있네. 언젠가는 문경지우를 약속하고 했던 말일세."

그러자 조자룡도 기다렸다는 듯이 답했다.

"저도 마찬가지입니다. 장군 같은 주군을 섬길 수만 있다면 간뇌도지하겠습니다."

5

관우를 만나고, 또 뜻밖에 조자룡도 만나니 현덕의 좌우에는 병사와 말의 숫자는 얼마 되지 않지만 이미 장성의 광채가 미래를 빛내주었다.

이윽고 고성에 다다랐다. 학수고대하던 망루의 파수병은 멀리서 오는 현덕 일행을 발견하고는 큰 소리로 아래에 고했다.

"관 장군이 유 황숙을 모시고 이쪽으로 오십니다."

낭랑한 주악이 흘러나왔다. 안쪽 전각에서는 두 부인이 사뿐사뿐 발걸음을 옮겨 마중하러 나왔다. 형형색색의 옷을 차려입어 산속이 오늘은 눈부시게 아름다웠다. 대장 장비도 최대한 경의를 표하는 점잖은 태도로 마중하는 병사들을 양쪽으로 줄세워 황기, 청기, 금자수기, 일월기 등 여러 색 깃발이 갖은 꽃이 동시에 핀 듯 산바람에 펄럭거렸다.

현덕을 비롯한 사람들이 그 사이를 엄숙하게 지나 성안으로 하나둘 들어갔다.

"저 사람이 이제부터 총지휘관이 되는 건가?"

"저이가 관우인가?"

지나가는 사이에 슬쩍슬쩍 봤을 뿐인데 병졸들의 마음은 한순간 바뀌었다. 이제 더는 고성에 틀어박힌 오합지졸 무리가 아니다.

음악 소리는 와우산을 놀라게 했다. 하늘을 날던 황새는 땅으로 내려왔고 계곡마다 퍼져 있던 제비는 구름같이 하늘로 날아올랐다.

맨 먼저 두 부인과 만나는 의식이 행해졌다. 관우는 당 아래서 훌쩍훌쩍 흐느꼈다. 저녁에는 소와 말을 푸짐하게 요리하여 축하 환영 연회가 펼쳐졌다.

"인생의 즐거움을 여기서 다 맛보는구나."

관우와 장비가 동시에 말하니, 현덕이 되받았다.

"왜 여기서 다 맛보는가? 지금부터다!"

"지금부터다!"

조운, 손건, 간옹, 주창, 관평도 술잔을 나누며 떠들썩하게 즐겼다.

사자의 부름을 받고 여남의 유벽과 공도도 축하 인사를 하러 한달음에 달려왔다.

"좁은 땅은 지키기는 좋지만 큰 뜻을 펼칠 수는 없습니다. 예전에 맺은 약속대로 여남을 드리겠습니다. 여남을 기지로 삼아 다음 대책을 세워주십시오."

고성에는 한 무리의 병사만을 남긴 채 현덕은 곧 여남으로 발걸음을 옮겼다. 이렇게 주군과 신하가 한 성에서 지내게 된 게 서주 몰락 후 몇 년 만인가?

돌이켜 생각해보면 이 만남은 인고의 선물이다. 뿔뿔이 흩어졌다 다시 뭉치는 결속의 힘이다. 결속과 인고를 잘 실천할 수 있었던 이유는 현덕을 중심으로 한 믿음과 의리였다.

그때 날이 갈수록 불안과 초조에 시달리는 사람이 있었다. 누구인가 하니 원소다.

"형주에서는 소식이 있을 리 없습니다. 현덕은 관우, 장비, 조운 등을 그러모아 여남에 진을 쳤습니다."

그 말을 들었을 때 원소가 내뿜는 분노는 이루 말할 수 없었다. 하북의 대군을 한꺼번에 다 몰고 쳐들어가겠다고 할 정도로 분개해 마지않았다.

그 순간 곽도가 입바른 소리를 했다.

"어리석은 짓입니다. 현덕의 사태는 말하자면 몸에 옮은 피부병, 옴과 같습니다. 그냥 두어도 지금 당장 생명에는 지장이 없습니다. 뭐니 뭐니 해도 고치기 어려운 병은 조조 세력입니다. 저 세력을 그냥 두면 집안이 커지는 데도, 나아가서는 명맥에도 지장이 생길 것입니다."

"그런가. 으음…, 조조도 금방은 칠 수가 없다. 이미 전쟁을 벌였으나 교착 상태이지 않은가."

"형주의 유표를 우방으로 삼아도 큰 흐름은 변함이 없습니다. 유표는 큰 나라와 많은 병사는 거느렸을지라도 웅대한 계획이 없습니다. 오로지 국경을 지키는 데 지장만 없으면 된다고 생각하는 사내입니다. 그런 자에게 공들이기보다 차라리 남쪽 오나라 손책 세력을 이용해보심이 어떨런지요? 오나라는 큰 강에서 나는 이익을 다 차지하고 땅은 6개 군을 아우르며 위력은 삼강(三江)을 뒤흔드니, 문화는 풍부하고 산업은 충실하여 정병 수십만은 언제라도 움직일 수 있습니다. 지금 국교를 맺는다면 신흥국 오나라를 제쳐놓아서는 아니 될 일입니다."

곽도는 입에 침이 마르도록 열심히 설득했다.

원소의 중신 진진(陳震)이 서간을 가지고 오나라로 간 건 그로부터 보름 후 일이다.

우길 선인

1

오나라는 지난 몇 년 사이에 눈부신 발전을 일구었다. 절강(浙江) 일대의 연해를 점령했을 뿐만 아니라 양자강(揚子江) 유역과 하구를 거머쥐었으며 기후가 따뜻하여 산물이 다양하고 풍요로웠다. 남방계 문화와 북방계 분화가 절묘하게 조화를 이루어 완연한 오나라만의 색깔을 띠어갔다. 오나라 사람들의 기질은 이재에 밝고 진취적이다.

혜성처럼 나타난 풍운아 강동의 소패왕 손책은 당시 27살이었지만, 건안(建安) 4년 겨울에는 여강(廬江) 공략으로 황조(黃組)와 유훈(劉勳) 등을 평정하여 복종시켰고, 예장(豫章) 태수도 손책이 휘두르는 서릿바람에 항복을 비는 등 그 기세는 하늘을 찔렀다.

손책 신하 장굉(張紘)은 몇 차례나 오나라와 도읍 사이를 배편으로 왕래했다. 손책이 쓴 '황제를 받드는 표(表)'을 바치려 들르거나 아니면 조정에 공물을 바치러 머물렀다.

손책 눈에는 한나라 조정은 보였지만, 그 조정에 있는 조조는 안중에도 없었다. 손책은 내심 대사마(大司馬) 관직을 바랐다. 이 관직이 쉽게 허락지 않았던 원인은 조정이 아니라 조조에게 있었다. 손책은 대단히 못마땅했지만 양립할 수 없는 두 영웅은 서로의 실력을 누구보다 잘 알고 있었다.

"싸워서 득 될 게 없다."

조조는 사자 새끼와 물어뜯고 싸울 마음은 추호도 없었다. 그렇다고 사자 새끼에게 젖을 주고 벼슬을 내리는 행동도 극구 회피했다. 단 길들이는 방법을 고민하였다. 해서 일족인 조인의 딸을 손책 동생 손광(孫匡)에게 시집보내 인척 정책을 펼쳐 보았으나 그 정도로는 일시적인 위장 평화를 꾸미는 데 지나지 않았다.

시간이 지나니 언제라고 할 것도 없이 양국 사이에 다시 험악한 기류가 조금씩 흘렀다. 젖을 주지 않았는데도 사자 새끼는 어금니를 갖추고 말았다.

오군 태수로 허공(許貢)이라는 자가 있었다. 손책 휘하 감시대는 그 가신이 강을 건너는 도중에 수상한 점을 포착하여 붙잡아 오나라 본성으로 보냈다. 조사해보니 역시 밀서를 소지하고 있었다. 놀랍게도 중대한 일을 도읍에 밀고하려던 참이다.

오나라 손책이 대사마 관위를 바란다고 황제께 누차 아뢰었으나 허락지 않음을 원망하더니 결국 대역의 징조를 보입니다. 손책은 병선과 말을 꾸준히 준비하여 며칠 내에 도읍으로 쳐들어올 뜻을 밝혔으니 대비하시길 바랍니다.

화가 난 손책은 당장 허공이 사는 관사로 죄를 추궁하는 병사를 보냈다. 그러고는 허공을 비롯하여 처와 자식을 포함한 가족 모두를 그 자리에서 주살하였다.

그 아비규환 속에서 간신히 도망쳐 나온 식객 셋이 있었다. 당시에는 일반적으로 무인은 쓸 만한 부랑자를 집에 데리고 살며 보살피는 풍습이 있었다. 식객 셋은 평소에 허공에게 입은 은혜에 감사하며 지냈다.

"어떻게든 은인의 복수를 갚아야겠다."

식객은 함께 결의를 다지고 산속에 숨어 기회를 엿보았다.

손책은 자주 사냥하러 다니는 편이다. 회남(淮南)의 원술에게 몸을 의지했던 소년 시절부터 사냥은 손책이 좋아하는 취미 가운데 하나다.

그날도 손책은 많은 신하를 거느리고 단도(丹徒)라는 마을 서쪽에서 산으로 깊숙이 들어가 사슴과 멧돼지 등을 쫓느라 여념이 없었다.

"지금이야말로 복수할 기회다!"

"신불의 가호가 있기를…."

허공의 식객들은 독화살을 만들고 창끝을 돌로 날카롭게 갈아 그 사냥터에서 손책이 지나갈 만한 덤불 속에 미리 숨어 마음을 모아 하늘에 기도하였다.

2

손책이 타는 말은 오화마(五花馬)로 세상에서 드문 명마다. 오화마는 많은 가신을 제치고 여기저기 평지를 날 듯이 바삐 뛰어다녔다.

손책이 쏜 화살이 사슴 1마리를 훌륭하게 명중시켰다.

"맞혔다! 누가 가서 주워 오너라."

막 몸을 돌리려는 순간, 손책 얼굴로 휙 화살이 하나 날아들었다.

"앗!"

얼굴을 감싸니 덤불 속에서 뛰쳐나온 부랑자 셋이 창을 들고 외쳤다.

"은인 허공의 원수, 네 잘못을 뼈저리게 느꼈느냐?"

손책은 활을 들어 부랑자 중 하나를 과감하게 쳐냈다. 이번엔 또 다른 쪽에서 휘두른 날카로운 창이 손책의 허벅지를 깊게 찔러버렸다. 그 순간 손책은 오화마 등에서 굴러떨어지면서도 상대방 창을 힘들게 앗았다. 그 창으로 자기를 찌른 상대를 바로 죽여버렸지만, 뒤에서 부랑자 둘이 아무 데나 가리지 않고 손책의 온몸을 쿡쿡 찔러 대니 속수무책이었다.

"으악…"

외마디 비명을 내면서 손책이 쓰러졌을 때는 남아 있던 부랑자 둘도 부리나케 뒤따라온 오나라 장군 정보(程普)의 손에 사정없이 생을 마감한 뒤였다. 싸움이 일어났던 부근은 엄청난 피로 발 디딜 틈이 없을 정도였다.

어찌 되었든 나라에 큰 변이 생긴 것이다. 정보는 급한 대로 처치를 마친 손책을 바로 오회(吳會)에 있는 본성으로 옮겼고 외부에는 철저히 비밀에 부쳤다.

"화타(華陀)를 불러라. 화타가 오면 이까짓 상처는 낫는다."

헛소리같이 끙끙대며 손책이 직접 지시했다.

과연 기질이 당찼다. 거기다 젊지 않은가. 말할 필요도 없이 명의 화타에게는 시급을 다투는 파발이 달려갔다. 화타는 득달같이 오회성으로 들었다. 상처 부위를 보더니 화타는 미간을 있는 대로 찌푸렸다.

"어쩌면 좋습니까? 화살촉에도 창에도 독을 바른 것 같습니다. 독이 골수에 스며들지만 않았으면 다행이런만…."

손책은 그 후 사흘은 의식 없이 그냥 끙끙 앓았다. 20일이 지나니 과연 명의 화타가 정성을 다해 치료한 끝에 효과를 조금씩 보이기 시작했다. 손책은 때때로 머리맡을 지키는 사람에게 희미한 미소까지 지어 보였다.

"도읍에 가 있던 장림(蔣林)이 돌아왔습니다만…. 만나보시겠습니까?"

병중에도 손책은 직접 만나서 도읍의 돌아가는 정세를 듣고 싶다고 전했다.

장림은 병상 아래서 무릎을 꿇고 절하며 여러모로 있는 대로 보고했다.

"조조는 요즘 나에 대해 어떻게 말하는가?"

"사자 새끼와 싸워서는 안 된다, 말한다고 합니다."

장림은 들은 대로 알렸다.

"그런가. 아하하⋯."

손책은 오랜만에 소리 내어 웃었다. 상당히 심기가 편안해 보여 장림은 묻지도 않았는데 덧붙였다.

"그렇지만 백만 강병이 있다 한들 손책은 아직 젊다. 젊은 나이에 이룬 성공은 자칫 교만을 불러일으키기 쉬워 우쭐거리다 보면 그르치는 일이 생긴다. 머지않아 내분이 일어나 이름도 없는 하찮은 자의 손에 목숨이 다할지도 모른다. 조조가 이런 말도 했다고 조정 사람에게 들었습니다."

순식간에 손책의 낯빛이 흐려졌다. 몸을 일으켜 북쪽을 한참 노려보고는 천천히 병상을 내려왔다. 사람들이 화들짝 놀라서 극구 말렸다.

"조조라는 놈. 상처가 낫기를 기다릴 수가 없다. 바로 내 전포와 투구를 가져오고 진을 정비하여라."

그러자 장소(張昭)가 와서 나무라듯이 달랬다.

"무슨 말씀이십니까? 그 정도의 소문에 격노하셔서 천금 같은 옥체를 가벼이 여기시면 됩니까?"

그때 멀리 하북에서 원소가 보낸 서간을 가지고 진진이 손책의 성에 들었다.

3

다른 사람도 아닌 원소의 사자가 왔다는 말에 손책은 병든 몸을 무리하게 일으켜 직접 대면했다.

사자 진진은 손책에게 서간을 올리고 나서 내용을 말했다.

"지금 조조의 실력과 대항할 만한 나라는 우리 하북이나 오나라밖에 없습니다. 양국이 서로 힘을 합쳐 남북으로 호응하여 조조 배후를 공격한다면, 조조가 제아무리 중원의 패권을 등에 업고 있다 해도 패하는 건 당연한 일입니다."

지금이야말로 군사 동맹이 긴요하다는 사실을 역설하고 천하를 둘로 나누어 양국의 번영과 태평을 길이 도모할 절호의 기회라는 말도 덧붙였다.

손책은 대환영이다. 손책도 조조를 타도하려는 염원을 불태우던 때기도 했다. 이것이야말로 하늘이 내린 조합이라며 성루에 연회를 크게 열어 진진을 윗자리에 앉히고 오나라 대장들도 참석시켜 성대하게 대접했다.

연회가 한창일 때 장군들이 웅성거리며 다급히 자리에서 일어나더니 누각에서 하나둘 내려가기 시작하는 게 아닌가. 손책은 의아해서 좌우에 있는 신하들에게 물었다.

"왜 장군들이 누각을 부리나케 저리 내려가는가?"

"우길(于吉) 선인이 오셔서 그 모습을 뵙는다고 앞다투어 거리로 내려간 모양입니다."

순간 손책의 눈썹이 움찔했다. 걸음을 힘들게 옮겨 누각 난간에 기대어 성안 거리를 매섭게 내려다보았다.

거리는 사람으로 가득 차 발 디딜 틈이 없었다. 살펴보니 네거리를 돌아 곧바로 걸어오는 도인이 눈에 띄었다. 머리도 수염도 새하얗지만, 얼굴은 복숭아꽃 같고 구름 속에 학이 날아가는 듯한 옷을 걸쳤으며 손에는 명아주 지팡이를 들고 초연하게 걸으니 저절로 미풍이 부는 듯했다.

"우길 선인이다."

"도사님이다."

길을 열고 사람들은 너도나도 엎드려서 절했다. 향을 피우고 무릎을 꿇은 군중 중에는 마을에 사는 남녀노소뿐 아니라 지금 연회에서 서둘러 나간 대장의 모습도 군데군데 섞여 있었다.

"저 지저분한 노인은 누구냐!"

손책은 불쾌한 기색을 온 얼굴에 드러내며 사람을 혼란스럽게 하는 요사스러운 도사를 바로 잡아들이라고 무사들에게 지시했다.

어처구니없게도 무사들도 입을 모아 손책에게 되레 충고하는 게 아닌가.

"저 도사는 동쪽 나라에 살지만 때때로 여기 와서는 성 밖 도원에 머뭅니다. 밤부터 새벽까지 움직이지 않고 정좌하고, 낮에는 향을 피우며 도에 대해서 강의를 합니다. 부적을 태운 물로 사람들을 만병에서 구하니 그 영험함으로 낫지 않는 사람이 없습니다. 그러므로 도사에 대한 신앙은 대단하여 살아 있는 신선이라고 숭배하니 함부로 잡아들이기라도 한다면 서민들은 소리 높여 울며 주군을 원망할 것입니다."

"허튼소리 집어치워라. 너희까지 걸인에게 속아 넘어갔는가? 싫다면 너희부터 옥에 가두겠다."

손책이 내지르는 호통에 신하들은 할 수 없이 도사를 뒷짐결박하여 누각으로 끌고 왔다.

"요망한 노인, 어째서 우리 선량한 백성을 나쁜 길로 빠트리는가?"

손책이 나무라자 우길은 잔잔한 호수처럼 침착한 태도로 입을 열었다.

"내가 가진 신서(神書)와 내가 수양한 행덕(行德)으로 세상 사람에게 행복을 퍼뜨리는데 뭐가 나쁘고 안 되는 거요? 그대는 되레 공손히 내게 감사해야 하오."

"닥쳐라. 이 손책을 무지몽매한 사람 취급하는가? 게 누가 없느냐, 요귀 목을 베어 백성을 어리석은 꿈에서 깨어나게 해주어라."

선뜻 나서서 우길 목에 칼을 대려는 사람은 아무도 없었다. 그때 장소가 조심스럽게 나섰다.

"수십 년 동안 아무런 잘못을 저지르지 않은 도사를 하루아침에 죽인다면 반드시 인망을 잃게 될 것입니다."

"무슨 소리! 늙어빠진 개를 베는 것과 마찬가지다. 조만간 내가 직접 처벌하겠다. 오늘은 일단 목에 칼을 채워 옥에 넣어라."

손책은 여전히 용서할 기미를 보이지 않았다.

4

손책의 어머니 오 부인은 근심 어린 표정으로 며느리가 기거하는 방에 들었다.

"책이 우 도사를 감옥에 가두었다는 소식을 들었느냐?"

"예, 어젯밤에 들었습니다."

"남편이 잘못하면 충고하는 것도 부인 역할이다. 내가 말은 해보겠지만, 너도 곁에서 거들어주는 게 좋겠다."

처 교 씨도 우 도사가 하옥되었다는 소식을 듣고 슬퍼하는 참이다. 오 부인을 비롯하여 교 씨를 위해 일하는 여관(女官)과 시녀들도 대개가 우길 선인을 추종하였다.

손책은 금방 집으로 들렀지만, 어머니 얼굴을 보자마자 무슨 일인지 대번에 알아차리고는 선수를 쳤다.

"오늘은 요귀를 감옥에서 끌어내 꼭 참수할 것입니다. 설마 어머니까지 그 요귀에게 현혹되지는 않으셨겠지요?"

"책아, 정말 우길 도사를 벨 생각이냐?"

"요귀가 하는 짓은 나라를 어지럽힙니다. 요사스런 말이나 제사로 백성을 타락시키는 독이기도 하고요."

"도사는 이 나라의 복신(福神)이다. 병을 낫게 하는 것도 신과 같고, 사람에게 닥칠 재앙을 예언하여 틀린 적이 없다."

"어머니도 요망한 놈이 부리는 사기에 걸려들었습니까? 거참, 더는 용서할 수 없습니다."

처 교 씨도 곁에서 오 부인과 함께 입을 모아 우길 선인의 목숨을 구하려 노력하였다.

"아녀자 따위가 참견할 일이 아니오."

손책은 결국 소매를 뿌리치고 후각에서 총총 사라졌다.

독나방 1마리는 수천 개 알을 낳고 퍼뜨린다. 수천 개 알은 또 수천만 마리 나방으로 부화하여 민가의 호롱불, 왕성의 등불, 후각의 거울 속 등등 어디든 거침없이 날아가서 끝없이 해를 입힌다. 손책은 그렇게 믿고 어머니 말씀도 부인이 해주는 충고도 귀담아들으려 하지 않았다.

"옥사장, 우길을 끌어내라."

주군 명령이 떨어지기가 무섭게 옥사장 낯빛이 바뀌었다.

손책은 기어이 도사를 옥에서 끌어내고 말았다. 맙소사, 도사를 들여다보니 목에 차야 할 칼이 없지 않은가.

"누가 목에 찬 칼을 벗겼느냐?"

손책이 해대는 질책에 옥사장은 부들부들 떨 뿐이다. 사실 옥사장도 우 도사 추종자였던 것이다. 아니 옥사장뿐 아니라 간수 대부분이 도사에게 귀의한 사람인지라 재앙이 내릴 걸 두려워해 포승줄 자락을 잡는 것조차도 꺼리는 듯했다.

"나라 형벌을 집행하는 사람이 미신을 신봉하여 법을 집행하는 임무를 주저하다니 말이 되는 일이냐?"

손책은 불같이 화를 내며 칼을 뽑아 들더니 그 자리에서 옥사장 목을 베었다. 또 무사에게 명령해 우길 선인을 믿는 형리 수십 명도 처벌했다.

그 와중에 장소 이하 중신 수십 명과 장군들이 탄원서를 모아 가져오더니 우길의 목숨을 살려달라고 애원했다.

손책은 옥사장 목을 벤 뒤 아직 칼집에 집어넣지 않은 칼을 든 채로 비웃었다.

"그대들은 사서를 읽고 역사에서 배운 것도 없는가? 옛날 남양(南陽, 산동성山東省 태산泰山 남방)의 장진(張津)은 교주(交州) 태수면서 한나라 법도에 따르지 않고 성훈(聖訓)도 버리고 말았다. 항상 붉은 두건을 쓰고 거문고를 타며 향을 피웠다. 또 부정한 책을 읽고 군사들 앞에 나서면 신기한 묘술을 부려서 한

때는 사람들이 희대의 도사라 불렀으나, 순식간에 남방 이족(夷族)에게 패해 그 현묘한 술수도 부리지 못하고 죽지 않았는가? 말하자면 우길도 그런 부류다. 아직 독이 전국에 퍼지지 않았을 때 죽여야만 한다. 그대들도 아무런 득도 없는 데에 붓을 놀리지 마라!"

손책은 아무리 말려도 막무가내로 듣지 않았다.

그러자 여범(呂範)이 계책을 하나 권했다.

"주군, 우길이 진짜 신선인지 요괴인지 시험해보는 건 어떻습니까? 요즘 들어 백성은 긴 가뭄으로 고통 받는지라 논도 밭도 거북 등처럼 쩍쩍 갈라질 때입니다. 우길에게 비를 바라는 기도를 하게 하여 만약 비가 온다면 그것으로 좋고, 아닐 때는 군중이 보는 데서 목을 베면 좋은 본보기가 될 것입니다. 이런 방식으로 처분한다면 만민도 충분히 이해하지 않겠습니까?"

5

"좋다."

손책은 유쾌하게 웃으며 신하에게 명했다.

"시내에 기우제를 위한 제단을 만들어 그놈이 둔갑을 벗는 모습을 구경하자."

그 즉시 시내 광장에 단을 하나둘 쌓기 시작했다. 사방에 기둥을 세우고 조화를 두른 다음 소와 말을 죽여 우룡(雨龍)과 천신(天神)에게 제사 지내고 우길은 목욕재계한 다음 단에 처연히 앉았다.

삼베로 지은 옷으로 갈아입을 때 우길은 신봉하는 신하에게 살짝 속닥였다.

"내 천명도 다한 모양이다. 이번에는 아니 되겠다."

"무슨 말씀이십니까? 영험을 보여주시면 되잖습니까?"

"평지에 3척에 달하는 물을 불러 백성을 구할 수는 있어도 자기 목숨만은 어찌할 수 없다."

그때 제단 밑에 손책 사신이 찾아와 소리 높여 일렀다.

"오늘부터 사흘째 되는 날 오시(午時)까지 비가 내리지 않으면 제단과 함께 산 채로 불태워 죽인다는 엄명이다. 알았나? 명심하도록."

우길은 이미 눈을 감고 있었다.

백발 위로 평소처럼 햇볕이 뜨겁게 내리쬐었다. 밤에는 냉기가 살갗을 찔러왔다. 제단 위에 놓인 대향로에서는 기다랗게 연기가 끊임없이 모락모락 피어올랐다.

이윽고 사흘째 아침이 밝아왔다. 비는 여전히 한 방울도 내리지 않았다. 오늘도 하늘에는 뜨겁게 타오르는 태양만 덩그러니 떠 있을 뿐이다. 길에는 기우제 이야기를 듣고 모인 수만 군중이 구름같이 운집하였다.

이미 오시다. 해시계를 바라보던 신하는 종루로 올라가 시각을 알리는 종을 쳤다. 운집한 백성은 그 소리를 듣고 엉엉 소리 내어 울었다.

"봐라! 원래 도사나 신선이라는 놈은 대체로 이렇다. 당장 저 무능한 늙은이를 화형에 처하라!"

손책은 성루에서 담대하게 지시했다.

형리는 제단 사방에 장작과 잡목을 산처럼 쌓기 시작했다. 순식간에 열풍이 불어와 우길의 모습은 불길에 휩싸였다. 불은 바람을 부르고, 바람은 또 모래를 불러 한 줄기 검은 기류가 짙은 먹물같이 공중으로 솟구쳐 올랐다. 그 순간 하늘 한구석에 닿아 천둥이 치고 번개가 번쩍였다. 후두둑, 후두둑…. 아플 정도로 굵은 장대비가 내리나 싶더니 그것도 순간이었고, 이윽고 그릇을 뒤엎을 정도로 큰비가 내렸다.

비는 미시(未時)까지 쉬지 않고 대지를 흠뻑 적셨다. 시가는 강이 되어 더러운 흙탕물에 말과 사람과 가재도구가 두둥실 떠다녔다. 비가 더 내린다면 홍수로 잠겨버릴 듯 보였지만 이윽고 제단 위에서 누군가가 하늘을 세차게 뚫는 듯 우렁차게 소리치니 비는 뚝 그쳐 다시 밝게 빛나는 태양이 하늘에 모습을 말갛게 나타냈다.

형리가 화들짝 놀라서 타다 만 제단 위를 올려다 보니 우길은 여전히 반듯이 누워 있는 게 아닌가.

"아…, 신선이 따로 없다."

모든 대장이 우르르 달려가 우길을 안아 내려 서로 뒤질세라 절하고 감탄해 마지않았다.

보다 못한 손책은 가마를 타고 성문에서 뛰쳐나왔다. 당연히 죄를 용서하리라 생각했지만 손책의 심기는 전보다 더 불편해 보였다. 무장도 신하도 옷이 젖는 것도 개의치 않은 채 우길 주위에 무릎을 꿇고 연방 절하는 모습을 손책은 차마 눈 뜨고 볼 수 없었던 것이다.

"큰비가 내리든 불볕더위가 기승을 부리든 모두 자연 현상이지 인간의 힘으로 좌지우지되지는 않는다. 하물며 너희는 백성 위에 서는 무장이고 관리면서 무슨 추태인가? 요귀와 짜고 나라를 어지럽히는 것도 모반해서 날 향해 활을 겨누는 것과 똑같은 죄다. 베어라! 그 노인을!"

신하들은 말없이 고개를 숙일 뿐 아무도 함부로 나서는 사람이 없었다. 그 모습을 보자 손책은 더 길길이 날뛰었다.

"뭘 그리 두려워하나! 이 요귀는 아무래도 내가 직접 처단해야겠다. 볼 텐가, 이 보검의 위력을."

철컹하고 칼을 빼더니 단칼에 우길 목을 베어버렸다. 그와 동시에 하늘에 해가 밝게 빛나는 가운데 돌연 비가 세차게 쏟아지기 시작했다. 의아하게 여긴 군중이 하늘을 올려다보니 한 줄기 검은 구름 속에 우길이 누워 있는 듯한 모습이 보이는 게 아닌가.

그날 밤부터였던가? 손책은 아무래도 상태가 눈에 띄게 이상해졌다. 눈에는 붉게 핏발이 서고 몸에는 열이 펄펄 끓어올랐다.

손권, 일어서다

1

"무슨 소리지?"

보초를 서던 사람들은 깜짝 놀랐다.

한밤중이다. 등불이 하얗게 비추는 사경이 가까울 즈음이다. 침전 장막 깊숙한 곳에서 손책의 절규하는 듯한 목소리가 줄기차게 흘러나왔다. 무시무시한 소리였다.

"무슨 일이지?"

전의(典醫)와 무사가 한달음에 달려왔다. 그랬더니 손책은 아무 데도 보이지 않았다.

"여기, 여기다."

가보니 손책은 침상을 벗어나 마루 위에 엎드린 채 괴로워하였다. 게다가 손에는 칼집에서 뺀 칼이 들려 있는 게 아닌가.

달려온 무사가 부축해서 침상으로 옮기고 전의가 약을 먹이니 손책은 눈을 뒤집듯이 동그랗게 떴지만, 낮에 보던 눈빛과는 전혀 달랐다.

"우길 이노옴! 요망한 영감 같으니라고. 대체 어디 숨었지?"

손책은 무심결에 지껄였다. 확실히 심상치 않은 상태다. 동이 트면 깊은 잠에 빠져들고 해가 중천에 떴을 무렵에야 일어나 보통 때 모습으로 돌아왔다.

고부가 함께 문병을 왔다. 노모는 눈물을 보이며 아들을 조용히 꾸짖었다.

"어제 기어이 신선을 죽였다더구나. 왜 그런 짓을 했느냐? 부디 오늘부터 제당에 들어가 신령님께 참회하고 이레 동안 수행하여라."

"하하하."

손책은 어처구니없는지 호탕하게 웃어젖혔다.

"어머니, 저는 아버지를 따라 열예닐곱 때부터 전장에 나가 오늘까지 이름 있는 장수를 무수히 많이 베었습니다. 요법을 부리는 거지 노인 한 사람을 죽였다고 왜 제당에 들어가 하늘에 빌어야 합니까?"

"아니다, 우길은 보통 사람이 아니라 신선이다. 넌 신령이 내리는 재앙이 무섭지도 않느냐?"

"무섭지 않습니다."

"아무리 이야기해도 고집을 부린다면…."

"그만하십시오. 사람에게는 천명이 있습니다. 아무리 요귀가 재앙을 내린다 해도 사람 목숨을 어쩌지는 못합니다."

하는 수 없이 노모와 부인은 사랑하는 아들을 위해, 남편을 위해 제당으로 들어가 이레 동안 부정한 것을 끊고 정성 들여 기도를 드렸다. 하지만 효과도 없이 매일 밤 사경 무렵이면 손책의 침전에서는 기이한 절규가 들려왔다.

죽은 우길이 나타나서 자는 손책을 비웃으며 잠자리 주위를 서성거리다 손책이 칼을 뽑아 난동을 부리면 홀연 동틀 무렵 빛과 함께 흔적도 없이 사라진다고 했다.

손책은 눈에 띄게 점점 야위어갔다. 낮에도 피곤함에 지쳐 깊은 잠에 빠져드는 날이 부쩍 늘었다.

어머니는 머리맡에 와서 부탁하듯이 다시 설득했다.

"책아, 제발 부탁이니 옥청관(玉淸觀)에 참배하러 가자꾸나."

"사원에는 가지 않을 겁니다. 아버지 기일도 아니잖습니까?"

"내가 옥청관 도사에게 매달리듯 부탁해놓았다. 향을 피우고 수행을 하여 귀신이 부리는 화를 달래달라고⋯."

"전 어린 시절부터 아버지께서 귀신에게 제사 지내는 건 본 적도 없습니다."

"그런 말은 하지도 마라. 영웅의 혼도 원망이 남아 이 땅에 집착한다면 귀신이 된다 들었다. 하물며 죄 없이 죽은 신선의 혼령이 재앙을 내리는 건 당연한 일 아니냐?"

노모는 격앙되어 흐느껴 울었다. 부인도 울면서 매달려 간곡히 부탁하였다. 일이 이리되어가니 손책도 한발 물러나 결국 가마를 준비하라고 이르더니 도사원(道士院) 옥청관으로 발걸음을 옮겼다.

"어서 오십시오."

국왕 참배를 기꺼이 맞이하여 도사 이하 많은 사람이 제당으로 안내했다. 내키지 않는 얼굴로 손책은 중앙 제단을 향해 마치 대치하듯이 노려보다가 도사가 재촉하자 할 수 없이 향을 피웠다.

"이노옴!"

무엇을 봤는지 난데없이 손책은 허리에 차고 있던 칼을 획 던졌다. 하필이면 칼은 신하 중 한 사람에게 꽂혀 엄청난 절규가 방 안을 가득 메웠다.

2

길게 뻗어 올라가는 향 연기 속에서 죽은 우길을 본 것이다. 던진 칼은 그 자리에서 신하를 쓰러뜨렸고, 쓰러진 신하는 7개 구멍에서 피를 철철 흘리며 즉사했다. 하지만 손책 눈에는 또 뭐가 보였는지 제단을 발로 차고 도사를 내던지는 등 자신의 몸을 주체하지 못하며 미쳐 날뛰었다.

그런 후에 또 여느 때같이 지쳐서 곤히 잠자는 듯이 큰 숨을 내쉬다가 갑자기 정신을 차리고는 말했다.

"돌아가자."

그 말만 내뱉고 즉시 옥청관 문을 나섰다.

그때 길가에 초연히 가마를 따라오는 노인이 눈에 띄었다. 손책이 가마 안에서 내다보니 우길이다.

"이 쭈그렁 영감탱이, 아직도 있었나!"

손책은 고래고래 소리치면서 주렴을 조각조각 찢어발기더니 가마에서 우당탕 내려버렸다.

성문을 통과할 때도 미쳐 날뛰긴 매한가지다. 누각 지붕에

얹힌 칠보 기와를 가리키며 거기에 우길이 서 있다고도 했다.

"활을 쏘아라! 창을 던져라!"

손책은 마치 진두에 나선 것처럼 이거 하라 저거 하라 끊임없이 지시했다. 횡포를 부리면 주위에 있는 무사도 손을 쓸 수 없었다. 침전에서는 매일 밤 불야성같이 불을 밝히고 낮이든 밤이든 신하는 잠들지 못했고, 검은 바람이 한차례 불어오면 오성 전체가 괴이하게 흔들리며 전율할 뿐이다.

"성안에서는 도저히 못 자겠다."

해서 성 밖에 진을 친 뒤 3만 정병이 본영을 둘러싸고 경비를 철두철미하게 섰다. 손책이 잠자는 막사 밖에는 건장한 무사나 무장이 손에 도끼를 들고 밤낮으로 사방을 지켰다. 그런데도 매서운 눈초리를 하고 머리를 풀어 헤친 우길은 매일 밤 손책 침상에 나타나는 듯했다. 손책과 만나는 사람들은 하나같이 부쩍 달라진 모습에 화들짝 놀랐다.

"저리 야위고 쇠약해져서야…"

손책은 어느 날 혼자서 거울을 들여보다가 자기 모습에 놀란 나머지 거울을 내던져버렸다.

"요괴 놈!"

또다시 그리 외치며 칼을 뽑아 들고 허공에 수십 차례 휘두른 뒤 신음하다 혼절해버렸다.

전의가 달려와 진찰하니 일시적이나마 나았던 상처가 다시 터져 온몸에서 피가 줄줄 흐르는 게 아닌가. 더는 명의 화타가 부리는 의술도 미치지 않았다.

손책도 속으로 천명을 깨달은 듯 극심하게 쇠약한 모습을 보이더니, 다소 광폭함이 잦아든 어느 날 처 교 씨를 불러 차분하게 말했다.

"이젠 틀렸소…. 아쉽지만 더는 힘들겠소…. 이런 몸으로 어떻게 다시 국정을 보살피겠소. 장소를 불러주시오. 다른 사람들도 여기로 불러 모아주고. 남기고 싶은 말이 있소."

교 씨는 눈물에 잠길 듯이 통곡했다. 의전과 신하들은 곧바로 성에 알렸다.

"용태가 좀…."

장소 이하 대대로 섬겨오던 중신과 대장들이 속속 모여들었다. 이윽고 손책은 침상에서 일어나려 애썼지만, 주위 사람들이 극구 말리는 바람에 도로 누워버렸다. 그날따라 손책의 얼굴은 생각보다 평안했고 눈도 맑아 보였다.

"물을 다오."

물을 마셔 마른 입술을 축이고 난 다음 조용히 말을 이어 나갔다.

"지금 우리는 큰 변혁기를 맞이했다. 후한 조정은 이미 피었다 져서 잎이 떨어지려는 꽃과 같다. 대륙이 검은 바람과 탁한 물에 휩싸여 많은 영웅은 아직도 설 자리를 찾지 못하니 천하는 결국 나뉘어 싸우게 될 터…. 다행히 우리 오나라는 삼강의 요지를 차지하고 있어 각 주에서 일어나는 동향과 성패를 충분히 지켜볼 수 있다. 그렇다고 땅이 주는 이점만 바라지 마라…. 어디까지나 나라를 지키는 건 사람이다. 내가 죽은 뒤에는 내 동생을 도와 큰 뜻을 이루는 데 게을리하지 마라."

가냘픈 손을 겨우 들어 올려 주위를 둘러보았다.

"권아, 권아…. 손권(孫權) 게 있는가?"

"예, 저 여기 있습니다."

신하들 사이에서 아직 어린 티를 다 벗지 못한 사람의 낮은 목소리가 들려왔다.

3

목소리 주인공은 동생 손권이다. 손권은 부어오른 눈을 감추며 형 손책의 머리맡으로 다가갔다.

"형님, 정신 차리십시오. 지금 형님이 가시면 오나라는 기둥을 잃어버립니다. 여기 계신 어머니와 많은 신하를 제가 어떻게 보살핀단 말입니까?"

손권은 양손으로 얼굴을 감싼 채 엉엉 울었다.

손책은 지금이라도 숨이 끊어질 듯했지만 억지로 미소를 지으며 베개 위에서 고개를 저었다.

"손권, 그렇지 않다. 맘을 단단히 먹어라…. 네게 남기고 싶은 말이다. 너는 내정을 다스리는 능력이 뛰어나다. 강동의 병사들을 이끌고 운명을 건 단판 승부를 벌이는 일은 날 따라오지 못한다. 그러니 아버지와 형이 당초에 오나라를 세우면서 겪은 고난을 잊지 말고, 현명한 사람을 등용하고 유능한 선비를 모셔 영토를 지키고 백성을 보살피며 집 안에서는 어머니를 효성스럽게 돌보아라."

손책 눈에는 시시각각 죽음의 빛이 드리워갔다.

병상 안팎은 찬물을 끼얹은 듯 숙연해져서 가녀린 유언이 고개를 떨어뜨리는 뒤쪽 신하들에게까지 들릴 정도다.

"아…, 난 불효자다. 이 형은 이미 천명을 다했다. 아무쪼록 어머니를 잘 부탁한다. 장군들도 어린 손권을 무슨 일이든 감싸주고 도와주길 바라오. 손권도 공을 세운 장군들을 가벼이 여기지 마라. 내정은 무슨 일이든 장소에게 자문하면 된다. 나라 바깥 일이 어려워지면 주유(周瑜)에게 물어라. 아…, 주유. 주유가 이 자리에 없는 게 아쉽구나…. 주유가 파구(巴丘)에서 돌아오면 잘 전해주기 바란다."

손책은 오나라 인수(印綬)를 풀어 몸소 손권에게 양도했다. 손권은 떨리는 손으로 인수를 받으며 한쪽 무릎을 바닥에 꿇고 눈물을 뚝뚝 흘리고 또 흘릴 뿐이다.

"부인, 부인…."

손책은 다시 눈동자를 힘겹게 움직였다.

쓰러져 울던 처 교(喬) 씨는 흐트러진 머리를 남편 얼굴에 가까이 가져가 목메어 꺼이꺼이 울었다.

"그대 여동생은 주유와 짝을 미리 지어두었소. 그대가 동생에게 잘 이야기해서 주유를 맞아들여 손권을 잘 보좌할 수 있도록…. 알겠소? 내조를 부탁하오. 부부가 함께 살다가 도중에 헤어지는 것만큼 불행한 일은 없지만, 별수 없구려…."

다음에는 더 어린 동생들을 가까이 불렀다.

"모두 앞으로는 손권을 기둥으로 삼고, 어머니를 중심으로 형제간에 등을 돌리는 일이 없도록 하여라. 너희가 집안 이름을 부끄럽게 하고 의에 반하는 짓을 하면 황천을 떠도는 내 영혼이 용서치 못할 것이다. 아…!"

말이 끝났을 즈음에 돌연 숨이 딱 끊어졌다.

손책의 나이 27살이었다. 강동의 소패왕이 요절하리라고는 아무도 예측하지 못했다. 인수를 물려받아 오나라 주인이 된 손권은 그때 불과 19살이었다. 손책이 임종 때도 말했듯이 형의 장점에는 미치지 못하지만, 형이 지니지 못한 점을 손권은 지니고 있었다. 내정을 다스리는 수완, 보수적인 정치 재능은 오히려 손권이 뛰어났다.

손권은 자는 중모(仲謀)로, 태어날 때부터 입이 크고 턱이 넓었으며 눈은 파랗고 수염은 보라색이었다. 손권의 외형을 미루어보아 손가 피에는 아마 열대 지방 남방인의 피가 짙게 흐르는 듯하다.

손권 아래로 어린 동생들도 많았다. 예전에 오나라에 사신으로 왔던 한나라 유완(劉琬)은 골상을 곧잘 봤는데 이런 말을 했다고 한다.

"손가 형제는 재능은 있으나 천수를 누리지는 못한다. 단 막내 손중모만은 생김이 다르다. 아마 손가 중에서 장수를 누리는 건 그 아이리라."

유완의 말은 아마도 손가에 닥칠 장래와 세 아들의 운명을 어느 정도는 예언했던 모양이다. 아니, 불행하게도 손책에게는 유완이 한 말이 적중했다.

4

오나라는 국상을 당했다. 하늘에 울리는 슬픈 새의 지저귐 외에 땅에 울리는 음악 소리는 없었다. 손권의 숙부 손정(孫靜)이 장례에 대한 책임을 맡아, 7일장으로 치러졌다.

손권은 틀어박혀 형의 죽음을 누구보다 슬퍼하여 걸핏하면 울기만 했다.

"이러시면 안 됩니다. 승냥이와 이리 떼처럼 야심을 품은 자들이 온 천지에 득실거리는 때입니다. 제발 선왕의 유언을 받들어 안으로는 국정에 참여하시고 밖으로는 군세를 살피어 사방에 있는 나라를 향해 전대에 뒤떨어지지 않는 당주(當主)라는 걸 보이십시오."

장소는 손권을 볼 때마다 격려했다.

파구에 있던 주유는 영지에서 밤낮없이 오군을 향해서 달려 왔다. 손책 어머니와 미망인도 주유의 모습을 보자마자 다시 눈물을 흘리며 부탁 받은 고인의 유언을 소상하게 전했다.

주유는 고인의 영전에 절을 했다.

"유언에 따라 은혜에 보답할 것을 맹세하겠습니다."

주유는 영전 앞에서 한참을 떠나지 못했다.

문상을 한 다음 주유는 손권 방으로 들어 단둘이 이야기를 나눴다.

"무엇보다도 바탕은 사람입니다. 사람을 얻는 나라는 흥하고, 사람을 잃는 나라는 망합니다. 그러니까 주군은 덕 있고 총명한 사람을 곁에 두는 게 가장 급합니다."

손권은 주유가 하는 말을 순순히 이해하면서 듣고 있었다.

"형님도 숨을 거두기 전에 똑같은 말씀을 하셨소. 내정은 장소에게 묻고, 나라 밖 일은 주유에게 상의하라 유언하였소. 반드시 그 말을 지킬 것이오."

"장소는 현명한 사람입니다. 사부로 모시고 장소가 하는 말을 잘 받들어야 합니다. 그렇지만 전 어리석은 자로 태어나 고인이 해놓은 부탁이 너무 무겁습니다. 허락하신다면 보좌로서 저보다 더 나은 사람을 천거하고 싶습니다만…."

"그 사람이 누구입니까?"

"이름은 노숙(魯肅), 자는 자경(子敬)이라는 사람입니다."

"들어본 적은 없지만 그런 유능한 선비가 세상에 숨어 있다는 말이오?"

"초야에 묻힌 인재가 없다는 말이 있습니다만, 어느 시대든 반드시 사람 속에는 사람이 있기 마련입니다. 단, 그런 사람을 찾아내는 사람이 없습니다. 또 찾아내도 이용하는 조직이 나빠서 유능함을 무능함으로 바꿔버리는 경우가 흔합니다."

"노숙이라는 자는 대체 어떘소?"

"임회(臨淮) 동성(東城, 안휘성安徽省)에 삽니다. 노숙은 병서 《육도삼략》(六韜三略, 중국 고대 병학兵學의 최고봉인 '무경칠서武經七書' 중 2서書. 《육도》는 치세의 대도大道부터 인간학·조직학에 미치고, 정전政戰과 인륜을 논한 게 특색이며, 《삼략》은 무경칠서 중 가장 간결한 병서로 사상적으로는 노자 영향이 강하나 유가법가의 설도 다분히 섞여 있음 – 옮긴이)을 가슴에 품었고 천성적으로 지모가 풍부하며, 게다가 평상시에는 온후하여 만나면 봄바람을 접하는 듯한 사람입니다. 어린 시절 아버지를 여의고 혼자 효성스럽게 어머니를 모시고 살며, 집은 부유하여 동성 교외에서 유유자적하게 지냅니다."

"아, 영내에 노숙 같은 인물이 있다는 사실을 몰랐구나."

"관직에 오르는 걸 끔찍이 싫어하는 모양입니다. 노숙 친구 유자양(劉子揚)이라는 자가 소호(巢湖)로 가서 정보(鄭寶) 밑에서 일하지 않겠느냐고 끈질기게 권하는 모양입니다만, 어떤 대우에도 움직이려 하지 않습니다."

"주유, 그런 사람이 혹시 다른 곳에 간다면 큰일이오. 그대가 직접 가서 어떻게든 불러들여 주겠소?"

"아…, 아무리 대단한 인재라도 잘 쓰지 않으면 아무 소용이 없습니다. 주군이 진정 열정이 있으시다면 제가 반드시 설득해서 데려오겠습니다만…."

"나라를 위해서, 또 집안을 위해서인데 왜 인재를 찾아내서 쓸모없이 만들겠소. 수고스럽겠지만, 부탁하오."

"알겠습니다."

주유는 바로 다음 날 동성으로 길을 떠났다.

노숙이 사는 시골집을 방문할 때는 부러 시종을 거느리지 않고 혼자서 말을 타고 갔다. 시골 부농이라는 말에 걸맞은 집이다. 문 안쪽에서 한가롭게 절구 찧는 소리가 들려와 참으로 듣기 좋았다.

5

집을 보면 집주인 취향이나 가풍을 저절로 파악할 수 있다고 했다. 주유가 문 안으로 들어가 보니 집주인 노숙의 사람 됨됨이를 바로 상상할 수 있었다. 문을 들어서도 제지하는 사람이 없었으며 안은 넓고 고즈넉했다. 이 지방에서 흔히 볼 수 있는 대농가다운 분위기다. 어디선가 소 울음소리가 들려왔다. 뒤돌아보니 아이들 두셋이 창고 옆에서 물소와 킥킥대며 장난치느라 여념이 없다.

"주인어른 계시느냐?"

가까이 다가가 물으니 아이들은 주유의 모습을 유심히 쳐다보다가 나무 사이 깊숙한 곳을 가리켰다.

"저쪽에 계세요."

가리키는 곳을 쳐다보니 시골집 분위기 나는 안채와 멀리 떨어진 서당이 눈에 띄었다.

"고맙다."

상냥하게 말하고 나무가 듬성듬성 난 좁은 길을 걸어 서당으로 향했다. 그러자 늠름한 풍채를 자랑하는 한 무사가 시종을 거느리고 유유히 걸어 나왔다. 노숙을 방문한 손님이라 생각해 살짝 길을 비키니 손님은 주유에게 인사도 하지 않고 뻣뻣하게 지나쳤다. 주유는 신경도 쓰지 않았다. 그대로 서당 앞으로 나아가니 지금 막 사립문을 열고 손님을 배웅하고 난 주인이 아직 그대로 서 있는 게 아닌가.

"실례합니다만, 당신이 노숙이십니까?"

주유가 공손하게 물으니 노숙은 여유 넘치는 눈길을 건네며 입을 열었다.

"그렇습니다만, 당신은?"

"오성의 당주 손권의 명을 받고 불쑥 찾아왔습니다. 파구의 주유라고 합니다."

"아, 장군이 주유십니까?"

노숙은 두 눈이 휘둥그레졌다. 파구의 주유라면 모르는 사람이 없었다.

"이리로…."

서당으로 청해 찾아온 이유를 물었다.

소문과 다르지 않은 노숙의 인품에 내심 감탄하던 주유는 예의 바르게 설명했다.

"지금 이 순간이 중요한 건 물론 장래 때문입니다. 앞으로 벌어질 일을 고려할 때 임금은 신하를 잘 선택해야 하고 신하도 어떤 임금을 선택하느냐가 일생의 가장 중요한 일이라고 생각합니다. 제가 일찍부터 노 공을 존경했지만 만날 기회가 좀처럼 없었습니다. 아시겠지만 오나라 선주 손책 뒤를 이어받아 젊은 손권이 당주가 되었습니다. 아전인수로 들릴지 모르겠지만, 주군 손권은 보기 드물게 총명하고 성실한 분으로 선현의 말씀에서 숨은 뜻을 새기고 현자를 존경하며 유능한 선비 구하기를 절실한 문제라고 생각하는 분이십니다."

말문을 트고는 죽 말을 이어 나갔다.

"어떠십니까, 오나라를 위해 일해보지 않으시겠습니까? 귀공도 일개 서당에서 글을 읽는 한가한 날들에 만족하거나 평생 농부로 살아도 좋다고 생각지는 않을 것입니다. 태평한 세상이라면 그렇게 살아도 좋지만, 천하 시류가 당신같이 유능한 선비를 시골에 그냥 두는 걸 허락지 않습니다. 소호의 정보를 섬길 바에는…. 당신은 오나라를 위해 일해야 한다고 생각합니다.”

주유가 강하게 호소했다.

노숙은 온화하게 고개를 끄덕였다.

“조금 전에 여기서 나간 손님과 만나셨지요?”

“네, 봤습니다. 노 공을 불러내려고 온 유자양이지요?”

“그렇습니다. 여러 번 이곳으로 찾아와서는 정보 밑에서 일하자고 끈질기게 권합니다.”

“귀공이 움직일 리가 없습니다. 영리한 새는 나무를 잘 고릅니다. 당연합니다. 저랑 같이 오나라로 가십시다.”

“음….”

“싫으십니까?”

주유가 따지듯이 물었다.

“아닙니다. 잠시 기다려주십시오.”

노숙은 홀연히 일어서더니 손님을 남겨두고는 혼자서 안채로 가버렸다.

6

“실례했습니다.”

이윽고 노숙이 돌아왔다.

"전 혼자된 노모를 모시고 살기에 어머니 의향을 여쭤보고 왔습니다. 어머니도 제 생각과 같아 오나라를 섬기는 게 좋지 않겠냐고 기뻐해주셨으니, 바로 부름에 응하겠습니다."

노숙은 흔쾌히 승낙했고, 주유는 춤이라도 출 듯이 기뻐했다.

"아, 우리 삼강의 진영은 한층 새롭게 정기를 발할 것입니다."

이내 나란히 말을 몰고 오군으로 돌아가 주군 손권에게 노숙을 안내했다. 노숙을 맞이하여 손권이 얼마나 마음이 든든해졌는지는 말할 필요도 없다.

그 후 형을 잃은 슬픔에서 시나브로 벗어나 정무를 보기 시작했고, 군사 일도 부지런히 익히며 밤낮으로 노숙에게 탁견을 물었다. 어떤 날에는 단둘이 술을 마시고 한 침상에 자리를 펴고 밤늦도록 불을 밝히며 국사를 논하기도 했다.

"귀공은 한실이 처한 현재 상황을 어찌 보시오? 오나라 미래를 위한 대비는?"

젊은 손권의 눈동자는 반짝반짝 빛났다.

"아마도 한조가 누리던 융성은 이미 과거 일입니다. 오히려 겨우살이 하는 조조가 차츰 늙어가는 어미 나무를 파먹고 줄기를 살찌워 결국은 한나라 땅에 뿌리를 뻗고 키워 나가는 게 필연이겠지요. 거기에 대비해 우리 오나라는 조용히 때를 기다리며 강동의 요해를 지키고 하북의 원소와 양립하는 형태로 천천히 천하의 기회를 엿보는 게 상책입니다. 그러다가 때가 되면 황조를 평정하고 형주의 유표를 정벌하여 단번에 강을 거슬러 올라가 태세를 확대해가는 겁니다. 조조는 항상 하북과 벌이는 공방에 바빠 오나라 진출을 막지 못할 것입니다."

"한실이 쇠약해진 뒤 조정은 어찌 되겠소?"

"다시 한고조 같은 인물이 나와 황제 업을 시작하겠지요. 역사는 돌고 돕니다. 이런 시기에 태어나 땅이 주는 이점과 사람의 조화를 다 갖춘 오나라 삼강을 이어받은 주군께서는 충분히 자중하지 않으면 안 됩니다."

손권은 가만히 듣고만 있었다. 손권의 귓불은 이내 붉어졌다.

그 후 며칠 시간을 내 노숙이 어머니를 만나러 가고 싶다는 청을 넣었을 때 손권은 노모를 위한 의복과 휘장을 하사했다. 노숙은 그 은혜에 감사하여 성으로 돌아올 때 사람을 하나 데리고 와서는 손권에게 천거했다. 한인으로서는 드물게 성이 두 글자여서 그 집안을 모르는 사람은 거의 없었다. 성은 제갈(諸葛), 이름은 근(瑾)이라는 사람이다.

손권이 신상을 물어보자 제갈근은 또박또박 고했다.

"고향은 낭야(琅琊) 남양입니다. 돌아가신 아버지는 제갈규고 태산 군승(郡丞)으로 일했습니다만, 제가 낙양에 있는 대학에서 유학하던 중 돌아가셨습니다. 그 후에 하북은 전란에 휩싸였고 의붓어머니를 안전하게 모시기 위해 계모와 함께 강동으로 피난했으며 동생들은 저와 헤어져 형주에 계신 숙부댁에서 지냈습니다."

"숙부는 어떤 분이시오?"

"형주 자사(刺史) 유표를 섬기셨습니다만, 4~5년 전에 난을 일으킨 지역민에게 목숨을 잃어 지금은 고인이 되셨습니다."

"나이는?"

"올해 스물일곱입니다."

"스물일곱이라…. 돌아가신 형과 동갑이로구나…."

손권은 불현듯 형을 그리워하는 표정을 지었다.

"제갈근은 젊은 나이지만 낙양의 대학에서는 수재 소리를 들었고 시문과 경서는 읽지 않은 게 없습니다. 특히 제가 감탄한 점은 의붓어머니를 마치 친어머니같이 섬겨서 그 가정을 보면 제갈근의 온화한 정조를 알 것 같은 기분이 듭니다."

노숙이 곁에서 제갈근의 사람됨을 덧붙여 말해주었다.

손권은 제갈근를 오나라 상빈(上賓)으로 받아들이고 이후에 중요한 일을 하나씩 맡겼다. 제갈근은 바로 제갈공명 친형으로 아우 공명보다 7살 위다.

벽력거

1

오나라를 일으킨 영주 손책을 잃고 오나라는 한때 비탄의 바닥으로 가라앉는 듯했지만, 오히려 젊은 손권을 보좌하는 인재가 괴어드는 계기가 되어 국방과 내정 모두 균형 있게 강해졌다. 국책의 큰 방침으로 하북의 원소와는 절연했다. 제갈근이 낸 헌책(獻策)으로, 제갈근은 오래 하북에서 지냈으므로 원소 진영의 내분을 훤히 꿰었다.

한동안 조조를 따르는 것처럼 보이게 하다 기회가 오면 조조를 친다! 그것이 기본 방침이다. 방침이 정해지고 나자 하북에서 사자로 와 오랫동안 머무르던 진진은 아무 성과도 없이 쫓겨나 버렸다.

한편, 조조도 움직이기 시작했다. 오나라 손책이 죽었다! 큰 충격을 받고 급히 평의를 연 조조는 그 자리에서 제안했다.

"하늘이 내린 좋은 기회다. 바로 대군을 내려보내 오나라를 쳐부수지 않겠나?"

때마침 도읍에 와 있던 시어사(侍御史) 장굉이 조조를 따끔하게 나무랐다.

"상대가 상중(喪中)일 때 군사를 일으키는 건 승상답지 않은 행동입니다. 예부터 전해오는 도에도 들은 예가 없습니다."

장굉의 말을 들은 조조도 비겁함을 깊이 뉘우쳐 그 후로는 말을 꺼내지 않았을 뿐 아니라 오나라에 사신을 보내 후계자 손권에게 은명(恩命)을 전했다. 해서 손권을 토로장군(討虜將軍) 회계(會稽) 태수로 봉하고, 장굉에게는 회계 도위(都尉)직을 주어서 돌려보냈다. 조조가 선택한 방침과 오나라가 정한 국책은 그 영속성은 물론이고 손책 사후에 관해서는 뜻밖에도 일치했다.

반면, 하북의 원소는 심기가 대단히 불편했다. 사신은 쫓겨나고, 오나라는 솔선하여 조조에 아첨하고, 그런가 하면 조조는 손권에게 작위를 베풀고 승관을 알선하여 양국이 제휴한 결실을 보여주었으니 고립된 하북 군의 심정이 초조해진 건 당연했다.

"먼저 조조를 쳐부수자!"

하나같이 원소의 명령에 따랐다. 기주, 청주, 병주, 유주(기동冀東) 등 하북의 대군 50만은 관도 전장으로 모여들었다.

원소가 화려한 갑옷으로 무장하고 기북성(冀北城)에서 이제 출진이라며 말을 끌게 하려는 순간.

"성을 비워두고 무분별하게 서두르는 행동은 반드시 큰 화를 부릅니다. 오히려 관도에 나가 있는 병사들을 물리고 방어하는 편이 더 나은 방법입니다."

중신 전풍(田豐)이 있는 힘을 다해 이번 전쟁의 불리함을 설명했다.

마침 전풍과 평소에 견원지간인 봉기(逢紀)가 곁에 있었다.

"출진을 앞두고 왜 그런 상서롭지 못한 말을 하시오. 전풍은 주군이 패하기를 기대하는 듯하오. 무슨 근거로 큰 화를 부른다고 단언할 수 있소?"

봉기는 부러 과장되게 헐뜯고 나섰다.

출진하는 날에는 사소한 일로도 길흉을 점쳐 신경을 썼다. 불길한 말을 입에 올리는 것 자체가 큰 죄에 해당한다. 하물며 중신이라면 더 그렇다.

원소는 전풍을 전쟁의 산 제물로 바친다며 노여움을 터뜨렸지만, 사람들이 슬피 울며 목숨을 구하니 어찌할 수 없었다.

"목에 칼을 채워서 옥에 가두어라. 개선하고 나면 꼭 죄를 물으리라."

출진하는 도중에 양무(陽武, 하남성 원양原陽 부근)까지 전진하니, 이번에는 저수(沮授)가 찾아와 간언을 올렸다.

"조조는 속전속결을 노립니다. 후일을 대비한 정비나 군량이 모자라는 탓입니다. 그렇다고 그 점을 노려 성급하게 대군으로 맞서는 전략은 바람직하지 않습니다. 아군은 대군이긴 하지만 용맹과 기세는 조조 군에 미치지 못합니다."

"닥쳐라! 너도 전풍처럼 함부로 불길한 말을 내뱉느냐."

분노한 원소는 저수 목에도 칼을 채워 옥에 가두어버렸다.

하여 관도의 산과 들 사방 90리에 걸쳐 하북의 군세 70여 만이 진을 치고 조조 군과 대치하게 되었다.

2

그날, 말이 일으키는 흙먼지는 하늘을 뒤덮었고 양쪽 군대에 나부끼는 깃발과 북소리는 땅을 메우고도 남았다. 그래서인지 자욱한 먼지 속에서 날아다니는 듯한 눈이 부신 별빛을 보았다.

한낮에 뜬 태양은 드높았다. 때마침 북소리가 3번 울림과 동시에 징 소리가 원소 진지에서 흘러나왔다. 대장군 원소가 깃발을 휘날리며 말을 몰고 나섰으니 그 위세를 어디 한번 볼까? 황금 투구에 비단 전포를 입고 은띠를 두른 갑옷을 둘렀으며 춘란(春蘭)이라 부르는 암컷 준마 등에는 자개로 만든 안장을 놓아 과연 하북 제일의 명문다운 풍채와 당당한 기풍을 보이며 진두로 나섰다.

"조조에게 한마디 하겠다."

조조 군이 친 철벽진은 허저, 장료, 서황, 이전, 악진, 우금 등의 대장을 거느려 사람과 말로 긴 성을 쌓은 듯했다. 그 한가운데를 가르고 누군가가 나왔다.

"그 조조 여기 있다. 별일이구나, 원소가 아닌가?"

앞으로 나온 사람은 말할 것도 없이 지금 천하가 이 사람에 의해 움직인다는 말을 듣는 조조다.

"내가 예전에 천자에게 아뢰어 널 기북 대장군에 봉하고 하북의 치안을 잘 분부하였는데, 군대를 움직여 반란을 일으키는 건 대체 무슨 짓인가!"

조조가 적에게 하는 선언은 항상 이런 어법이다.

원소는 당연히 얼굴을 붉히며 역정을 부렸다.

"말을 삼가라, 조조. 천자 명을 사사로이 여겨 마음대로 조정 세력을 믿고 뻐기는 너야말로 조정의 좀도둑, 천하에 용서 못할 역적이다. 우리는 적어도 집안 대대로 한실을 섬겨온 신하였다. 천자를 대신하여 너 같은 역적을 치는 일은 당연하다. 또한 이것은 만민이 원하는 일이기도 하다."

선언만 보자면 누가 들어도 원소가 한 선언이 훌륭했다.

그러자 조조는 바로 말을 딱 끊으며 치고 들어왔다.

"대화할 가치가 없다."

말 머리를 돌리는가 싶더니 채찍을 높이 들었다.

"장료, 나와라!"

노궁과 철포가 동시에 울려 퍼지더니 날아오는 화살 속에서 장료가 말을 타고 달려 나오는 게 아닌가.

"대면을 원한다!"

장료는 원소에게 다가가려고 했지만, 원소 뒤에서 하북 맹장 장합(張郃)이 돌진하여 나섰다.

"천벌 받을 놈, 물러서라!"

호통치면서 챙 하고 창을 서로 맞댔다. 두 사람은 50여 합 정도 불꽃 튀는 격투를 벌였으나 승패가 좀처럼 나지 않았다.

멀리서 그 모습을 바라보던 조조는 놀라움을 금치 못했다.

"저 괴물 같은 자는 누구냐?"

대기하던 허저는 참다 못해 칼이 달린 창을 휘두르며 돌진해 갔다.

"우리 고람(高覽)을 아느냐!"

하북 군에서는 고람이 창을 휘두르며 허저를 향해 내달렸다.

그때 지휘대 위에 서서 싸움의 큰 흐름을 지켜보던 원소 군 숙장(宿將) 심배(審配)는 지금 조조 군 진영에서 약 3000명씩 두 패로 나뉘어서 이쪽 측면을 치려는 변화를 감지하고 지휘 깃발을 휘어질세라 흔들었다.

"지금이다. 신호를 보내라!"

걸려들 수도 있을 거라 짐작하고 비밀리에 노궁대와 철포대를 매복시켜둔 계획이 들어맞았던 것이다.

천지를 찢을 듯한 굉음과 함께 돌화살과 철탄을 빗발치듯 적의 발밑에 내리퍼부었다. 측면 공격을 나선 조조 휘하 하후돈, 조홍(曹洪) 장군은 군대를 돌릴 여유도 없이 순식간에 호되게 당하고 뿔뿔이 흩어지는 모습이다.

"이때다! 쫓아가 없애버려라!"

명명백백한 원소 군 승리다. 이날 전투에서 하북 군은 대승을 거둔 반면 조조 군은 관도강을 건너 비참하게 퇴진했다. 쓸쓸하게 퇴각하는 길에 날은 야속하게도 일찍 저물었다.

3

관동 지세는 하북 북방에서 유일하게 요해다운 조건을 갖춘 지형이다. 뒤로는 큰 산들이 솟아 있고 산기슭을 둘러싸고 흐르는 30여 리에 이르는 관도강은 자연스럽게 해자 역할을 톡톡히 한다. 조조는 그 물줄기 일대에 가시나무 울타리를 쳐놓고 큰

산 여기저기 있는 낭떠러지를 이용하여 견고하게 수비를 했다.

양쪽 군대는 관도강을 사이에 두고 대치했다. 지세에 대한 안배와 쌍방이 뿜어내는 힘이 우열을 가리기 어려운 이번 싸움은 바로 가와나카지마(川中島)에서 벌어진 다케다 신겐(武田信玄)과 우에스기 겐신(上杉謙信)의 전투와 똑같은 상황이다.

"이리 해놓으면 제아무리 하북 군이라도 함부로 접근할 수 없으리라."

조조는 그 진용을 자랑스러워했다.

"힘으로 밀어붙이는 건 어리석은 짓이다."

원소도 결국 깨달은 듯 요 며칠은 화살 하나 함부로 쏘지 않았다.

아뿔싸! 하룻밤 사이에 관도 북쪽 강변에 산이 봉긋 솟아올랐다. 대체 원소는 무슨 생각으로 20만 병사로 하여금 인공 산을 쌓아 올리게 했는가. 열흘이 지나니 이번에는 진짜 작은 언덕이 만들어졌다.

"무엇이냐?"

진가를 알아차린 조조 측에서는 진영 곳곳에서 장군들이 나와 회의를 거듭했지만 이렇다 할 비책을 내놓지는 못했다.

"아니, 이번에는 쌓아둔 언덕 위에 망루를 몇 개나 짓는 중이네…."

"정말이지, 엄청난 짓을 하는구먼. 어쩔 작정이지?"

이 질문에 대한 대답은 얼마 지나지 않아 원소 측에서 직접 실행해 보였다.

좁고 긴 언덕 위에 50명쯤이 앉을 수 있는 망루를 몇 군데나

지어 완성하자마자 한 곳에 노궁수 50명이 올라가 활을 겨누고 일제히 조조 군을 향해 돌화살을 쏘아댔던 것이다. 이 공격에는 조조도 할 말을 잃었고 전선은 산기슭 후미진 곳으로 퇴각할 수밖에 없었다.

"도하 준비를 하라!"

당연히 원소는 다음 행동을 개시했다. 밤이면 밤마다 강가에 세워놓은 가시나무 울타리를 몰래 잘라놓고, 나중에 엄호 사격을 받으며 적진 앞으로 상륙하려고 기회를 엿보았다.

조조도 내심 위협을 느꼈던 듯했다.

"관도 수비도 이 강이 있어서 가능했던 것인데…."

그러자 막료(幕僚) 유엽(劉曄)이 책략을 하나 내놓았다.

"적이 쌓은 언덕이나 망루를 부수지 않으면 우리는 어디로도 움직일 수 없습니다. 그러기 위해서는 발석거(發石車, 발사 소리가 하늘을 진동하였으므로 벽력거霹靂車라고도 하였다. 돌덩이를 가죽 주머니에 넣은 뒤, 여러 사병이 각자 반대편 밧줄을 하나씩 쥐는데, 호령에 따라 일제히 줄을 잡아당기면 지렛대 원리와 이심離心 작용에 의해 적을 향해 돌이 발사된다. 1번 돌을 던질 때 돌의 숫자나 크기는 타격을 받는 목표에 따라 결정된다. 무거운 돌은 10근에 달하며, 가장 멀리 나가는 건 300미터 정도. 발석거는 당시에 가장 위력적인 무기 가운데 하나였다 – 옮긴이)를 만들어 이 잡듯이 하나하나 쳐부수는 게 좋을 듯합니다."

"발석거?"

"제가 사는 마을에서 대장장이로 일하는 동네 노인이 발명한 물건으로 초약(硝藥)을 사용하여 큰 돌을 통에 넣고 높이 쏘아

올리는 기구입니다."

유엽은 그림을 일일이 그려가며 설명했다.

조조는 기뻐하며 즉시 그 대장장이 노인을 책임자로 발탁해 대장장이, 목수, 석수, 초약 제조사 등 기술자 수천 명을 독려하여 발석거 수백 대를 뚝딱뚝딱 만들었다.

그야말로 과학전이다. 근대 무기와 비교할 수는 없지만, 그 정신이나 전법은 과학전을 향해 약진하고 있었다. 거포(車砲)는 동시에 불길을 뿜었다. 큰 돌은 허공을 가르며 강을 넘어 인공 언덕으로 날아가 엄청난 흙먼지를 일으키며 적의 망루를 산산조각으로 폭파했다.

"대체 저 기계는 뭐냐?"

적은 물론이고 아군마저도 눈앞에 펼쳐지는 과학의 위력에 똑같이 두려움을 느꼈다.

"벽력거다. 저건 바다 건너 서방에서 온 벽력거라는 화기다."

박식해 보이는 사람이 말하자 어느새 그대로 벽력거라 불리게 되었다.

그건 그렇고, 하북 군은 또 새로운 전법으로 조조를 위협하기 시작했다.

4

굴자군(掘子軍)이라는 부대를 편성한 것이다.

두더지같이 땅 밑을 파서 지하에 굴을 만든 다음 땅굴로 통과한 병사가 적 앞에 돌연 나타나 공격하는 전법이다. 하북 군이 잘 쓰는 전법으로 예전에 북평의 공손찬을 공격해 함락시켰을 때도 이 수법으로 성에 잠입해 들어간 방화대가 활약하여 순조롭게 공을 세운 적이 있었다.

이번에는 성벽과 다르게 관도강이 양 군대 사이에 가로놓였지만, 수심이 얕았다. 깊이 파 들어가면 승산이 있다. 심배가 올린 방책이다.

"좋다."

원소는 즉시 실행하라고 지시했다. 두더지가 된 2만여 병사는 눈 깜짝할 사이에 지하에서 강기슭까지 땅속에 길을 들썩들썩 팠다.

조조는 일찌감치 눈치챘다. 구멍을 파면서 밖으로 퍼낸 흙무더기가 개미귀신이 파놓은 흙무더기같이 적진 곳곳에 쌓이기 시작했기 때문이다.

"굴자군은 또 어찌 막는단 말인가?"

조조는 유벽에게 걱정스레 물었다.

"저 책략은 이미 낡았습니다. 막으려면 우리 진지 전방에 옆으로 긴 해자를 파놓으면 됩니다. 그 해자에 관도 강물을 끌어다 물을 채워놓으면 더 좋습니다."

"옳거니!"

유벽이 해낸 구상으로 어렵지 않게 방어책을 마련할 수 있었다.

정찰병이 올린 보고로 방어책을 알아챈 원소는 서둘러 굴자군이 하는 작업을 중지시켰다. 대전은 이런 식으로 쓸데없이 시간을 끌어 8월, 9월을 넘겼다. 양쪽 다 물자를 운반하는 능력에 비해 사용하는 양이 더 많은 대군을 거느리고 있어 장기전에 접어들면 군량 문제로 힘들어지는 건 기정사실이다.

조조는 이 문제로 몇 번이나 관도를 버리고 도읍으로 철수할까 고민했지만, 일단 순욱(荀彧)의 의견을 들어보려고 도읍에 사신을 보냈다. 때마침 서황 부하 사환(史渙)이라는 자가 그날 적군 포로를 하나 잡아왔다.

서황은 포로를 회유하여 이모저모 캐물었다.

"원소 진영도 군량이 부족해 곤란한가 봅니다. 그렇지만 최근에 한맹(韓猛)이라는 장군이 각지에서 어마어마한 양의 곡물이나 식량을 조달해 왔습니다. 전 그 군량을 진영으로 옮기는 길을 안내하러 가는 도중에 재수 없게 칼을 밟아 낙오하고 말았습니다."

자백은 거짓말은 아닌 듯했다.

해서 서황은 득달같이 취조 내용을 조조에게 보고했다. 조조는 그 보고를 듣자마자 손뼉을 쳤다.

"그 군량이야말로 하늘이 우리 군에 보내준 선물이다. 한맹이라는 부장은 강하긴 하지만 성질이 거칠어 적을 얕잡아보는 경향이 있다. 자, 군량을 빼앗아 올 사람은 없는가?"

"누구 부를 것도 없이 제가 사환을 데리고 다녀오겠습니다."

서황은 그 역할을 자처하고 나섰다.

조조는 흔쾌히 허락했지만, 적지에 깊이 파고들어야 하는 일인지라 서황이 이끄는 선두 2000명 뒤에 장료와 허저에게 5000여 기를 주어 후방을 받쳐주었다.

그날 밤이다. 하북 군 군량 책임자 한맹이 곡물 수레 수천 승(乘)과 마소에 채찍을 있는 힘껏 내리치며 구불구불 난 산길을 지나는데 갑자기 사방 골짜기에서 우렁찬 함성이 울려 퍼지는 게 아닌가.

"무슨 일이냐?"

다급하게 방어 태세를 갖추었지만, 장소가 좋지 않은데다 길은 어둡고 마소는 날뛰는지라 미처 적이 보이기도 전에 혼란스러워졌다.

서황이 지휘하는 기습 부대는 준비해온 유황과 염초를 던져 적의 군량 수레와 짐을 잔뜩 실은 마바리에 불을 붙였다. 불이 붙자마자 소는 울고 말은 날뛰는 시뻘건 계곡에서 아비규환의 수라장으로 변해버렸다.

5

한밤중에 서북 방향 하늘이 새빨갛게 타오르는 걸 본 원소는 진영 밖으로 뛰쳐나왔다.

"뭐지?"

원소는 의문을 품고 불길을 지켜보았다.

그때 도망친 한맹 부하가 속속 도착했다.

"군량이 불타버렸습니다."

"한심한 놈."

원소는 낙담했고 실패한 한맹에게 분개를 터뜨렸다.

"장합 게 있느냐! 고람도 불러라!"

원소는 두 장수를 벼락같이 불러 정예 부대를 맡기고 군량대를 기습한 적의 퇴로를 막아 전멸하라고 명령했다.

"명심하겠습니다. 아군이 입은 손해는 막대합니다만 동시에 군량을 태운 적은 한 놈도 살려 보내지 않겠습니다."

두 장군은 일을 분담하여 큰길을 한달음에 달려 훌륭하게 적의 퇴로를 먼저 차지했다. 서황은 일을 완수하고 의기양양하여 그 길로 어슬렁어슬렁 접어들었다.

"한 놈도 놓치지 마라."

미리 기다리던 고람과 장합은 마구잡이로 포위하더니 말을 적군 속으로 깊이 몰고 들어갔다.

"네가 서황이냐?"

서황을 확인하자마자 목청껏 소리를 지르며 공격해 왔다. 그런데 뒤에 따라오던 부하들이 돌연 거미 새끼처럼 확 흩어져 달아나는 게 아닌가. 의아해하면서 두 장군도 도망쳐 나오니 무슨 계략인지 적에게는 버젓하게 배후가 숨어 있었다. 한 부대는 허저, 한 부대는 장료로 도합 5000여 기가 일제히 함성을 쩌렁쩌렁 울리며 달아나는 병사를 모조리 전멸시켜버렸다.

"도저히 안 되겠다."

고람은 기겁해서 싸워보지도 못한 채 달아나기 바빴다.

"헛되이 목숨을 버리지 마라."

장합도 이 말만 남기고는 채찍을 휘둘러 줄행랑을 놓았다.

적은 뿔뿔이 흩어지고, 서황은 후방을 맡았던 장료, 허저와 합류한 뒤 유유히 관도 하류를 넘어 진지로 돌아갔다. 조조는 서황 군이 세운 공을 유달리 치켜세웠다.

"과찬이십니다. 모처럼 사명을 받들고 나갔지만, 공은 반밖에 세우지 못했습니다."

서황은 평소와 달리 부끄러워 마지않았다.

"왜 그러느냐?"

"적의 군량을 깡그리 태우고 돌아왔으나 우리 배는 전혀 채워지지 않았습니다."

"별수 없다. 그것까지 바란다면 욕심이 지나친 거다."

조조가 위로하자 장군들은 쓴웃음을 지었는데, 그야말로 이 전투 성과로 궁핍한 군량 문제는 조금도 해결되지 않았다. 허나 원소 군이 처한 입장과 비교한다면 아군의 사기를 높인 것만으로도 서황이 세운 공은 충분히 컸다.

한편, 원소는 기대했던 막대한 양의 군량이 허무하게 타버린 데 대해 격노하였다.

"한맹의 목을 진영 문에 내걸어라!"

그러자 여러 장군이 불쌍히 여겨 몇 번이나 목숨을 살려주자고 애원하였다. 원소는 분을 삭이지 못해 결국 장군 직책을 박탈하고 일개 졸병으로 강등시켜버렸다. 어려움을 겪고 나니 심배가 원소에게 반드시 주의하라고 이른 곳이 걱정되었다.

"오소(烏巢, 하북성)를 지키는 일이야말로 중요합니다. 적이 굶주림에 시달릴수록 그곳의 위험은 더 커집니다."

오소와 업도(鄴都) 땅에는 하북 군의 생명줄에 해당하는 곡물 창고가 있었다. 그 말을 들으니 원소는 한층 더 마음이 편치 않아 심배를 오소로 파견하여 군량을 점검하라 명하고, 동시에 순우경(淳于瓊)을 대장으로 삼아 2000여 기를 곡물 창고 수비군으로 급파했다.

순우경이라는 자는 타고난 술꾼에다 입도 거칠어, 부장으로 순우경을 따라간 여위(呂威), 한거자(韓莒子), 휴원(眭元) 등은 내심 불안해했다.

"이번엔 볼썽사나운 모습을 안 봤으면 좋겠는데…."

오소 땅은 천하에 험난한 요해여서 적군이 넘보지 못해 안심은 했지만 역시나 순우경은 매일 부하들을 모아놓고 술만 진탕 마셔댔다.

6

원소 군에 허유(許攸)라는 장교가 있었다. 나이는 꽤 들었지만, 굴자군 한 조의 우두머리를 지내기도 한 사람으로 평소에는 중대장 정도로 전공도 세우지 못하는 불운의 사나이다. 허유는 조조와 동향 사람이라는 이유로 중요한 일을 맡기면 위험할 거라는 판단하에 제 몫을 다 하지 못하는 처지다.

술자리에서 언젠가 허유가 본인 입으로 입방정을 떨었다고 한다.

"어릴 때부터 조조와 난 불알친구였지. 원래 조조가 고향에 살았을 때는 늘 여자 사냥이나 다니고, 옷 자랑이나 하며, 마을에 있는 술집에서는 코가 비뚤어져라 마셔대는 불량소년 대장 같은 사람이었는데…. 나도 그 패거리와 어울려 꽤 난폭한 짓을 하곤 했지."

반은 자랑삼아 한 말이 독이 되어 항상 내부에서 싸늘한 눈초리를 받아왔다. 그런 허유가 우연히 공을 하나 세웠다. 정찰하러 나갔을 때 소대와 같이 진영 밖으로 걸어가던 중에 수상한 사내를 붙잡은 것이다. 심문해보니 뜻밖에도 중요한 인물이었다. 일전에 조조가 도읍에 있는 순욱에게 서간을 보냈던 일을 기억하는가? 그 후로 순욱에게서 좋은 보고가 들어오지 않고 군량도 보내오지 않아 전군이 굶어 죽을 지경이라는 사실을 다시 한번 순욱에게 급하게 알리고 신속한 지원을 기다린다는 중요한 서간을 소매 속에 지닌 세작이었다.

"긴히 드릴 말씀이 있습니다. 제게 기마 5000기를 인솔할 수 있도록 허락해주십시오."

허유는 이 일로 평소에 받았던 의심을 훌훌 벗고, 불운에서 탈출하는 기회로 삼으려는 듯 원소를 직접 만나서 간곡히 부탁했다. 물론 그 증거로 서간을 보이고 생포한 밀사를 고문한 내용도 소상히 아뢰었다.

"병사 5000명을 맡긴다면 어찌할 셈인가?"

"샛길로 빠져 어려운 지점을 넘은 다음 적의 중심인 허도 부(府)로 들어가 단번에 공격하겠습니다."

"쯧쯧, 어리석다. 그리 쉽게 성공할 일이라면 날 비롯하여 상장군들이 이리 고생하겠는가?"

"믿어주십시오. 반드시 성공해 보이겠습니다. 순욱이 바로 군량을 보내지 않은 이유는 군량을 사수하려면 대부대를 딸려 보내야 하기 때문입니다. 빠르든 늦든 군량 수송을 제때 하지

않으면 조조를 비롯한 전선에서 전쟁에 임하는 장수들은 배고
픔에 허덕이게 될 것입니다. 제 생각으론 이미 운송 대부대는
도읍을 떠난 것 같습니다. 그렇다면 낙양이 비는 건 당연하지
않습니까?"

"넌 상장군의 지혜를 우습게 보는구나. 그 정도는 누구든지
생각할 수 있다. 하나만 알고 둘은 모르는구나. 만약 그 서간이
가짜라면 어찌할 건가?"

"가짜가 아닙니다. 전 조조의 필체를 어릴 적부터 보아왔습
니다."

허유가 내보인 열의는 쉽게 받아들여지지 않았다. 그렇다고
단념할 기색도 없이 허유는 주야장천으로 사정했다. 하는 수
없이 원소는 이야기 도중에 자리를 뜨고 말았다. 심배가 사람
을 보내온 참이다. 그러자 그사이에 한 신하가 살짝 귀띔해주
었다.

"허유가 하는 말을 들어서는 아니 됩니다. 하장군인 주제에
탄원하다니 주제넘은 짓입니다. 그뿐만 아니라 허유는 기주에
있을 때도 항상 행실이 바르지 않고 백성을 협박하며 해마다
뇌물을 가로채고 금은을 빌려서 술과 여자에 빠지는 등 다들
가까이하기 꺼리는 자입니다."

"음…. 알았다."

원소가 되돌아왔을 때는 지저분한 물건이라도 보는 듯한 눈
으로 허유를 쳐다보았다.

"아직 있었나? 물러가라. 계속 그러고 있어도 대답은 같다."

원소는 호되게 호통쳤다.

허유는 화가 치민 표정으로 툴툴거리며 밖으로 나왔다. 그러고는 울분을 이기지 못했는지 스스로 목을 베려고 칼을 뽑아 들었다.

"어리석은 자군, 나를 쓰지 않다니…. 언젠가 후회할 날이 올 것이다. 두고 봐라. 그렇다, 본때를 보여주자. 내가 자결할 이유는 없다."

돌연 생각을 고쳐먹은 허유는 몰래 참호 속으로 숨었다. 그날 밤, 불과 사병 대여섯을 데리고 어둠에 몸을 숨겨 관도의 얕은 못을 건너더니 재빠르게 적군 진영으로 뛰어 들어갔다.

소용돌이치는 황하

1

"게 서라, 누구냐!"

창끝에 정체 모를 하얀 헝겊을 동여맨 채 휘두르면서 쏜살같이 달려오는 적장을 보고 조조 군 병사는 그 자리에서 붙잡은 다음 이름과 찾아온 목적을 심문했다.

"조 승상의 옛 친구다. 남양의 허유라고 전하면 반드시 기억하실 것이다. 중요한 사실을 고하러 왔으니 한시라도 빨리 전해주게."

조조는 진영 안에서 옷을 벗어 걸고 막 쉬려던 참에 부장이 전하는 말을 들었다.

"뭐, 허유가?"

의외라는 표정을 지으며 허유를 들이라고 전했다.

두 사람은 진영 문 근처에서 만났다. 두 사람 얼굴에 소년 시절의 얼굴이 고스란히 남아 있었다.

"오오, 자넨가? 반가우이."

조조가 어깨를 두드리니 허유는 땅에 엎드려 넙죽 절을 하는 게 아닌가.

"예의는 차리지 말게나. 우리는 어린 시절부터 친구 사이가 아닌가. 지위 고하를 따지면 왠지 서운하이."

조조는 손을 덥석 잡더니 허유를 일으켜 세웠다. 허유는 그제야 자신을 탓했다.

"난 반생을 잘못 살았소. 주군을 보는 눈이 없어 원소 같은 자 밑에서 벼슬을 하고, 게다가 충언을 했는데도 원소는 들으려 하지 않지 뭐요. 급기야 쫓겨나 옛 친구 진영에 항복을 구하다니…. 정말 면목 없지만 날 딱히 여겨 어디서 뭐 하던 놈인지 묻지 말고 거둬주지 않겠나?"

"자네 성질은 익히 알지. 무사히 얼굴을 마주하는 것만으로도 기쁜데 내게 힘을 보태준다면 거절할 이유가 없지 않겠는가? 기꺼이 자네가 하는 말을 들어봄세. 먼저, 원소를 쳐부술 계책이 있다면 말해보게."

"원소에게 권한 계책은 지금 정병 5000명을 거느리고 샛길로 난 요해를 몰래 넘어 불시에 허도를 습격해 앞뒤에서 관도 진영을 공격하자는 것이었소. 헌데 원소는 들어주지 않았을 뿐만 아니라 하급 장군이 주제넘다고 날 매몰차게 물리쳤소."

조조는 적잖이 놀랐다.

"만약 원소가 자네 책략을 받아들였다면, 우리 진지는 산산이 부서질 지경이었군그래. 아아…, 위험하구나. 이제 우리 진영으로 넘어왔으니 반대로 원소를 쳐부순다면 어떤 계략을 세울 건가?"

"그 계략을 말하기 전에 묻고 싶은 게 있소. 대체 승상 진지 엔 지금 군량이 어느 정도 있소?"

"반년은 버틸 듯하다만…."

조조가 즉시 답하니 허유는 언짢은 표정으로 가만히 조조 눈을 힐책하듯 쳐다봤다.

"거짓말이오. 모처럼 내가 옛정을 못 잊어 진실을 말하려는데 승상은 오히려 거짓말을 하시오? 날 속이려는 사람에게 진실을 말할 수 없잖소?"

"에이, 장난으로 해본 말이네. 정확하게 말하면 석 달 치 정도밖에 없네그려."

허유는 또 씨익 웃었다.

"과연 그럴까? 사람들 사이에서 조조는 간웅이라 교활하다는 소문이 있는데 과연 정확지는 않아도 대체로 맞는 말 같소. 승상은 전혀 사람을 믿지 않는군."

허유가 혀를 끌끌 차며 탄식하니 조조는 창황했는지 허유 귓가에 별안간 입을 가까이 대더니 작은 목소리로 속닥였다.

"군 기밀이네. 내부에선 숨기지만 자네니까 특별히 사실을 말해줌세. 이미 고갈되어 달포를 버틸 군량밖에 없네."

그러자 허유는 분노하며 조조 입에서 귀를 멀리하며 정곡을 찌르듯 물었다.

"애들 장난 같은 거짓말은 그만하시오. 승상 진영에는 벌써 군량이라고는 쌀 한 톨도 남아 있지 않소. 말을 먹고 풀을 씹는 건 군량이 아니잖소?"

"어…, 어떻게 거기까지 아는가?"

그 대단한 조조도 얼굴색이 대번에 바뀌었다.

2

허유는 품 안에 손을 넣었다. 그러고는 찢어진 봉투에서 서간을 꺼내어 조조 눈앞에 내밀었다.

"이건 대체 누가 쓴 거요?"

허유는 콧등에 비열한 잔주름을 만들며 몰아세웠다.

그 서간은 전에 조조가 도읍에 있는 순욱에게 보낸 서신으로 군량의 궁박함을 고하고 신속한 대처를 재촉하며 직접 쓴 것이다.

"어떻게 내가 쓴 서신이 자네 손에 있는가?"

조조는 기겁하여 더는 거짓말을 해도 소용없다는 사실을 알아챈 듯했다. 허유는 자기 손으로 전령을 생포한 일 등을 소상하게 말했다.

"대군인 적에 비해 승상이 이끄는 군은 인원이 적고 군량도 떨어져가니 하루하루가 다급한 지경이오. 왜 적에게 유리한 지구전에 말려들어 자멸을 기다리는지 모르겠소…."

조조는 한풀 확 꺾였는지 몸을 낮추어 공손하게 물었다.

"속전즉결(速戰卽決)로 나가고 싶지만 방책이 없고, 지구전을 하기에는 군량이 턱없이 부족하네. 어찌하면 지금 닥친 이 위기를 벗어날 수 있겠는가?"

허유는 그제야 새로운 사실을 이야기해주었다.

"여기서 40리 떨어진 곳에 오소라는 요해가 있소. 오소는 말하자면 원소 군을 먹여 살리는 군량미가 저장된 식량 창고가 있는 곳이오. 그곳을 지키는 순우경은 술을 즐겨하고 부하들을 통솔하지 않으므로 허를 찌르면 반드시 무너질 정도로 방비가 취약하오."

"어떻게 적지를 돌파하여 오소까지 간단 말이오?"

"호락호락하지는 않소. 강한 자들을 뽑아 하북 군같이 꾸미는 게 맨 먼저 할 일이오. 그 다음 경계를 통과할 때마다 '원 장군의 직속 장기 수하에 있는 사람인데, 군량 수비군을 증강하기 위해 파견되어 오소로 간다'고 대답하면 어두운 밤이라도 별 다른 의심 없이 통과시켜줄 것이오."

조조는 허유의 말을 듣자마자 어두운 밤에 광명의 빛줄기를 본 듯 몹시 기뻐했다.

"그렇다! 오소를 불태워버리면 원소 군은 이레도 버티지 못한다!"

조조는 곧바로 출진 준비를 서둘렀다. 먼저 하북 군 위장 깃발을 셀 수 없이 많이 만들었다. 장수 군장도 말을 장식하는 깃대도 하북 군 풍속에 따라 색을 입힌 다음 약 5000명에 달하는 위장군을 편성했다.

장료는 걱정이 태산이었다.

"승상, 혹시 허유가 원소가 보낸 세작이라면 군사 5000명은 살아 돌아오지 못합니다."

"군사 5000명은 내가 직접 인솔할 것이다. 왜 일부러 적의 계략에 빠지러 들어가겠느냐?"

"네? 승상께서요?"

"걱정하지 마라. 허유가 우리 쪽으로 도망쳐 온 건 하늘이 이 조조에게 큰일을 시키려고 주신 기회다. 만약 의심하고 머뭇거리다 이 기회를 놓치기라도 한다면 하늘은 날 어리석다며 버릴 것이다."

단호하게 결정을 내리는 성격은 조조가 지닌 천성 중 큰 장점이다. 게다가 조조는 장수에게는 불가결한 날카로운 직감을 지녔다. 다른 사람은 쉽게 결과를 추측하지 못하는 모험도 조조는 예민한 감으로 목적을 이룰 것인지 아닌지를 순식간에 판단했다.

그렇지만 조조가 우려하는 점은 가야 할 적지가 아니라 본진을 비우는 것이다. 물론 허유는 남겨뒀다. 체면이 깎이지 않게 진영에서 융숭히 대접했다. 조조가 없는 동안 조홍을 대장으로 삼아 가후와 순유를 수하에 붙여 하후연, 하후돈, 조인, 이전 등과 함께 진영을 수비하도록 남겨두었다.

조조는 위장병을 인솔하기 시작했다. 위장병 5000명을 거느리고 장료와 허저를 선두로 하여, 사람은 소리를 내지 않고 숨을 죽였으며 말은 입에 재갈을 물려 그림자처럼 움직이도록 했다. 그날 황혼녘에 장엄하게 관도를 떠나 적의 땅 깊숙이 들어가는 데 성공했다.

때는 건안 5년 10월 중순이다.

3

저수는 주군 원소에게 간언을 올리고 되레 원소의 분노를 사는 바람에 옥에 갇히는 신세가 되었다. 그날 밤 저수는 홀로 옥에 앉아 별을 바라보았다.

"아…, 보통 일이 아니다."

저수는 큰 소리로 중얼거렸다.

혼잣말하는 저수를 이상하게 여긴 옥사장이 이유를 물으니 저수가 대답했다.

"오늘 밤 별빛은 밝은데 지금 하늘의 움직임을 보아하니 요상한 구름 한 줄기가 태백성을 관통하여 걸려 있소. 병란이 일어날 흉조요."

그러더니 저수는 옥사장을 통해 주군 원소와 만나게 해달라며 몇 번이나 간청하니, 때마침 술을 마시던 원소 눈앞으로 끌려갔다.

저수는 당차게 진언을 올렸다.

"오늘 저녁부터 동틀 때까지 반드시 적이 기습해 올 것입니다. 미루어 짐작하기에는 우리 군량이 오소에 있으니 지략이 있는 적이라면 반드시 그곳을 노릴 것입니다. 즉시 맹장과 용감한 병사들을 보내 산간 통로에 매복하고 적들이 세운 계략을 뒤엎어서 흉을 길로 만들 응변(應變)의 준비를 해야 합니다."

원소는 그 말을 잠자코 듣더니 몹시 못마땅해했다.

"옥중에 있는 몸으로 함부로 혀를 놀려 사기를 흐트러뜨리는가. 현명함을 과시하는 밉살스런 죄수 놈. 썩 물러가라!"

원소는 호통만 치고 자리를 피했다.

그뿐만 아니라 저수가 탄원할 수 있도록 연결해준 옥사장은 옥중에 있는 자와 친하게 지냈다는 죄를 물어 그날 밤 목이 달아났다. 그 소식을 들은 저수는 옥에서 혼자 엉엉 울면서 한탄했다.

"이제 눈에 보이는구나. 우리가 망하는 건 시간문제로다. 이 몸도 어딘지 모를 들판의 흙이 되겠구나…."

한편, 조조가 이끄는 위장 하북 군은 적의 경비진을 만날 때마다 허유의 계책대로 실천했다.

"우리는 구장(九將) 장기 수하로 주군 원소의 명을 받아 급히 오소 수비군을 증강하기 위해 파견됐다."

큰 소리로 알리니 위장 군은 무사통과했다.

오소의 곡창 수비 대장 순우경은 그날 밤도 마을에서 여자를 데려와 부하와 함께 술을 진탕 마시며 밤늦게까지 흥청망청 놀았다. 그러다 진영 내 어딘가에서 바지직하는 이상한 소리가 들려 허둥지둥 나와 보니 온통 불바다이지 않은가! 초약에서 터지는 불꽃, 던져진 잡목에 옮겨붙은 불꽃 등이 불꽃놀이를 하듯 오가는 가운데 징 소리, 화살 날아가는 소리, 외쳐대는 함성이 들려와 금세 귀가 먹먹해질 정도였다.

"야습이다!"

낭패라는 생각에 부리나케 방어해보았지만 이미 늦었다. 병사 중 반은 항복하였고, 일부는 달아났으며, 남은 자들은 화염 속에서 육신을 태워 한 줌의 재가 되었다.

조조 부하는 포승으로 순우경을 포박했다. 부장 휴원은 행방을 알 수 없었고, 조예(趙叡)는 달아나다 칼을 맞아 죽었다. 조조는 예상했던 대로 승리를 거두자, 순우경의 코를 도려내고 귀를 잘라낸 다음 말 위에 묶어 승전가를 씩씩하게 부르며 돌아왔다. 아직 동이 트기도 전에 일어난 일이다.

그때 원소는 본진에서 태평스럽게 자고 있었다.

"불길이 보입니다!"

불침번이 깨워서 그제야 오소 방면에 떠오른 붉은 하늘을 봤다. 뒤이어 급보가 속속 도착했다. 원소는 경악하여 우왕좌왕 갈피를 잡지 못했다.

"긴급히 오소를 구해야 합니다!"

장합이 조바심을 내며 말했지만, 고람은 극구 반대했다.

"오히려 조조의 본진인 관도가 빈 틈을 타 조조가 돌아갈 곳이 없도록 하심은 어떠신지요."

타오르는 불길을 보면서도 원소 진영에서는 갈팡질팡 이런 논쟁을 벌이다니….

4

초미의 문제를 눈앞에 두고도 원소는 과감한 결정을 내리지 못했다. 진영에서 벌어진 논쟁에 대해서도 명쾌한 결론을 짓지 못했다. 원소도 우둔한 인물은 아니다. 대대로 내려오는 명문가에서 태어나 전통적으로 자부심이 강했고, 시시각각 변하는 정세와 주위 상황에 대처하는 방법을 몰라서 저지른 그동안 쌓인 과실이 이제 와 피할 수 없는 결과를 불러와 원소도 손발을 둘 데가 없었다.

"그만두지 못하겠나! 언쟁이나 할 때가 아니다!"

참을 수 없었는지 원소는 급기야 호통을 쳤다. 확실한 자신도 없으면서 황급하게 호령부터 내질렀다.

"장합과 고람은 함께 5000기를 이끌고 관도의 적진을 쳐라. 오소 방면에는 병사 1만 명을 인솔하여 장기가 가면 된다. 빨리 가라, 어서!"

장기는 명심하고 바람같이 진을 꾸렸다. 보졸 1만 명은 서둘러서 뛰어갔다. 오소 하늘은 한층 더 붉게 타올랐지만, 산간 길은 여전히 어두웠다. 산간 길을 접어드는데 저쪽에서 군데군데 100기, 50기쯤 장수가 몰려와 하나둘 장기 군에 섞여들었다. 선두로 달려와서 가장 먼저 만난 사람에게 충분히 따지고 물은 것은 말할 것도 없었다.

"누구냐?"

"순우경 부하입니다. 대장이 붙잡혀 가고 우리 진영은 불바다가 되어서 도망 왔습니다."

하나같이 입을 맞추어서 대답했고 겉모습을 보아도 하북 군 복장이니 추호도 의심하지도 않고 응원군으로 받아들였다. 사실 이 부대는 오소에서 돌아온 조조 장수들이다. 그중에는 장료나 허저 같은 무시무시한 맹장도 섞여 있었다. 뛰어서 행군하는 도중에 장기 앞뒤에는 어느새 그런 얼굴들이 조금씩 가까이 다가갔다.

"앗, 배신자!"

"적이다!"

돌연 혼란에 휩싸였다. 게다가 어둡기도 하여 적인지 아군인지 구분할 수도 없는 가운데 장기는 이미 누군가 찌른 창에 운명을 달리했다. 순식간에 주변 일대 나무나 바위들은 사람으로 변해 징을 울리고 칼과 창은 비명을 질렀다. 조조 지휘 아래 장기 군 대부분은 죽어 나갔다.

"쫓아와서 좋은 선물까지 주다니 원소도 참으로 별난 사람이다."

대승을 거둔 조조는 회심에 찬 목소리로 호탕하게 웃었다. 그사이에 조조는 원소 진지에 사람을 보내 전했다.

"장기 이하 군사들은 지금 오소에 도착해 적을 물리치니 원 장군은 마음을 편히 놓으십시오."

그 전갈을 곧이곧대로 믿은 원소는 마음을 푹 놓았다. 어둠 속에서 꾼 편안한 꿈은 아침이 밝아오면서 안개와 같이 걷혀서 다시 참담한 현실을 맞이했다.

장합과 고람도 관도를 공격했지만 비참하게 패배했다. 조조가 준비하지 않았으면 몰라도 관도를 공격해 올 것이라 예상해 미리 만반의 준비를 한 조인과 하후정에게 정면으로 덤벼들었으니 지는 것도 불을 보듯 뻔한 일이리라.

장합과 고람은 관도에서 피난해 오던 길에 운 나쁘게도 회군하는 조조 군과 다시 맞닥뜨렸다. 철저하게 패해 5000명 군사 중 살아 돌아온 자는 1000명도 채 되지 않았다.

"아아…."

원소는 망연자실했다.

그런 원소 앞에 귀와 코가 잘린 순우경이 도착했다. 순우경을 보자마자 태만함을 꾸짖다 분노를 참지 못하고 그 자리에서 목을 베어버리고 말았다.

5

목이 잘린 순우경을 보자 원소 진영의 장군들은 너도나도 불안에 휩싸였다.

"나도 언젠가…."

"아, 어찌하면 좋은가…."

닥쳐올 운명에 몸이 벌벌 떨려오는 걸 느꼈다.

"이건 아니지…."

그중에서도 곽도는 일찍이 자기 몸을 보호하기 위한 지혜를 짜내느라 골머리를 썩였다. 어젯밤 관도의 본진을 치면 반드시 이긴다고 적극적으로 권한 사람이 바로 곽도다.

'나중에 장합과 고람이 대패하고 진영으로 돌아온다면 죄를 추궁당할지도 모른다. 지금이라도….'

곽도는 서둘러서 원소에게 진언했다.

"장합과 고람 군도 오늘 새벽 관도에서 참패하고 말았습니다만, 두 사람은 본래 아군을 팔아 조조 밑으로 갔으면 하는 딴마음을 보였습니다. 하여 어젯밤 있었던 대패는 일부러 아군에게 손해를 끼친 건지도 모릅니다. 그런 의도가 아니라면 적은 수의 적에게 어이없이 패할 리가 없습니다."

원소는 서슬이 시퍼랬다.

"돌아오면 반드시 그 둘의 죗값을 물을 것이오."

원소의 말을 듣고 곽도는 은밀하게 사람을 보내 장합과 고람이 돌아오는 도중에 말을 전했다.

"한동안 본진으로 돌아오지 마시오. 원 장군이 귀공들의 목을 치려고 칼을 뽑았소."

두 사람이 이 말을 전해 듣는데 원소가 보낸 진짜 전령이 도착했다.

"속히 돌아오게."

고람은 돌연히 칼을 뽑아 말을 타고 있던 전령을 베었다. 놀란 사람은 장합이다.

"왜 주군이 보낸 전령을 베는 것이오. 난폭한 짓을 하면 더욱 주군 앞에서 할 말이 없어지지 않소."

장합이 절망하며 슬퍼했다.

그러자 고람은 세차게 고개를 가로저었다.

"우리가 어찌 죽음만 기다리겠소. 이보게, 장합. 시대의 흐름은 하북에서 벗어난 지 오래요. 깃발을 바꿔 달고 조조에게 과감하게 갑시다."

두 사람은 함께 말 머리를 돌려 관도 북쪽에 백기를 내걸고 결국 조조 진영으로 가서 항복하고 말았다. 말리는 자도 있었지만, 조조는 사람을 받아들이는 데는 도량이 넓었다. 항복한 장수 장합을 편장군(偏將軍) 도정후(都亭侯)에, 고람을 편장군 도래후(都來侯)로 봉했다.

"앞으로 펼칠 활약을 크게 기대하네."

조조가 보내는 따뜻한 격려에 두 장군은 감격할 따름이다.

적의 장군 둘이 줄고 아군에 둘이 늘어나면, 차이는 넷으로 벌어지므로 조조 군이 강력해지는 것과는 반대로 원소 군이 약해지는 건 당연지사다. 게다가 오소를 태워버린 이후 군량난도 해결하여 승상기가 휘날리는 곳은 아침 해가 떠오르는 기세였다.

그 후로 허유도 조조에게 후한 대접을 받았다.

"여기서 긴장을 풀면 안 되오. 지금이오, 바로 지금."

허유는 조조를 또 부추겼다.

밤낮으로 공격하고 또 공격하여 쉬지 않고 밀어붙였다. 뭐니 뭐니 해도 하북 진영은 엄청난 대군이었다. 하루아침, 하룻밤에 붕괴할 것 같지 않았다.

"적의 세력을 세 부분으로 나누어서 각각 전멸해 나가는 방책을 쓰면 어떻습니까? 그렇게 유도하기 위해서는 우리 군사를 조금씩 여양(黎陽, 하남성 준현濬縣 동남), 업도(하북성), 산조(酸棗, 하남성) 세 방면으로 나누는 것처럼 감쪽같이 속인 다음 원소의 본진 각 방면에서 한꺼번에 쳐들어가는 기회를 엿보는 것입니다."

순욱이 내놓은 헌책이다.

이번 전쟁에서 순욱이 처음 낸 의견인지라 조조도 신중하게 그 말에 귀를 기울였다.

6

업도, 여양, 산조 세 방면을 향해 야금야금 조조 군이 움직인다는 보고가 마침내 원소에게 들려왔다.

"조조가 또 뭔가 꾸미는 게로구나."

대장 신명(辛明)에게 5만 기를 주어 여양으로 보내고 셋째 아들 원상(袁常)에게도 5만 기를 내려 업도로 급파하고 게다가 산조에도 대군을 분배했다. 당연히 원소 본진은 눈에 띄게 군사 수가 줄었다.

원소 동정을 살펴서 알아낸 조조는 당연히 회심의 미소를 지을 수 있었다.

"예상했던 대로다."

조조는 세 곳으로 흩어진 각 부대에 날짜와 시간을 미리 정하여 연락을 취해 한꺼번에 원소 본진을 급습했다. 황하는 거꾸로 흐르고 태산은 무너져 다시 천지개벽 전의 어둠이 찾아온 듯했다. 원소는 갑옷을 입을 새도 없이 홑옷 바람에 두건만 쓴 채 말을 타고 달아났다. 원소 뒤로 단 한 사람 장남 원담(袁譚)이 뒤따를 뿐이다.

"내가 사로잡겠다!"

장료, 허저, 서황, 우금 등의 무리가 저마다 원소를 뒤쫓았지만 황하 지류에서 아깝게 놓치고 말았다.

한 줄기나 두 줄기 강이라면 짐작이라도 하겠지만 망막한 대지에 늪도 있고 호수도 있고 또 늪과 호수를 연결하는 무수히 많은 물줄기가 있어서 어디로 건너갔는지 거대한 물에 정신을 빼앗겨버렸다.

여러 곳을 탐색하던 중 포로로 잡은 장교가 자백했다.

"장남 원담 외에도 병사 약 800명이 북방 늪을 건너서 달아났습니다."

그 와중에 집결하라는 각적 소리가 들려와 허무하게 철수할 수밖에 없었다.

그날 전쟁에서 거둔 성과는 예상외로 컸다. 적의 시체는 8만 구 정도였다. 원소의 본진 부근에서 원소가 버리고 간 식량, 중요 서류, 금은 비단 등이 여기저기서 발견되었고, 그 밖에 탈취한 무기와 말 등등 모두 합치면 막대한 액수였다.

전리품 중에는 원소 자리 바로 옆에 두던 물건인 듯 가죽에 금띠를 두른 커다란 궤도 있었다. 조조가 그 궤를 열어보니 서신 몇 다발이 나왔다. 생각지도 못한 조정 관리 이름이 쓰여 있는 게 아닌가. 지금 조조 곁에서 충성스런 얼굴을 한 대장 이름도 더러 나왔다. 그 밖에 평소에 원소와 내통하던 자들이 주고받은 편지가 조조 눈에 띄고 말았다.

"기가 막힙니다. 서신을 증거 삼아 이참에 딴마음을 품은 가증스런 자들을 군법에 부쳐 단죄를 내리셔야 합니다."

순유가 곁에서 말하자 조조는 이죽이죽 웃었다.

"아니다, 기다려라. 원소 세력이 왕성했을 무렵에는 이 조조도 어찌해야 할지 마음이 흔들렸다. 하물며 다른 사람은 오죽했겠는가…"

조조는 눈앞에서 서간을 보관한 가죽 궤를 통째로 불태워버리고 말았다.

또 원소 신하 저수는 옥에 갇힌 신세였는지라 당연히 달아날 방도가 없어 조조 앞으로 끌려왔다.

"오, 그대와는 일면식이 있지."

조조는 저수를 대면하자 손수 뒷짐결박을 풀어주었지만, 저수는 되레 언성을 높이며 호의를 거절했다.

"내가 붙잡힌 건 어쩔 수 없어서요. 항복한 게 아니란 말이오. 어서 목을 치시오."

조조는 저수를 아까워해 진중에 두고 성의껏 대접했다. 허나 저수는 밤낮으로 기회를 엿보다가 말을 훔쳐서 달아나려고만 애썼다.

저수가 안장에 올라탄 순간, 화살 하나가 날아오더니 저수 등에서 가슴까지 관통해버렸다.

"아…. 내가 충신을 죽였구나."

조조는 자신이 한 일을 슬퍼한 나머지 손수 제사를 지내고 황하 부근에 무덤을 만든 다음 '충렬저군지묘(忠烈沮君之墓)'라고 묘비에 새겼다.

십면매복(十面埋伏)

1

원소는 불과 800기쯤 되는 군사를 이끌고 겨우 여양까지 달아났지만, 아군과 할 수 있는 연락은 모조리 끊어져 이제부터 서쪽으로 가야 할지 동쪽으로 가야 할지도 모를 지경이었다.

여산(黎山) 기슭에서 머문 날 동틀 무렵, 원소는 잠을 자다 문득 눈을 떴다. 그랬더니 남녀노소의 슬픈 울음소리가 온 사방에서 들렸다. 귀를 기울여보니 그 소리는 아버지가 칼에 맞은 아이, 형을 잃은 아우, 남편을 여읜 부인이 제각각 이름을 부르며 절규하며 찾는 소리였다.

"봉기와 의거(義渠) 두 장수가 여러 곳에 흩어진 군대를 모아 막 도착했습니다."

숨이 찬 병사가 헉헉대며 보고했다.

"저 절규는 패잔병들을 보고 그 속에 가족이 있지나 않을까 찾아보는 사람들의 외침인가…"

원소는 거기까지 생각이 미쳤다.

봉기와 의거가 같이 와주어 원소는 재기할 마음을 다시 먹었고, 기주 영지로 돌아왔다.

"전풍의 간언을 귀담아들었더라면 이런 비참한 꼴을 당하지는 않았을 터…."

마을을 지날 때마다 사람이 있는 곳에서는 반드시 슬피 한탄하는 소리가 들려왔다. 그도 그럴 것이 이번 관도 대전에서 원소가 이끈 기북 군은 75만에 이르렀는데 지금 봉기와 의거가 합류했지만, 돌아보면 남아 있는 병사 수는 얼마 되지 않았다. 쓸쓸하게 찢어진 깃발을 바람에 휘날리며 사람들이 보내는 원망과 한탄의 표적이 되었다.

"전풍…, 그랬다. 전풍의 간언을 귀담아듣지 않았던 내 실수다. 무슨 낯으로 전풍의 얼굴을 대하겠는가."

원소가 연신 후회하며 사죄하는 말을 들은, 전풍과 사이가 좋지 않은 봉기는 기북성에 가까워지자 전풍이 원소에게 중용될까 두려워 모략했다.

"성에서 마중 나온 사람의 이야기를 들으니 옥중에 있는 전풍은 아군이 대패했다는 소식을 듣고는 손뼉을 치고 웃으며, 내 말이 맞지 않았냐고 잘난 체를 했다고 합니다."

그러자 원소는 또 모략에 놀아나 전풍을 증오하고 성으로 돌아가는 대로 참형에 처하겠다며 속으로 다짐했다.

기주성 안에 있는 옥에 갇힌 전풍은 원소 군이 관도에서 대패했다는 소식을 듣고는 입을 열지 않았고, 음식도 입에 대지 않았다. 전풍을 존경하는 옥사장이 몰래 감방 창문으로 가 위로했다.

"이번에야말로 원 대장군도 당신의 충언을 잘 아셨겠지요. 돌아오면 반드시 당신에게 감사하고 중용하실 겁니다."

그러자 전풍은 고개를 절절 저었다.

"그렇지 않을 거요. 상식적으로 생각하면 되오. 충신이 하는 말을 잘 듣고 간신의 모략을 가려내는 주군이라면 대패하지 않았을 터. 아마 내가 죽을 날이 얼마 안 남았을 테지."

"설마, 그럴 일은…."

옥사장은 그럴 리 없다고 생각했지만, 과연 원소가 귀국한 그날 바로 사신이 찾아왔다.

"죄인에게 칼을 내리셨다."

전풍에게 자결을 강요했다.

"헉!"

옥사장은 전풍의 선견에 놀랐고, 마음 깊이 슬퍼하여 전풍에게 이별주와 안주를 조촐하게 올렸다. 전풍은 침착하게 감옥을 나와 멍석에 앉아 술을 한잔 마셨다.

"무릇 선비라는 사람이 세상에 태어나서 섬길 주군을 제대로 알아보지 못했으니 그 자체가 이미 어리석다는 증거다. 이제 와 넋두리한들 무슨 소용 있겠는가."

전풍은 칼을 뽑아 들더니 스스로 목을 찌르고 쓰러졌다. 전풍 목에서 솟구친 검은 피가 대지를 한층 더 어둡게 물들였고 그날따라 기주 하늘과 별은 요상하게 붉었다. 전풍이 죽었다는 소식을 듣고 남모르게 눈물을 흘린 사람도 적지 않았다.

2

원소는 본국에 돌아와서 기주성 안에 있는 전각에 틀어박혀 근심과 번뇌로 심란한 나날들을 보냈다. 영락하는 모습이 드러나면서 대국에 대한 고민은 깊어져만 갔다. 전쟁으로 입은 피해도 컸지만, 내정에서 썩은 병은 점점 곪아갔다.

"당신이 건재할 때 후사를 정하시지요. 그 일을 해놓으시면 하북의 기주도 하나가 되어 앞으로 모든 일이 일사천리로 진행될 겝니다."

유 부인은 끈질기게 원소를 설득했다. 내심 자신이 낳은 셋째 아들 원상을 하북의 후사로 내세우고 싶은 것이다.

"나도 이제 지쳤소. 몸도 마음도 다. 걱정 마시오. 가까운 시일 내에 후사를 정하겠소."

유 부인을 통해 항상 좋은 말만 전해 들은지라 원소 의중에도 원상이 가장 걸맞는다는 생각이 있었다. 하지만 장남 원담은 청주에 있고, 차남 원희는 유주를 지키고 있었다. 그 둘을 제쳐놓고 삼남 원상을 후사로 정하면 어찌 될 것인가? 원소는 망설이고 망설였다. 항상 곁에 두고 총애하는 원상인 만큼 고민할 필요도 없는 명백한 문제인데 말이다.

중신들은 의향을 살펴보니 봉기와 심배는 원상을 옹립하고 싶어 하고, 곽도와 신평(辛評)은 정통파라 그런지 맏아들 원담을 내세우려는 듯했다.

그래도 자신의 뜻을 넌지시 비친다면 이 사람들도 함께 원상을 지지해줄지도 모른다고 생각한 듯 원소는 어느 날 장군 넷을 취미묘(翠眉廟)로 불러들였다.

"나도 이제 나이가 들었고, 아들들이 여러 주를 나눠서 각각 걸맞게 지방을 지키니, 종가의 후사로는 셋째 원상이 합당하다 생각하오. 해서 조만간 원상을 하북의 새 군주로 삼으려는데 그대들 생각은 어떻소?"

의견을 물으면서 가만히 자신의 바람을 털어놓았다.

맨 먼저 곽도가 입을 열었다.

"생각지도 못했던 일입니다. 예부터 형을 제치고 아우를 내세워 종가가 편안했던 예가 없습니다. 그대로 행하신다면 곧바로 하북 전체가 혼란스러워져 백성이 편안하지 못할 건 불 보듯 뻔합니다. 게다가 지금은 조조의 침략도 잠잠하지 않습니다. 부디 가정사로 분란을 일으키지 마시고 오직 국방에 마음을 쏟으십시오."

곽도가 무례를 무릅쓰고 간언했다.

"그런가… 흠, 흠…."

저수나 전풍 같은 충신을 잃고 나서 한때 뼈저리게 후회했는지라 원소도 이번에는 마뜩잖은 표정을 하면서도 반성하고 생각을 고쳐먹는 듯했다.

그로부터 며칠 지나지 않아서였다. 병주에 있는 조카 고간이 관도에서 대패했다는 소식을 듣고 군세 5만을 이끌고 올라왔고, 장남 원담도 청주에서 5만여 기를 정비해서 달려왔으며, 차남 원희도 앞뒤로 6만이나 되는 병사를 거느리고 성 밖에 속속 도착해 진을 쳤다.

이 일로 인해 기주성 안팎은 군대 깃발로 메워져 한때 낙담하고 지내던 원소도 입이 귀밑까지 찢어졌다.

"역시 무슨 일이 있을 때 든든한 건 자식이나 육친이구나. 새로운 병마가 있는 한, 먼 길 오느라 지친 조조 따위는 아무것도 아니다."

원소는 이내 안심했다.

한편, 대승을 거둔 다음 조조의 군세는 어떻게 움직였을까? 각 지역에 떠돌아다니는 정보를 모아보니, 역시 갑자기 깊이 들어오지 않고 일단 황하 유역에 전군을 모아 여유 있게 장비를 손질하면서 병사와 말에게 휴식을 취하게 했다고 한다.

3

어느 날 조조 진영으로 마을에 사는 노인 수십 명이 한꺼번에 찾아왔다. 머리가 하얀 사람, 염소처럼 수염을 늘어뜨린 사람, 지팡이를 짚은 사람, 동안을 지닌 노인 등이 줄을 지었다.

"승상께 축하 인사를 드리러 왔습니다."

노인들이 병졸에게 말했다.

병졸이 연락하니 조조는 바로 나왔다. 그러고는 노인 일행에게 자리를 일일이 마련해주고는 물었다.

"어르신들은 연세가 어떻게 되십니까?"

104살이라 말하는 자도 있고 102살이라는 자도 있었다. 나이가 적은 사람도 여든이나 아흔이었다.

"참으로 복 받은 분들이십니다."

조조는 술을 정성스레 대접하고 비단을 나눠 주었다.

"전 나이 드신 분이 좋습니다, 아니 존경합니다. 다사다난한 인생을 오래 살아온 것만으로도 대단한 일이지 않습니까? 살아온 것만으로도 충분히 존경 받을 가치가 있습니다. 나쁜 짓을 한 자들은 그 나이까지 무사할 리가 없습니다. 해서 나이 드신 분들은 선량한 사람이고 사람다운 사람입니다."

노인들은 흡족해했다. 100살이 넘는다는 노인 중 한 사람이 조심스럽게 대답했다.

"지금으로부터 50년 전 환제가 다스리던 시절이었습니다. 요동에서 우리 마을에 온 은규(殷頃)라는 예언자가 말했습니다. '요즘 서북 하늘에 황성(黃星)이 보인다. 저 황성은 50년 뒤 희세의 영웅이 이 마을에 자리를 잡을 징조네.' 그 후 마을은 원소가 다스리게 되어 악정으로 고통 받아 언제까지 이렇게 살아야 하는지 근심하였습니다. 올해는 은규가 예언한 50년째 되는 해인지라 이리 모여서 축하하러 온 것입니다."

가지고 온 멧돼지나 닭을 헌물로 바치고 먹을거리와 마실 것을 병사들에게 먹이고는 떠들썩하게 돌아갔다.

조조는 군령을 내렸다.

하나, 농가와 논밭을 망가뜨리는 자는 참한다.

하나, 닭이나 개 1마리라도 훔치는 자는 참한다.

하나, 부녀자를 희롱하는 자는 참한다.

하나, 술주정하거나 불장난을 하는 자는 참한다.

하나, 어린이와 노인을 사랑하고 보호하며 인덕을 베푸는 자에게는 상을 내린다.

모든 군에 법례를 내렸다.
"선정(善政)이 왔다!"
"태평한 세상이 왔다!"
주민들이 조조를 칭송한 건 말할 것도 없었다. 이로 인해 조조 군은 그 후에도 군량과 말 먹이를 쉽게 조달했으며 때때로 주민에게 유리한 적의 정보를 들을 수도 있었다.

그때 원소가 권토중래하여, 4개 주에서 30만 병사를 일으켜 다시 창정(倉亭, 산동성 양곡현陽谷縣 경계) 부근까지 진출했다는 소식을 들었다. 조조도 전군을 이끌고 나가 전서(戰書)를 교환하고 당당히 만났다.

개전 첫날이다. 원소는 조카와 세 아들을 위풍당당하게 뒤에 거느리고 진영 앞으로 나와 조조를 불렀다. 조조는 북소리와 함께 위엄 있게 등장했다.

"세상에 쓸모없는 노인네 같으니라고. 또 이 조조의 칼을 성가시게 하는가!"

조조는 시원스럽게 호통을 쳤다.

"세상에 해를 끼치는 저 도적을 쳐라!"

화가 난 원소는 즉시 좌우를 부추겼다.

삼남 원상이 아버지 눈앞에서 공을 세우려고 원소의 말에 응하더니 바로 조조에게 덤벼들었다. 조조는 젊은 장수를 보고 눈을 부라리며 뒤에 있는 사람에게 물었다.

"저 불쌍한 애송이는 누구냐?"

"원소의 셋째 아들 원상입니다. 제가 상대하겠습니다."

창을 비틀어 잡고 뛰쳐나오는 자가 있었다. 서황의 부하 사환이다.

원상은 사환의 창끝에 쫓겨 쏜살같이 달아났다. 놓치지 않겠다는 기세로 사환은 끝까지 뒤쫓아 갔다. 그러자 원상은 곁눈질로 돌아보며 활을 매겨 획 하는 소리와 함께 활시위를 당겼다. 아뿔싸! 화살은 사환 왼쪽 눈에 정확하게 꽂혔다. 쿵! 하고 굴러떨어져 모래 먼지를 일으키니 원소 휘하 장군들이 일제히 입을 모아 후계자 원상의 공로를 칭찬했다.

4

아들의 용맹한 모습을 눈앞에서 직접 보니 원소도 마음이 든든해졌다. 무기로 보나 병사 수로 보나 여전히 하북 군은 압도적인 우위를 차지하였다. 접전 첫날도 둘째 날도 그 이후로도 죽 하북 군은 연전연승이라는 기세를 올렸다.

날로 패색이 짙어가는 아군 진영을 보고, 조조는 갑갑했는지 곁에 있는 대장에게 물었다.

"정욱, 어찌하면 좋겠소?"

이때 정욱은 십면매복이라는 계책을 권했다. 조조 군은 별안간 퇴각하기 시작해 황하를 뒤로하고 포진을 재정비했다. 그러고 나서 부대를 10개로 나누어 각각 긴밀하게 연락을 취하면서, 공격해 올 적을 기다렸다.

원소는 계속 정탐병을 보내면서 30만 대군을 천천히 전진시켰다.

적이 배수지진(背水之陳, 강이나 바다를 등지고 치는 진. 중국 한漢나라 한신이 강을 등지고 진을 쳐서 병사들이 물러서지 못하고 힘을 다하여 싸우도록 하여 조趙나라 군사를 물리쳤다는 데서 유래 – 옮긴이)을 쳤다!

정탐병이 올린 보고를 듣고 하북 군도 막무가내로 다가가지는 않았지만, 어느 날 밤 조조의 중군 전위대 허저가 어둠을 틈타 기습해 왔다.

"적을 포위하라!"

하북 군 다섯 영채는 여기서 처음으로 행동을 개시해 허저 부대를 둘러싸고 천지를 뒤흔들어놓았다. 미리 계획을 세우고 기습해 들어간 허저는 싸우다가 도망치고 또 싸우다가 도망쳐 결국 황하 부근까지 적을 유인해, 적의 다섯 영채를 어느 정도 변형시키는 데 성공했다.

"뒤는 황하다. 강을 등진 적군은 필사적으로 발버둥칠 것이다. 너무 깊이 들어가지 마라."

원소 부자가 본진에서 전선에 있는 장수에게 전령을 보냈을 때는 이미 사령 본부도 다섯 영채 중심에서 꽤 먼 곳으로 이동하여, 앞뒤 연락은 내용이 상당히 달라지는 실수가 발생했다.

돌연 사방 20리에 달하는 들판, 구릉, 물가에서 미리 조조가 배치해둔 10개 부대 병사가 함성을 지르며 일제히 일어났다.

"괜찮다!"

"당황할 것 없다."

원소 부자는 마지막까지 사령 본부와 적 사이에 아군 병사들이 두껍게 자리 잡고 있어 거리가 확보될 것이라 믿었다. 아무것도 몰랐다. 원소가 믿었던 다섯 영채의 수비는 이미 허점투성이였다. 순식간에 아군이 아닌 적의 함성이 코앞으로 다가왔다. 그것도 어둠 속 10개 방향에서였다.

"우측 제1대 하후정."

"우측 제2대 대장 장료."

"우측 제3대를 맡을 자는 이전."

"우측 제4대는 악진(樂進)."

"우측 제5대는 하후연이 맡는다."

"좌측 방비. 제1대 조홍."

"좌측 제2대 장합, 제3대 서황, 제4대 우금, 제5대 고람."

이름을 일일이 호명하는 낭랑한 목소리가 밀물처럼 귓가에 들려왔다.

"상황이 급변했다!"

갑자기 총사령부는 창황했다.

어떻게 이리도 급박하게 적이 몰려올 수 있었는가! 30만 하북 군은 대체 어디서 누구와 싸우고 있었는가! 전혀 몰랐고 생각할 여유 따위는 애당초 없었다.

원소는 세 아들과 정신없이 달아나기 시작했다. 뒤따르던 장수들은 도중에 서황과 우금 병사에 둘러싸여 비참하게 전사하고 말았다. 원소 부자도 몇 번이나 포위되어 잡병들의 손아귀에 걸려들 뻔했다. 말을 갈아타고 또 갈아타기를 4번, 겨우 창정까지 도망 와서 남아 있는 부대를 모았는데, 숨 돌릴 틈도 없이 조홍과 하후정이 이끄는 질풍 부대가 번개같이 돌격해 왔다. 차남 원희는 이때 깊은 상처를 입었고, 조카 고간도 중상이었다. 밤새도록 도망치고 도망쳐 100여 리를 꽁지가 빠지게 달린 다음 날 아침, 군사를 세어보니 겨우 1만 명에도 미치지 못했다.

5

도망치면 좁혀 오고 멈춰 서면 쫓아오고, 패하여 도망치는 낮과 밤만큼 괴로운 시간은 없으리라. 게다가 패잔병 1만 명도 3분의 1은 무겁든 가볍든 상처를 입어 줄지어 낙오했다.

"아버지! 왜 그러십니까?"

자꾸 뒤처지는 원소를 문득 돌아본 셋째 원상이 기겁하며 말머리를 돌려 곁으로 가져갔다.

"형님! 큰일입니다. 기다려주십시오."

큰 소리를 질러 앞에 달려가는 두 형을 불러 세웠다.

원담과 원희 두 형제도 무슨 일이냐며 득달같이 아버지 곁으로 돌아왔다. 전군도 혼란에 빠진 채 일단 패주를 멈추었다. 나이가 많은 원소는 밤낮없이 수백 리 길을 도망쳐 온 탓에 심신의 피로가 극에 달해 언제부턴가 말갈기에 엎어진 채 입에서 피를 토하고 있었다.

"아버지!"

"대장군!"

"정신 차리십시오."

세 아들과 장군들은 스러져가는 원소 몸을 조심스레 안아 내려서 정성을 다해 치료했다. 원소는 창백한 얼굴을 들었고 입술에 묻은 피는 원상이 살살 닦아주었다.

"걱정 마라… 아무…."

원소는 애써 눈동자를 동그랗게 떴다.

그러자 저 멀리 아무것도 모르고 앞서 달려가던 부대가 갑자기 한꺼번에 돌아왔다. 강력한 적의 잠행 부대가 벌써 앞으로 우회하여 길을 차단하고 그곳으로 오기만을 기다렸던 것이다.

아직 의식도 충분히 돌아오지 않은 아버지를 다시 말 등에 태우고, 장남 원담은 아버지를 끌어안은 채 거기서 수십 리를 샛길로 도망치고 또 도망쳤다.

"안 되겠다…. 괴롭다, 나 좀 내려다오."

원담 무릎에서 원소의 나지막한 목소리가 들려왔다.

어느새 하얀 황혼의 달이 교교히 떠올랐다. 형제와 장수들은 숲의 나무 그늘로 새카맣게 몰려들었다. 풀 위에 전포를 깔고 원소를 반듯이 눕혔다. 흐린 눈동자에 석양이 비쳤다.

"원상, 원담…. 원희도 있느냐. 내 천명도 다한 듯하다. 너희들은 본국으로 돌아가 군대를 정비해서 다시 조조와 자웅을 겨뤄라. 맹…, 맹세코 아비 원한을 잊지 마라. 알았느냐, 아들들아."

말을 마치자 컥! 하고 검은 피를 토하더니 사지를 부르르 떨었다. 최후의 몸부림이었다.

형제는 통곡하면서 유해를 말 등에 싣고 다시 본국으로 서둘러 돌아갔다. 기주성으로 들어가서 원소가 죽은 걸 숨기고 진영에서 병을 얻어 돌아왔다고만 알린 다음, 셋째 원상이 임시로 집정하고 심배와 중신들이 원상을 도왔다. 차남 원희는 유주로, 장남 원담은 청주로, 각각 지켜야 할 곳으로 돌아갔고 조카 고간도 재기를 다짐하며 일단은 병주로 물러갔다.

이리하여 큰 승리를 손에 넣은 조조는 생각대로 기주 영내로 진출했다.

"지금은 벼가 익을 때인데 논을 망치면서까지 백성이 짓는 농사일을 방해하면 되겠습니까? 우리 군도 먼 길 오느라 지쳐서 후방과 주고받는 연락과 군량 보급이 점점 원활하지 못합니다. 아무리 원소가 병에 걸렸다 해도 심배와 봉기 등의 명장도 있으니 이 이상 깊이 들어가는 건 위험합니다."

장군들은 입을 모아 간언했다.

조조도 흔쾌히 받아들였다.

"백성은 나라의 근본이다. 이 논도 결국에는 내 것이 될 터. 어여삐 여기지 않으면 어떡하겠나?"

마음을 바꿔서 말과 병사들을 돌려 도읍을 향하던 도중에 갑자기 잇달아 도착한 전령이 다급한 목소리로 고했다.

"지금 여남에 있는 유현덕이 유벽, 공도 등을 끌어들여 수만 군사를 모아 도읍이 비어 있는 틈을 타서 갑자기 공격하려는 듯한 심상치 않은 동향이 보입니다!"

니어(泥漁)

1

도읍으로 돌아가는 도중에, 그것도 오랜만에 개선하여 돌아가는 중이었지만 조조는 그 자리에서 결정을 내렸다.

"조홍은 황하에 남아라. 난 여기서 바로 여남으로 가서 현덕의 목을 안장에 묶고 도읍으로 돌아가야겠다."

일부를 제외한 나머지 군 전체가 방향을 틀었다. 조조가 군사를 부리는 방법은 언제나 거침이 없었다.

이미 여남을 떠난 현덕은 설마 하고 생각했던 조조 대군이 너무나 빨리 남하했을 뿐만 아니라 거꾸로 쳐들어올 기세라는 보고를 들었다.

"빨리 양산(穰山, 하북성) 땅 가운데 유리한 곳을 점령하라."

오히려 창황하며 방비했을 정도다.

유벽과 공도 휘하 병사를 합하여 50여 리를 포진하고, 선봉은 세 부대로 나누어서 진을 쳤다. 동남쪽 진은 관우, 서남쪽 진은 장비, 남쪽 중심에는 현덕과 현덕을 보좌하는 조운 부대가 깃발을 휘날리며 기다렸다.

지평선 저편에서 새카맣게 들판을 메우며 달려온 대군은 양산에서 2~3리 떨어져 하룻밤에 팔괘(八卦) 모양으로 진을 쳤다. 동이 트는 동시에 우레 같은 북소리와 함께 활이 날아가는 소리가 들리고 양 군대가 선전 포고하니, 이윽고 한가운데를 가르고 조조가 만천하에 모습을 드러냈다.

"현덕에게 한마디 하겠다."

현덕도 말에 걸터탄 채 깃발을 앞세우며 조조를 말끄러미 바라보았다.

조조는 큰소리로 호통쳤다.

"넌 예전에 입었던 은혜를 잊었는가. 배은망덕한 놈! 무슨 낯짝으로 내게 활을 겨누느냐?"

현덕은 빙긋 웃어 보였다.

"네가 한나라 승상이라고는 하나 황제 뜻을 받들지 않음은 확실하다. 그러니 네놈이 은혜를 베풀었다고 하는 건 말도 안되지 않나. 잊지 마라, 내가 한실 종친이라는 사실을."

"닥쳐라! 난 천자 칙명을 받아서 나라를 어지럽히는 자를 응징하고 배반자를 처벌한다. 너 또한 그런 부류가 아니고 뭐냐?"

"거짓을 고하지 마라. 너 같은 패도 간웅에게 왜 천자가 칙서를 내리겠나. 진짜 칙서는 여기 있다."

현덕은 예전에 도읍에 머물렀을 때 동(董) 국구에게 받은 밀서 사본을 꺼낸 다음 말을 걸터탄 채로 우렁차게 줄줄 읽어 내려갔다.

침착한 모습과 낭랑한 음성에 순간, 아군 적군 할 것 없이 귀를 쫑긋 세웠다. 다 읽고 나자마자 현덕이 이끄는 병사가 정의의 군대다운 자부심을 와! 하는 함성에 오롯이 담았다.

항상 전쟁에서 조정의 군대라는 점을 정면에 내세워온 조조군은 이날 처음 처지가 바뀌어 유비에게 관군이라는 명분을 빼앗긴 모양새가 되었다.

조조는 주체할 수 없는 분노에 휩싸였다.

"거짓 조서를 들고 마음대로 조정 이름을 사칭하는 괘씸한 놈! 저 현덕을 당장 잡아들여라!"

말안장을 두드리며 눈초리가 찢어져라 노려보며 명령했다.

"예!"

허저가 맨 먼저 말 머리를 들이밀었다.

조운이 허저를 당당히 맞이했다. 극과 칼을 들고 말발굽이 일으키는 흙먼지 사이로 번쩍번쩍 불꽃이 튀었다. 좀처럼 승부가 날 것 같지 않았다. 그때 관우 부대가 측면에서 공격해 왔다. 장비 부대도 맹렬하게 소리 모아 측면을 파고들었다.

조조가 친 팔괘진은 세 방면에서 세차게 공격해대는 통에 결국 50~60리 퇴각하고 말았다.

"조짐이 좋구나."

그날 밤 현덕이 기뻐하는 모습에 관우는 고개를 가로저었다.

"계략이 풍부한 조조입니다. 아직 기뻐할 때가 아닙니다."

"아니다! 조조의 퇴각은 먼 길을 힘들게 달려와 무리해서지 계략은 아닐 거다."

"시험 삼아 조운을 내보내 싸움을 걸어보십시오."

다음 날 조운이 싸움을 걸어봤으나 조조 진영은 벙어리같이 북소리도 울리지 않고 움직이지도 않았다. 이레, 열흘이 지나도 싸울 기미를 전혀 보이지 않았다.

2

"조조가 쓰는 전법으로서는 전에 없던 수비 태세다. 조조는 소극적인 전법을 선호하지 않는데…"

관우는 혼자 수상쩍어했다. 조조를 제대로 아는 사람으로는 관우 이상 가는 자는 없었다.

아니나 다를까 이변이 발생했다.

"여남에서 전선으로 군량을 운송하던 공도 군대가 길에 매복하던 조조 군에 둘러싸여 전멸을 겨우 면하였습니다!"

후방에서 급보가 날아들었다.

그러자 또, 다음 전령이 도착했다.

"강력한 적의 군대가 멀리 우회하여 여남으로 쳐들어와 성을 위협하고 있어, 비어 있는 성을 지키기가 어려워졌습니다!"

현덕은 안색이 창백해졌다.

"여남성에는 날 비롯해 다른 사람들의 처자도 있다."

상황이 급박했다. 사람들을 구하기 위해 관우를 여남성에 급파하는 동시에 장비에게 군량 수송대를 구하라고 명했다. 하지만 장비 군대는 현지까지 가지도 못한 채 적에게 포위되었고, 관우와도 연락이 끊어져 현덕 본진은 드디어 고립되었다.

"싸울 것인가, 물러설 것인가?"

현덕은 심각하게 고민했다.

조운은 자진해서 눈앞에 보이는 적과 승패를 가려야 한다고 비장한 각오를 다졌다.

"아니다, 목숨을 버리는 일이다. 그리 가볍게 목숨을 버릴 때는 아니다."

현덕은 자중하여 먼저 양산으로 퇴각하기로 결정했다. 무사히 퇴각하는 건 진격하는 것보다 어렵다. 낮에는 진지를 견고하게 지키고 사기를 북돋아 은밀하게 준비해두었다.

다음 날 밤, 어둠을 틈타 기병을 선두로 하여 수레와 보병을 후미에 두고 서서히 퇴각을 시작하여 약 5~6리 양산 아래까지 도착했을 때였다. 별안간 절벽 위에서 힘찬 사람 목소리가 들려왔다.

"유현덕을 놓치지 마라!"

그 말에 답하듯이 함성과 함께 산 위에서 불덩어리가 비처럼 쏟아졌다. 무수히 많은 횃불이 긴 꼬리를 그리며 병사와 말 위에 펑펑 쏟아져 내렸다. 산은 호령하고, 북은 울리고, 바위는 떨어졌다. 우왕좌왕 갈피를 잡지 못하는 현덕 병사들은 정확하게 다음 목소리를 알아들었다.

"조조가 여기 있다. 항복하는 자는 용서한다. 힘없는 현덕 따위를 섬기다 개죽음당하기를 원하는 어리석은 자는 죽어라. 살아서 즐기고 싶은 자는 칼을 버리고 내게로 오라."

아비규환이다!

불이 불꽃놀이처럼 쏟아지고 돌이 굴러떨어지는 상황에서 필사적으로 혈로를 찾던 병사들은 그 말을 듣고는 너도나도 칼과 창을 내팽개치고 조조 군으로 투항하고 말았다.

조운은 현덕 곁에서 가까스로 혈로를 열었다.

"걱정하실 것 없습니다. 제가 곁에 있습니다."

조운은 거듭 격려하며 그 불지옥 속에서 도망쳤다.

그때 산 위에서 우금과 장료가 이끄는 군대가 우르르 습격해 길을 가로막았다. 조운은 창을 꼬나들고 앞을 가로막는 적을 때려눕혔다. 현덕도 양손에 칼을 휘두르며 잠시간 싸웠으나 이번엔 이전이 지휘하는 부대가 뒤에서 덮쳐 오니, 현덕은 홀로 말을 걸터타고 산길로 뛰어들었다가 결국에는 그 말도 버린 채 험한 산속으로 몸을 숨겨야 했다.

동이 트니 고갯길로 한 부대가 남쪽에서 넘어오는 게 눈에 띄었다. 놀라서 몸을 숨기려다 자세히 보니 유벽이었다. 그 무리에 손건과 미방도 끼어 있었다. 이야기를 엿들으니 여남성에서 오래 버티지 못하고 현덕의 부인과 가족을 보호하며 지금까지 도망 다녔다고 했다.

현덕과 합류한 패잔병들은 여남에 남은 장병 1000여 명을 데리고, 일단 관우, 장비와 합류한 다음 재기 계획을 세우기로 하였다. 길을 재촉하여 거기서 3~4리 정도 산길을 지나가니, 적군 고람과 장합 부대가 별안간 숲에서 깃발을 휘두르며 돌격해 오는 게 아닌가. 유벽은 고람과 싸우다 단번에 극에 베여 말에서 고꾸라졌고, 조운은 그런 고람에게 덤벼들어 창으로 찔러 죽여버렸다.

허나 불과 병사 1000여 명으로는 잠시간도 버티지 못했다. 현덕의 목숨은 그야말로 풍전등화 같았다.

3

용맹함에도 한계가 있었다. 조자룡도 결국에는 싸우다 지쳐 버렸고, 현덕도 어쩔 도리가 없어 이미 자결을 각오할 때였다. 한쪽으로 난 험한 산길에서 관우 부대 깃발이 나부끼는 게 아닌가. 양자 관평과 부하 조창을 비롯한 300여 기가 달려 내려왔다. 맹렬한 기세로 장합 부대를 후미에서부터 분산시키니 조자룡도 가세하여 드디어 적의 대장 장합을 섬멸했다.

현덕은 뜻밖의 도움으로 기쁜 나머지 하늘을 향해 양손을 뻗고 외쳤다.

"아! 나는 아직 살아 있다!"

그 와중에 엊그제부터 적진에서 고전하던 장비도 산기슭 한 귀퉁이를 돌파해 산 위로 도망쳐 왔다.

장비는 현덕을 만나 보고했다.

"우리 운송 부대에 있던 공도도 만만찮은 적수 하후연 손에 아쉽게도 전사했습니다."

"어쩔 수 없다…."

현덕은 험한 산을 의지해 최후 방어에 돌입했다. 그렇지만 성급하게 만든 방책은 비바람에도 견디지 못했고 군량과 물도 없어 그야말로 사면초가다!

"조조가 몸소 대군을 지휘하여 산기슭에서 총공세로 덮쳐 옵니다."

정탐병은 계속 긴급함을 알렸다. 현덕은 겁에 질려갔다.

'아…. 부인과 늙고 어린 가족을 어찌해야 하누….'

현덕은 또 다른 근심에 잠겼다.

다른 사람들이 내놓은 의견 대부분은 이랬다.

"손건에게 부인과 가족을 보호하도록 부탁하고 그 나머지는 모두 전장에 나가 결전을 벌입시다."

현덕도 바로 결심하고 실행에 옮겼다. 관우, 장비, 조자룡 등을 거느리고 산기슭에 포진한 대군을 향해 단숨에 돌격했다. 한나절에 걸쳐 사투에 사투를 벌여 무시무시한 혈전을 벌이다 보니 어느새 희고 맑은 달이 산허리에 걸렸다.

그날 밤 조조가 홀연히 지시했다.

"이젠 됐다."

패장 현덕이 무력해진 걸 확인하고는 큰바람이 사라지듯이 허도로 개선해버렸다.

남은 몇 안 되는 병사마저도 처참하게 잃은 현덕은 갈팡질팡하였다. 이내 마음을 추스르고 불과 몇 되지 않는 장수들을 데리고 이곳저곳 떠돌면서 시간을 죽였다. 그러다 큰 강에 맞닥뜨렸다. 강기슭으로 배를 찾으러 가서는 어부에게 물었다.

"여기는 어딥니까?"

"한강(漢江, 호북성湖北省)입니다."

어부가 알렸는지 강기슭에 있는 조그만 마을에서 '유현덕 님께'라며 양고기와 술과 채소 등을 넉넉히 가져다주었다. 어찌나 고마운지 현덕 일행은 모래벌판에 그냥 퍼질러 앉아서 마을 사람들이 가져온 술을 양껏 마시고 고기를 허겁지겁 뜯어 먹었다.

어느덧 물가에 잔물결이 이는 걸 바라보더니 현덕은 마음이 싱숭생숭했는지 운이 다한 처지를 한탄했다.

"관우도 장비도 조자룡도 그 밖의 수많은 장수도 왕을 보필하는 능력이 탁월하고 용맹한데, 나 같은 모자란 인물을 주군으로 섬기고 따르니 매번 호되게 고생만 시키는구나. 아…, 그대들을 볼 면목이 없네. 그럼에도 하나같이 다른 주군을 찾지 않고 부귀를 얻으려고도 하지 않으니…. 고생을 함께해주는 것만으로도…."

술을 한잔 마셔도 기분이 나아지지 않은 현덕이 처량하게 넋두리하니 장수들은 고개를 숙이고 소리 죽여 흐느꼈다.

관우는 마시던 술잔을 탁 내려놓았다.

"옛날에 한고조는 천하를 놓고 항우와 대적하여 싸움에서 매번 지고 말았지만, 구리산(九里山) 대전에서 성취한 한 번의 승리로 400년 역사의 기초를 마련했습니다. 우리도 황숙과 형제의 의를 맺고 군신의 연을 맹세한 지 어언 20년! 떴다가 지고 흥했다가 망하는 끝없는 고난을 헤쳐왔지만, 결코 큰 뜻은 굽히지 않았습니다. 언젠가 천하에 이상을 펼치는 날이 올 거라 믿으면 수만 가지 어려움인들 어떻습니까? 마음 약한 말씀 하지 마십시오."

관우는 진심 어린 격려를 했다.

4

"승패는 병가지상사입니다. 사람이 이기고 지는 건 때가 있습니다. 때가 오면 저절로 열리고, 때가 아니면 아무리 몸부림

처도 안 됩니다. 기나긴 인생을 살면서 바라는 대로 됐을 때 교만하지 않고, 절망의 늪을 서성여도 떨어지지 않고 절망에 흔들리지 않으며 머무르든 물러나든 의연하게 처신하는 건 어려운 일이지 않습니까?"

관우는 계속 말을 이어갔다. 낙담한 현덕 한 사람을 격려하는 게 아니라 패멸하여 바닥에 가라앉아 있는 장수들에게도 지금이 중요한 때라고 생각했다.

관우는 문득 물이 말라붙어 강 가운데에 우뚝 솟은 모래톱을 둘러보았다.

"저기 좀 보십시오."

그 모래톱을 바라보라고 가리켰다.

"저기 물가 진흙에, 몸을 휘감은 도롱이벌레 같은 게 다닥다닥 붙어 있지요? 벌레도 아니고 수초도 아닙니다. 니어라는 물고기입니다. 저 물고기는 자연에서 살아가는 법을 잘 터득해, 가뭄이 심하게 들어 강물이 마르면 머리부터 꼬리까지 온몸에 진흙을 휘감은 채 며칠이고 저대로 붙어 지냅니다. 먹이를 찾는 새에게도 쪼이지 않고 마른 강바닥에서 몸부림치는 일도 없습니다. 저절로 몸 가까이에 찰랑찰랑 물이 차오르면 그제야 진흙 껍질을 벗고 꼬물꼬물 헤엄쳐 갑니다. 일단 헤엄쳐 나가면 니어가 사는 세계에는 곧 드넓은 강이 있고 빗물이 있어 자유자재로 거칠 게 없습니다. 흥미로운 물고기지 않습니까? 니어와 인생…. 사람도 살면서 몇 번은 니어로부터 은인자중(隱忍自重) 자세를 배워야 할 시기가 있습니다."

관우가 들려주는 이야기에 사람들은 현실에서 맛본 패전을 직시했다. 거기서 인생의 오묘한 진리를 깨달을 수 있었다.

그때 손건이 불쑥 끼어들었다.

"형주 땅은 여기서 멀지 않고 태수 유표는 9개 군을 다스리니 당대 영웅이며 중진이기도 합니다. 일단 주군께서 형주에 머무르면서 유표를 의지하심이 어떠십니까? 유표는 기꺼이 도와줄 것 같습니다만…."

현덕은 곰곰이 생각해봤다.

"음…. 그렇구나. 형주는 강한(江漢) 땅에 접해 동쪽은 오회로 연결되고 서쪽은 파촉으로 통하며 남쪽은 해우(海隅)에 접해 있어, 군량은 산처럼 쌓여 있고 정병 수는 수십만이라 들었다. 게다가 유표는 한실 종친이기도 하니 나와는 먼 친척 사이긴 하지만…. 한번도 소식을 전한 적이 없는데 갑자기 전쟁에서 패한 몸과 가족을 끌고 가면 어떻게 나올지 모르겠구나…."

상대 의중을 모르니 망설이는 듯했다.

손건은 자진해서 일단 형주로 가면 어떻겠냐고 제안하였는데 모두가 동의하니 바로 그 자리에서 말을 내달려 형주로 발걸음을 옮겼다.

유표는 손건을 성안으로 들여 자상하게 현덕이 처한 상황을 듣고는 곧바로 승낙했다.

"한실 계보에 의하면 나와 유비는 종친이기도 하고, 멀게는 내 아래 동서가 되는 사람이다. 지금 9개 군, 11개 주를 다스리는 내가 종친 한 사람을 거두지 못하고 돕지 않는다면 천하 사람들이 비웃을 터. 바로 형주로 오시라 전해주시오."

그러자 곁에 있던 대장 채모(蔡瑁)가 반대하며 나섰다.

"아무 소용없습니다. 다시 생각해보심이 어떻겠습니까? 현덕은 의를 모르고 은혜를 잊는 자입니다. 처음엔 여포와 가까이 지냈고 다음엔 조조를 섬겼으며 최근에는 원소에게 갔지만 모두 배신했습니다. 이런 과거 이력을 보면 그 사람을 알 수 있고, 만약 현덕을 이곳으로 맞이한다면 조조가 분노하여 형주를 공격할 우려도 있습니다."

그 말을 들은 손건이 정색하고 다부지게 질책했다.

"여포는 인간으로서 올바른 사람이었소? 조조는 진정 충신이오? 원소는 세상을 구할 만한 영웅이오? 그대는 왜 말을 왜곡하여 쓸데없는 모략을 하시는가."

유표도 채모를 호되게 꾸짖었다.

"필요 없는 참견은 삼가거라!"

유표가 호통치자 채모는 얼굴을 붉히더니 입을 꾹 다물어버렸다.

스스로 무너지는 싸움

1

현덕이 유표를 의지하여 가족을 데리고 형주로 발걸음을 옮겼을 때는 건안 6년 9월, 가을이다.

유표는 성 밖 30리까지 몸소 마중 나와 서로 소원했던 정을 나누었다.

"앞으로 오래도록 순망치한(脣亡齒寒)의 우의를 깊게 다져 같이 한실 종친으로서 천하에 모범을 보입시다."

유표는 현덕에게 대단히 우호적인 태도를 드러내며 정중히 성안으로 맞아들였다. 이 소식은 바람을 타고 당연히 조조 귀에 흘러들어 갔다.

조조는 여남에서 철수하는 도중에 그 소식을 접하고는 살짝 놀랐다.

"큰일이다. 유비를 형주로 몰아넣은 건 소쿠리 안에 들어온 물고기를 물에 다시 풀어준 꼴이다. 지금이라도…."

즉시 말 머리를 돌려 형주를 공격하려고 했지만, 장군들이 하나같이 만류했다.

"지금은 득이 없습니다. 내년 봄까지 기다렸다가 공격해도 늦지 않습니다."

장군들이 모두 같은 의견을 내놓자 조조도 단념했는지 그대로 허도로 돌아갔다.

그렇지만 해포가 넘으니 주위 정세는 또 미묘한 변화를 보이기 시작했다. 건안 7년 이른 봄, 허도의 군정은 바삐 돌아갔다. 조조는 형주 방면에 쓰려던 적극적인 책략은 잠시 보류하고 하후정과 만총(滿寵) 두 장수만 방비하러 내보냈다. 조인과 순욱은 비어 있는 성을 지키라 명하고 남은 군은 빠짐없이 전쟁터로 나섰다.

"북쪽으로! 관도로 가자!"

기북 정벌을 위한 부대는 작년보다 갑절로 늘인 장비를 갖추었고 새로운 계략도 꾸몄다.

기주는 말할 것도 없이 동요했다.

"예까지 적을 들이면 승산이 없다."

청주, 유주, 병주 군마는 여러 길을 통해 여양까지 나와 수비를 철저히 했다. 그렇지만 조조 군이 내뿜는 거센 기세는 큰 강에 봇물 터지듯 가는 곳마다 북국 군사들을 격파하여 거침없이 기주 영토를 착착 침입해 들어갔다. 원담, 원희, 원상 등 젊은 무사들도 제각각 뼈아픈 패배를 당하고 기주로 속속 도망 왔으니 본성은 혼란스러운 상태였다.

그뿐만 아니라 원소의 미망인 유 씨는 아직 남편의 부고도 내지 않았는데 평소에 품어온 질투심을 이때 만천하에 드러냈다. 유 씨는 무사에게 직접 지시하여 원소가 생전에 총애했던 측실 다섯을 후원으로 몰아낸 다음 나무 밑 여기저기서 처참하게 베어 죽였다.

"죽고 나서도 구천 아래서 영혼과 영혼이 다시는 만나지 못하도록 하라."

분노에 찬 질투심은 주검까지 토막 내어 한 곳에 묻지 못하도록 명령할 정도였다.

이때 셋째 원상이 먼저 도망쳐 돌아오니, 유 부인은 원상을 부추겼다.

"이참에 네가 나서서 아버지 부고를 내고 유서를 받았다 주장하면서 기주성을 차지해라. 다른 자식이 주군이 된다면 이어미는 어디다 몸을 보전하겠느냐?"

장남 원담이 뒤따라 성 밖까지 철수해 오니 원소 부고가 났고, 동시에 셋째 원상이 대장 봉기를 진영으로 보내왔다. 봉기는 원담에게 인(印)을 하사했다.

"도련님을 거기장군(車騎將軍)에 봉한다는 명입니다."

원담은 참말로 기가 찼다.

"뭐냐?"

"거기장군 인입니다."

"어림 반 푼어치도 없는 소리! 난 원상의 형이다. 아우가 형에게 관직을 내리는 법이 이 세상에 어딨느냐?"

"셋째 도련님은 선친이 내린 유언을 받들어 이미 기주 주군이 되셨습니다."

"유서를 내 눈앞에 보여라."

"유 부인의 손에 있어 신하들도 알지 못합니다."

"아무래도 성으로 가서 유 씨와 담판을 지어야겠다."

곽도는 극구 말리며 원담의 칼집을 붙잡았다.

"지금은 형제끼리 싸울 때가 아닙니다. 적은 조조입니다. 그 문제는 조조를 물리치고 나서 나중에 해결하시지요. 나중에 얼마든지 처리할 방법이 있습니다."

2

"그렇다, 집안싸움은 나중에 하자."

원담은 병마를 다시 정비하여 여양 전장으로 돌아갔다. 얼마 지나지 않아 조조 군과 부딪쳐 이전에 맛보았던 패배를 만회하려는 투지를 불살랐지만 또다시 군사를 잃었을 뿐이다.

봉기는 어떻게든 원담과 원상 두 형제 사이를 회복시키려고 독단으로 기주에 사신을 보냈다.

"즉시 지원군을 이끌고 여양으로 와주십시오."

봉기는 원상의 지원을 재촉했다. 하지만 원상 곁에 있던 지략가 심배가 반대하여 지원군을 보내지 않았다. 그사이에 역시나 원담은 고전을 면치 못했고, 봉기가 독전으로 기주에 서간을 보낸 일도 원담 귀에 들어가고 말았다.

"괘씸한 녀석."

봉기가 행사한 월권행위를 힐책한 나머지 칼로 베어버렸다.

"이리된 이상 어쩔 수 없다. 조조에게 항복하여 같이 기주 본성을 쳐부숴버리겠다."

원담은 될 대로 되라는 식의 무책임한 책략을 입 밖에 쏟아냈다. 그 사실을 원상에게 부리나케 밀고한 자가 있었다. 원상도 놀라고 심배도 경악했다.

"그런 어처구니없는 일이 생겨서는 안 됩니다. 즉시 지원군을 보내십시오."

심배가 권하자 심배와 소유(蘇由) 두 사람을 본성에 남기고, 원상이 직접 3만여 기를 몰고 여양으로 떠났다. 원상이 이끌고 올 지원군 소식은 원담 귀에 들어갔다.

"그렇다면 군이 조조에게 항복할 것까지야 뭐…."

원담은 마음을 바꾸어 원상 군과 양편으로 나뉘어 사기를 충전하여 조조 군과 대치했다. 그러는 동안 둘째 원희와 조카 고간도 한편에 진지를 구축하였다. 세 곳에서 조조를 막아대니 조조 군도 다소 애를 먹어 전쟁은 해를 넘겨 건안 8년 봄까지 교착 상태에 빠질 듯했지만, 돌연 2월 말부터 조조 군이 맹렬한 기세로 돌격을 개시하여 하북 군은 한꺼번에 밀려나 기주 일각을 넘겨주고 말았다.

이윽고 조조 군이 기주성 밖 30리까지 새까맣게 몰려왔으나 역시 기주성은 북국 으뜸 요해였다. 희생을 무릅쓰고 무시무시한 맹공격을 퍼부었는데도, 철벽같이 견고한 성은 꿈쩍도 하지 않았다.

"마치 호두 껍질을 손으로 톡톡 두드리는 것 같은 일입니다. 외곽이 워낙 견고합니다. 그러나 속은 벌레가 먹은 듯합니다. 형제간 다툼에 신하들의 마음은 분열합니다. 지금은 군대를 물리고 변고가 생길 때까지 여유 있게 기다리는 게 좋지 않겠습니까?"

곽가(郭嘉)가 조조에게 권했다.

"음…. 좋은 방책이다."

조조는 수긍하며 썰물 빠지듯 철수를 단행했다. 물론 다시 치고 들어올 때를 대비하여 여양과 관도 요지에는 강력한 부대를 남겨두었다.

이제야 기주성은 한시름 놓았다. 잠시 혼란이 가라앉으니 곧바로 국주(國主) 문제를 둘러싼 내부 갈등에 불이 붙었다. 원담은 여전히 성 밖을 수비하는 중이라 '성으로 들어가겠다'고 요구했고, 그에 반해 원상은 '들어오면 안 된다'고 받아들이지 않으며 형제간 다툼이 시작되었다.

어느 날, 원담이 갑자기 자세를 굽히고는 원상을 술자리에 초대했다. 형이 저자세로 나오니 거절도 딱히 못 하고 원상은 망설이는 중이었다.

모사 심배가 옆에서 조언을 해주었다.

"주군을 초대한 다음 기름 장막에 불을 붙여 태워 죽이려는 계획이라고 누군가가 살짝 귀띔해주었습니다. 가시려면 철저하게 방비하고 가십시오."

심배가 한 조언을 믿은 원상은 병사 5만을 이끌고 원담에게 향했다. 원담은 뻔뻔스러운 태도에 기가 찼는지 그 소식을 듣고는 부아가 치밀었다.

"성가시구나, 맞붙어라!"

원담이 지시하자 병사들은 북을 울리고 징을 치며 전쟁에 임했다.

진영 앞에서 형제가 얼굴을 마주했다. 한쪽이 형을 거역하느냐고 꾸짖으니 한쪽은 아버지를 죽인 사람은 네놈이라는 등 볼썽사나운 입씨름을 한 끝에 결국 칼을 뽑아 들고 형제간에 불꽃을 튀기며 싸우는 게 아닌가.

안타깝게도 이번 싸움에서는 원담이 패하여 평원(平原)으로 줄행랑을 놓았다. 기세를 몰아 원상은 병력을 증강해 포위하고 군량을 수송하는 길을 차단했다.

"곽도, 어찌하면 좋겠나?"

"일단 조조에게 항복하고 나서 조조가 기주를 치면 원상은 창황해서 돌아갈 게 뻔합니다. 그때 뒤를 치면 어렵지 않게 포위도 풀고 큰 승리를 얻을 게 불을 보듯 명확합니다."

3

"조조에게 그 뜻을 제대로 전해야 한다. 사신으로 보내기 적당한 자가 있는가?"

"있습니다. 평원령(平原令) 신비(辛毗)가 적임자입니다."

"신비라면 나도 안다. 언변에 막힘이 없는 선비다. 얼른 데려오너라."

곽도는 즉시 사람을 보내 신비를 불러들였다.

신비는 흔쾌히 와서 원담에게 서신을 받았다. 원담은 사신 일행을 성대하게 보내기 위해 병사 3000기를 내주었다.

그때 조조는 마침 형주를 공격하려고 하남 서평(西平, 경광선 京廣線 서평)까지 진출했을 때였지만, 진중에 원담이 보낸 사자가 왔다고 하니 위용을 갖추고 신비를 불러 대면했다. 신비는 서신을 바치고 항복하겠다는 원담의 뜻을 전했다.

"회의를 해보겠네."

가볍게 받아들이고 조조는 신비를 진중에 머물게 하는 한편 장군들을 모았다.

"어찌하는 게 좋겠소?"

여러 의견이 나왔지만, 조조는 그 의견 중에 순유가 내놓은 탁견을 받아들였다.

"유표는 42주 대국을 거느리지만 단지 경계를 지킬 뿐, 대변혁기에 들어서 어떤 적극적인 책략을 내놓은 적이 없습니다. 말하자면 도량이 넓지 않은 인물로, 큰 야심이 없다는 증거입니다. 그러니 그쪽은 잠시 제쳐놓아도 별일 없을 것입니다. 오히려 기북에 있는 4국(國)이 성가신 존재입니다. 원소가 몰락하고 나서 번번이 전쟁에서 지지만, 세 아들이 건재하고 정병 백만에 재물은 산을 이룹니다. 만약 그 나라에 좋은 모사가 있어 형제 사이를 조정하고 한마음이 되어 보복을 꾀한다면 손쓸 방법이 없을 정도입니다. 지금 다행히 형제가 서로 다투어, 원담이 항복해 왔으니 하늘이 우리 편을 들어준 것입니다. 원담이 해온 청을 잘 받아들여 단번에 원상을 멸하고 그 뒤 기회를 봐서 또 원담과 나머지 가족을 순서대로 처치해 나가면 만사형통일 겁니다."

조조는 신비를 불러서 다시 한번 물어보았다.

"원담이 항복한다는 게 진실이냐, 거짓이냐? 정직하게 말해 보아라."

그러고는 신비의 얼굴을 날카롭게 노려봤다.

신비의 눈동자는 조조의 내리꽂는 시선을 잘 견뎌냈다. 거짓이 아닌 내 진짜 얼굴을 보라고 말하는 듯했다. 이윽고 화통하게 웃으며 입을 열었다.

"승상은 천운을 타고난 분입니다. 아무리 원소가 죽었어도 기북은 강대하여 2대나 3대로 망할 나라는 아닙니다. 그러나 밖으로는 전쟁에 지고 안으로는 현명한 신하를 베어, 그 결과 후사 지위를 둘러싸고 혈육 간에 창과 방패를 들고 싸우니, 백성은 한탄하고 병사들은 원망을 터트리는 형편입니다. 하늘도 미워하셨는지 작년 이후로는 기아와 메뚜기로 입은 재해도 더해져 지금은 예전의 금성탕지(金城湯池, 쇠로 만든 성과 끓는 물을 채운 못이란 뜻으로, 매우 견고한 성을 말함 – 옮긴이)도 백만 대군도 가을바람에 날려 내일을 모르는 나뭇잎처럼 먹구름 아래서 떱니다. 여기를 그냥 두고 형주로 가신다면 평탄한 길을 버리고 득도 없는 험한 길을 선택하는 것과 같습니다. 즉시 곧바로 업성(鄴城)을 공격하십시오. 아마 바람이 가을 낙엽을 쓸어가는 것과 같을 것입니다."

"…."

조조는 끝까지 귀를 기울이고 조용히 들었다.

"신비, 왜 좀 더 빨리 귀공을 만날 기회가 없었는지 아쉽네. 귀공이 하는 말이 내 뜻과 같네. 즉시 원담을 도와 업성으로 가겠소."

"만약 승상이 기북 전체를 다스린다면 그것만으로도 천하는 진동할 것입니다."

"아무리 그래도 난 원담이 다스리는 영토까지 빼앗는다고는 말하지 않았네그려."

"하늘이 승상에게 주시는 것이라면 사양할 이유도 없습니다만…."

"흠…. 잘못하면 내 목숨을 다른 사람에게 맡기게 될지도 모르는 큰 승부다. 사양하는 건 어리석은 짓이나, 모든 건 운에 달렸다. 하늘과 땅의 뜻을 누가 알겠는가!"

그날 밤은 여러 장군도 합세하여 성대하게 술잔을 들었고, 다음 날 진영을 걷고 대군이 일제히 기주로 방향을 바꾸었다.

한단

1

"조조가 온다."

"조조 군이 몰려온다."

10월에 매섭게 부는 겨울바람과 함께 서평 쪽에서 초목이 시든 논을 휩쓸며 이 소리는 들려왔다.

원상은 기겁하여 평원에 쳐놓은 포위를 풀고 나뭇잎처럼 업성으로 퇴각했다. 원담은 성에서 나와 후방을 끈질기게 추격했다. 후미에 있던 여광과 여상 두 장수를 구슬려 포섭한 다음 조조에게 보냈다.

"그대는 아버지 이름을 부끄럽게 하지 않는 용맹함을 보여주었네."

조조는 칭찬해 마지않았다.

원담이 보여준 당찬 행동에 감동 받은 나머지 조조는 딸을 원담에게 시집보내기로 마음먹었다. 도읍에서 세상 풍파를 모르고 자란 열대여섯 살 먹은 부인을 얻고 난 원담은 기뻐 어쩔 줄 몰랐다.

곽도는 앞으로가 적잖이 걱정이었다. 한번은 원담에게 주의를 시켰다.

"들리는 말에 의하면 조조는 여광과 여상에게도 열후(列侯) 지위를 주어 후하게 대우했다고 합니다. 하북 장수들을 낚기 위해서겠지요. 주군께 사랑하는 딸을 시집보낸 것도 흑심이 있을 겁니다. 조조의 본심은 분명 원상을 멸한 뒤에 기북 전체를 자기 것으로 삼겠다는 계획입니다. 그러니 여광과 여상에게는 비밀리에 잘 이야기해 무슨 일이 생기면 언제든지 내통할 수 있도록 준비해두는 게 좋겠습니다."

"음…. 듣고 보니 그렇구나. 허나 조조는 여양까지 철수하여 여광과 여상도 데려가 버렸는데 뭔가 획기적인 방법이 있느냐?"

"두 사람을 장군으로 임명하고 주군이 장군 인을 새겨 보내시면 어떻겠습니까?"

원담은 고개를 주억거렸다. 그러고는 장인에게 명령하여 서둘러 장군 인장을 팠다.

천진난만한 새색시는 원담이 손에 들고 있는 금 인장이 신기했는지 등 뒤에서 보고는 물었다.

"뭔가요?"

"이거 말이오."

원담은 인장을 손에 들고 장난치면서 미소 띤 얼굴로 아내를 돌아봤다.

"사신에게 들려서 장인어른 진영까지 보낼 물건이오."

"비취나 백옥이면 꿰어서 내 허리띠로 만들 텐데…."

"기주성으로 돌아가면 그런 보석들은 산처럼 쌓였소."

"근데 기주는 원상의 성이잖아요."

"내 거요. 아버지 유산을 동생이 가로챈 것뿐. 머지않아 아버님께서 빼앗아 주실 거요."

장군임을 나타내는 금 인장은 얼마 지나지 않아 여양에 있는 여광, 여상 형제 손에 도착했다. 두 사람 모두 이미 조조 심복이 된 지 오래다.

"원담이 이런 물건을 보내왔습니다."

여 형제는 조조에게 금 인장을 냉큼 보여주고 말았다. 조조는 금 인장에 담긴 원담의 마음을 비웃었다.

"두 사람은 잠자코 받아두면 되네. 원담이 품은 꿍꿍이는 이미 꿰뚫었지. 때가 되면 그대들에게 내통을 시켜 내게 해를 입히려고 준비하는 걸세. 아하하, 어리석은 자가 할 만한 행동이로다."

그때부터 조조도 내심 오래 살려두면 안 되겠다고 원담에 대한 살의를 굳혔다.

전쟁도 없이 겨울을 무난히 보냈다. 조조는 겨울 동안 인부 수만을 동원하여 기수(淇水) 물줄기를 끌어다 백구(白溝)로 통하는 운하를 뚫는 데 온통 힘을 기울였다.

건안 9년 봄이다. 진짜로 운하를 개통하여 엄청나게 많은 군량선이 물길을 따라 내려올 수 있었다.

그 배를 타고 도읍에서 온 허유가 조조를 만나 직언했다.

"승상은 지금 원담과 원상이 벼락이라도 맞아서 저절로 죽기를 기다리십니까?"

"하하하, 빈정거리지 말게나. 진짜 싸움은 지금부터네."

2

그즈음 원상은 업성에 머물렀다. 원상을 보좌하는 심배는 끊임없이 조조의 일거수일투족에 신경 썼지만, 기수와 백구를 연결하는 운하가 개통하자 이윽고 알아차렸다.

"조조의 야망은 큽니다. 조조는 곧 기주 전역을 자기 세력 안에 두고자 큰일을 벌일 것입니다."

심배는 원상에게 의견을 말하고, 일단 무안(武安) 윤해(尹楷)에게 격문을 보내는 한편 모성(毛城)에 병사를 끌어모으고 군량을 부리나케 실어다 날랐다. 저수의 아들 저곡(沮鵠)을 대장으로 삼아 한단(邯鄲) 들판에 진을 치는 것도 잊지 않았다.

한편, 원상은 뒤에 심배를 남기고 본군 정예 부대를 이끌어 평원의 원담을 들입다 공격해 들어갔다.

원담에게 황급히 지원을 바라는 소식을 받은 조조는 허유에게 말했다.

"바로 이런 소식이 날아드는 날을 기다렸으니 지금부터라고 말한 걸세."

조조는 회심의 미소를 지었다.

"조홍은 업성으로 가라!"

군대를 급파시켜놓고 조조는 모성을 공격하여 대장 윤해를 단칼에 처치했다.

"항복하는 자는 살려준다. 아무리 적이라도 오늘 항복을 구하는 자에겐 어제의 죄를 묻지 않겠다."

조조의 이 방침은 패주하는 병사에게 소생하고자 하는 희망을 주어 여기서도 많은 포로를 잡아들일 수 있었다. 큰 물줄기 같은 조조 군세는 싸울 때마다 한 줄기 또 한 줄기를 더해 폭을 넓혀 나갔다. 한단에서는 적과 맹전을 전개했지만, 저곡이 친 대포진도 결국 산산이 흩어지고 말았다.

"업성으로 가자."

세차게 솟아오르는 대군 기세는 먼저 업성을 포위하던 조홍 군대와 합쳐져 한층 강세를 떨쳤다. 총공세로 성벽을 붉은 피로 물들이고 불을 던지는가 하면 북소리와 함성을 밤낮으로 울려대면서 이레에 걸쳐 공격했지만, 성은 함락되지 않았다. 땅 밑을 파서 문을 돌파하려고 노력해보았지만, 그것도 적에게 알려져 병사 1800여 명이 산 채로 지하에 묻혀버렸을 뿐이다.

"아, 심배는 명장이로구나."

조조가 공격하다 지쳐 적의 수비에 감탄할 정도였다.

평상시는 어진 신하, 난세에는 뛰어난 통솔자라는 웅재(雄才)는 심배 같은 사람을 이르는 말이다. 심배는 또 먼 곳에서 싸우고, 돌아오는 길을 차단당한 원상과 그 군대를 다치지 않게 성 안으로 맞아들여야 한다는 어려운 문제에 부닥뜨려 고심하는 중이다.

원상 군대는 이미 양평이라는 지점까지 와서 혈로가 열리기만을 학수고대했다. 혈로는 성안에서 열어야만 들어갈 수 있다.

주부(主簿) 이부(李孚)는 심배에게 제안을 했다.

"이 상황에서 밖에 있는 우리 대군이 성안으로 들어오면 군량이 금방 동납니다. 성안에는 병들고 약한 백성이 수만 명이나 있습니다. 이 사람들을 성 밖으로 몰아내 조조에게 항복시키면서 동시에 성안 병사들을 일제히 뽑아냅니다. 병마가 나가자마자 성안에 있는 잡목이나 장작을 산처럼 쌓아 불기둥을 올려 양평에 있는 원상 장군께 신호를 올립니다. 이렇듯 안팎으로 호응하여 혈로를 열면 큰 어려움 없이 성안으로 맞이할 수 있을 것입니다."

"옳거니! 그 방법밖에 없다."

심배는 바로 작전을 개시했다. 채비가 끝나자마자 성안에 있는 아이와 노인, 여자들을 수만 명 몰아놓고 한번에 밖으로 확 밀어냈다. 하얀 천 조각이나 흰 깃발 등을 손에 든 백성은 해일처럼 꾸역꾸역 밖으로 밀려 나왔다. '조 승상, 조 승상'을 외치며 조조 진영으로 밀려 들어오는 게 아닌가.

조조는 후진을 열어 항복하는 사람들을 다 받아들였다.

"내가 선 땅에서는 한 사람도 굶기지 않는다."

곳곳에 커다란 솥을 걸어 죽을 끓여대느라 분주하였다. 아귀 대접을 받았던 굶주린 백성 대부대는 옆에서 화살이 날아다녀도 전방에서 격전하는 함성이 들려와도 아랑곳없이 솥 주위를 떠날 줄 몰랐다.

3

조조는 심배가 세운 계획을 꿰뚫어본지라 굶주린 수만 명의
백성이 떼 지어 나오자마자 병사를 여러 곳에 매복시켜 백성
뒤를 이어 큰 물줄기처럼 쏟아져 나온 성안 병사를 바로 공격
하여 섬멸해버렸다.

성에서는 신호를 보내는 화톳불이 하늘을 태울 듯이 붉게 피
어올랐지만, 성문을 나온 병사는 해자를 메우는 시체가 되고
살아남은 자들은 창황하여 성안으로 다시 밀려들어 가는 판국
이다.

"지금이다. 쫓아라!"

조조는 그 기세를 몰아 도망가는 성안 병사들과 함께 성문
안으로 들어가버렸다. 그때 조조 투구에 화살이 2번 꽂혔다. 한
번은 말에서 떨어졌지만 바로 뛰어올라 끄떡없이 선두에 섰다.

그래도 심배는 의연하게 방어를 지휘했다. 해서 외성 문은
함락되었지만, 내성 벽문은 여전히 군세었다.

"여태껏 이런 난공불락의 성은 본 적이 없다."

그 대단한 조조마저도 탄식해 마지않았다.

"방법을 바꾸자."

조조는 민첩하게 전략을 바꾸었다. 머리를 벽에 부딪쳐 몸으
로 밀어내는 것 같은 어리석음을 피했다.

하룻밤 만에 조조 군은 방향을 확 바꾸어 뜬금없이 부수(滏
水) 경계 양편에 있는 원상을 공격했다. 일단 언변이 좋은 부하
를 보내 원상의 선봉을 지휘하는 마연(馬延)과 장의(張顗)를 어

루꾀어 조조 군으로 끌어들였다. 두 장수가 배신하니 원상은 잠시도 버티지 못하고 꽁무니를 뺐다. 남구(濫口)까지 퇴각하여 그 험한 지세에 의지하여 포진해 있으니 어느새 사방이 불타버렸고, 또다시 오도 가도 못하는 신세가 되니 원상은 항복하고 말았다.

"내일, 만납시다."

조조는 흔쾌히 용서하는 듯 전군의 무장을 해제시키고 항복한 주군과 신하를 한곳에 붙잡아 두었다가, 그날 밤 서황과 장료를 보내 원상을 살해할 생각이었다.

원상은 간발의 차로 아슬아슬하게 위기를 모면해 중산(中山, 하북성 보정保定)으로 내뺐다. 너무 급한 나머지 인수나 기치까지 내팽개치고 가 조조 장수들은 원상을 비웃었다.

한쪽을 정리하고 나자 조조는 다시 대대적으로 업성 공격에 박차를 가했다. 이번에는 내성 주위 40리에 걸쳐 장하(漳河)에서 끌어온 물을 채워 성안을 물바다로 만들어보았다.

예전에 원담의 사자로 조조에게 온 신비는 원상이 버리고 간 의복, 인수, 기치 등을 창끝으로 들어 올린 다음 진 앞에 서서 설득했다.

"성안에 있는 사람들이여, 더는 무익한 항전을 그만두고 항복하시오."

심배는 그 대답으로 성안에 인질로 잡아둔 신비의 처자와 가족 40여 명을 망루로 끌고 나오더니 목을 벤 다음 하나씩 하나씩 던지면서 소리쳤다.

"네 이놈! 나라의 은혜를 잊었는가!"

그 광경을 본 신비는 혼절하여 병사에게 부축 받으며 후진으로 돌아갔다. 그래서인지 신비는 원통함을 풀기 위해 심배의 조카 심영(審榮)에게 화살에 묶은 편지를 쏘아 보내 내통하겠다는 약속을 받아내기에 이르렀다. 결국, 심영 손으로 서문(西門) 일부를 안에서 열게 하는 데 성공했다.

마침내 기주 본성은 함락되었다. 도도한 탁류를 넘어 조조군은 내성으로 들어갔다. 심배는 최후까지 선전했으나 힘을 다 소진하여 붙잡혀버렸다. 조조는 심배로 인해 고생을 겪은 만큼 심배의 인물됨을 아깝게 여겼다.

"날 위해 일하지 않겠는가?"

그러자 신비가 심배 손에 처자와 가족 40여 명이 살해되었다며 이자의 목을 자신에게 달라고 곁에서 발을 동동 굴렀다.

심배가 가만히 듣더니 두 사람을 향해 의연하게 대답했다.

"살아서는 원가의 신하, 죽어서는 원가의 귀신이 되는 것이야말로 내 숙원이다. 경박하게 아첨하는 신비 따위와 같은 사람으로 취급되는 것조차 역겹다. 어서 베라!"

그 말을 내뱉으면서 일곱 발자국을 걸었다.

조조의 눈짓만으로 칼을 든 무사가 번개같이 덤벼들었다.

"잠깐!"

호통치고는 심배는 조용히 원가의 묘를 향해 절한 뒤 조용히 목을 내밀었다.

초야에 참된 선비가 있어

1

망국의 최후를 장식하는 충신만큼 애처롭고 비장한 사람은 없다. 심배가 맞이한 장렬한 죽음은 조조의 마음조차 크게 울렸다.

"하다못해 옛 주군의 성터에 유해라도 묻어주어라."

조조의 명에 따라 기주성 북쪽에 심배 묘를 만들고는 정성껏 제사를 지내주었다.

건안 9년 7월 가을, 강대하던 하북도 망했다. 기주 본성은 조조의 군마로 가득했다. 조조 장남 조비는 그해 18살로 아버지와 함께 참전했는데 적의 본성이 함락되자 곧 수행병을 이끌고 성안으로 들어가려고 했다. 성이 함락된 직후여서 당연히 출입을 통제하였다. 보초 서는 병졸이 조비를 막아섰다.

"잠깐, 어딜 가느냐? 승상의 명이다. 아무도 이곳에 들어가면 안 된다!"

"조 승상 아드님의 얼굴도 모르는가?"

조비 수행병은 거꾸로 호통을 치고 나섰다.

성안은 아직 타다 남은 불에서 나는 연기로 자욱했다. 조비는 행여 남아 있는 병사가 뛰쳐나올까 우려해 칼을 들고 신기하다는 듯이 여기저기 빠짐없이 돌아보았다. 그때 후당 구석에서 한 부인이 딸로 보이는 젊은 여자를 끌어안고 쭈그리고 앉아 있는 게 눈에 띄었다. 붉은빛이 눈을 스쳤다. 구슬과 금비녀가 울음에 떨고 있었다.

"누구냐?"

조비도 다리가 움찔했다.

"전 원소의 후실 유 씨입니다. 이 아이는 차남 원희 처로….."

가냘픈 목소리에 애원하는 듯한 눈동자로 대답했다.

더 물으니 원희는 멀리 도망갔다고 했다. 조비는 두 여인 곁으로 불쑥 다가가서 젊은 여자의 앞머리를 살짝 걷어보았다. 그러고 나서 비단 전포 소맷자락으로 원희 처의 얼굴을 닦아주었다.

"아…. 밤에 빛나는 구슬 같구나!"

조비는 칼을 집어넣고 춤이라도 출 듯이 기뻐했다. 그러면서 두 여인에게 조조의 장남이라고 자신의 정체를 밝혔다.

"살려주겠소! 반드시 목숨을 지켜주리다! 더는 겁내지 않아도 되오."

두 여인에게 따뜻한 마음을 담아 건넸다.

그때 아버지 조조는 위풍당당하게 성으로 들어오는 길이었다. 그러자 조조의 고향 친구이자, 황하 전쟁에서 원소를 배반하고 조조 편이 된 허유가 갑자기 앞으로 튀어나왔다.

"만약 이 허유가 황하에서 계획을 말해주지 않았더라면 제아무리 조조라도 오늘 입성은 못 했을 거네."

허유는 우쭐거리며 채찍을 높이 들어 올려 시키지도 않았는데 북 1번에 여섯 걸음 보법을 지시했다.

조조는 껄껄 웃으며 맞장구쳐주었다.

"자네 말이 맞네그려."

조조는 거들먹거리는 허유를 더 부추겨 세웠다.

이윽고 성문에서 부문을 통과할 때 조조는 뭔가 알아차린 듯 보초에게 물었다.

"나보다 먼저 이곳을 통과한 사람이 누구냐! 어떤 놈이냐!"

보초병은 두려움에 벌벌 떨었다.

"세자(世子)십니다."

보초병이 아는 대로 고하니 조조는 격노했다.

"세자일지라도 군법을 흐트러뜨린다면 결코 그냥 넘길 수 없다. 군유, 곽가 그대들이 조비를 잡아오게. 처단해야겠소."

곽가는 성난 조조를 살살 달랬다.

"세자가 아니면 누가 이 성을 잘 평정하겠습니까?"

"흠…. 그 말도 일리가 있군."

조조는 다행이라는 듯 그 일은 불문에 부치고 계단을 울리면서 누각을 통과했다.

유 부인은 조조 발밑에 절하며 조비의 온정을 눈물까지 흘리며 고했다. 조조는 문득 젊은 여인 견(甄) 씨를 보자마자 경국지색에 놀라움을 금치 못했다.

"조비가? 그리 관대하게 대했단 말이오? 아마도 이 여인을 부인으로 삼고 싶어서일 거다. 조비에 대한 포상은 이걸로 충분할 테지. 껄껄껄, 철없는 녀석이로다."

이해심 많은 아버지 승상은 기주 전쟁에 대한 상으로 견 씨를 조비에게 내렸다.

2

기주 공략이 일단락되니 조조는 맨 먼저 원소와 그 일가 대대로 내려온 분묘에 제사를 지냈다.

"예전에 낙양에서 같이 이야기를 나눴을 때 원소는 하북의 부강을 등에 업고 기세 좋게 남으로 진출하면 되고, 나는 맨주먹으로 천하의 새로운 인재를 규합하여 혁신의 시대를 구축하면 된다며 호탕하게 웃었는데…. 지금은 다 옛날이야기가 되어버렸구나."

조조는 원가 일족 무덤에 분향하고 술회하며 눈물을 뚝뚝 흘렸다.

승자가 흘린 눈물은 수월하게 적국의 민심을 달랬다. 백성에게는 그해 연공을 면제했고 원소 휘하에서 일하던 문관이나 현명한 인재는 조조 진영에서 재등용하여 토목과 농사를 부흥하는 데 있는 힘껏 힘을 쏟았다.

하루하루 지나면서 부당(府堂) 출입은 더 빈번해졌다. 어느 날 허저가 말을 타고 동문으로 들어가려던 참이다. 그러자 허유가 부당에 서서 거리낌 없이 말을 건넸다.

"이보게, 허저. 너무 거들먹거리며 지나가는 거 아닌가? 겸손하게 말하는 이 허유가 없었으면 자네가 이곳에 드나들 수는 없었을 걸세. 그러니 날 봤으면 예의 정도는 갖추고 지나가야 하지 않겠나?"

언젠가 조조가 입성했을 때도 오만한 말을 지껄여서 장수들의 빈축을 산 적이 있었는지라 허저는 꾹 참았던 짜증이 온 얼굴에 흘러넘쳤다.

"이런 제길, 길을 비켜라!"

"뭣이라?"

"소인배가 사사로운 공을 자랑하는 것만큼 듣기 성가신 건 없다. 가는 길을 막으면 밟아 죽이겠다."

"밟아 죽여보시지."

"하라면 못 할 줄 알고?"

설마 하고 대수롭지 않게 여기니 허저는 정말 말발굽을 치켜들고 허유를 위에서 덮쳐 올라탈 기세였다. 그뿐 아니라 순식간에 칼을 뽑아 허유 목을 뎅겅 날려버리고 바로 부당으로 가서 조조에게 이실직고했다.

조조는 그 이야기를 듣더니 눈을 감은 채 한동안 침묵했다.

"허유가 부리기 어려운 소인배이기는 하지만 나와는 죽마고우다. 게다가 혁혁한 공을 세운 자고. 사사로운 분노에 휩싸여 무분별하게 베어 죽이다니 괘씸하다."

조조는 허저를 나무라고 이레 동안 근신하라고 명했다.

허저가 물러남과 동시에 인품 있는 선비가 정중하게 안내되었다. 하동(河東) 무성(武城)에 은거하는 선비 최염(崔琰)이다.

얼마 전부터 조조는 사람을 보내 최염을 여러 차례 불러들였다. 기주 나라 전체의 민가 수와 호적을 정리하는 데는 최염만한 인물이 없었다.

최염은 어지러운 민부(民簿)에 대한 통계를 정확히 산출하고 정리하여 조조의 군정과 경제에 크나큰 도움을 주었다. 조조는 최염에게 별가종사(別駕從事)라는 관직을 내리고, 한편으로는 원소의 세 아들이나 기주의 잔당이 달아난 곳에 대한 소식을 소상히 알아보라고 지시했다.

그 후 원담은 감릉, 평안, 발해(渤海), 하간(河間, 하북성) 등 각지를 위협해 병력을 끌어모은 다음 중산에 있던 원상을 공격하여 이를 빼앗았다.

원상은 중산에서 도망쳐 유주로 갔다. 유주에 있는 원희와 합류한 원상은 힘을 합쳐 큰형을 막아냈다.

"돌아가신 아버지의 영지를 되찾아야 한다."

칼을 갈며 멀리서 기주에 있는 조조의 동태를 살피고 또 살폈다.

조조는 그 사실을 알고 의중을 떠보려 원담을 초대했다. 원담은 불길한 생각이 들었는지 몇 차례 청해도 초대에 응하지 않았다. 마침 좋은 구실이 생겼다. 조조는 바로 단교(斷交)를 알리는 서간을 보내고 대군을 파견해버렸다. 원담은 싸워보지도 않고 두려운 나머지 곧바로 중산을 버리고 평원도 내버리고 결국 유표에게 사신을 보냈다.

"도와주시오."

정에 호소했다.

유표는 사신을 돌려보내고 현덕과 이 일을 상의했다. 현덕은 원가 형제가 얼마 안 가 조조에게 항복할 운명이라는 사실을 예견하고 주의해야 한다고 이야기했다.

"못 본 척하십시오. 남의 일보다 형주를 방비하는 데 힘써야 합니다."

3

형주에 의지하려고 했지만 유표에게 보기 좋게 거절당한 원담은 부득이하게 남피(南皮, 하북성)로 도망갔다.

건안 10년 정월이다.

조조가 이끄는 대군은 얼어붙은 강을 넘고 눈 덮인 산을 넘어 남피까지 왔다. 남피성은 8개 문을 걸어 잠그고 벽 위에 노궁을 줄지어 세웠으며 해자에는 가시나무 울타리를 엮어 병사들의 수비는 대단히 견고했다.

아뿔싸! 맹렬히 치고 들어왔다가는 쑥 빠지고, 다시 치고 들어왔다가 또 돌아가기를 반복하면서 밤낮 새로운 전법으로 맹공격하는 조조의 끈기에 원담은 밤에도 쉬 잠들지 못해 몸과 마음이 시나브로 지쳐갔다.

그 와중에 대장 팽안(彭安)이 전사하니 신평을 사신으로 보내 항복 의사를 밝혔다.

조조는 항복하러 온 사신에게 물었다.

"그대는 일찍이 날 섬기는 신비의 형이 아닌가. 내 진중에 머물면서 아우와 함께 공을 세워 장래 크게 가문의 이름을 떨치면 어떤가."

"예부터 이런 말이 있습니다. '주군이 귀해지면 신하도 영화롭고, 주군에게 근심이 생기면 신하에게 욕된다'고 했습니다. 아우에게는 아우의 주군이 있고, 제게는 제 주군이 있습니다."

신평은 허무하게 발걸음을 옮겼다.

조조는 항복을 받아들인다고도, 받아들이지 않는다고도 언급하지 않았다. 말할 필요도 없이 이미 기주를 빼앗았으니 원담을 살려두기엔 좀 껄끄러웠다.

"화의(和議)는 어렵습니다. 결전할 수밖에 없습니다."

사실 그대로 신평이 고하니 원담은 신평이 한 일 처리 방식에 불만을 나타냈다.

"그런가? 그대 아우는 이미 조조 부하니까 강화를 구하는 사신으로 그 형을 보낸 건 내 잘못이다."

원담이 비꼬듯이 말을 내뱉었다.

"아…. 유감스러운 말씀을 하시다니!"

한마디 격하게 원망하듯이 외치고는 신평은 땅에 쓰러져 혼절한 채 숨이 끊어져버렸다.

원담은 뼈아프게 뉘우치면서 곽도에게 좋은 방책을 물었다.

"팽안이 죽었어도 더 이름을 날리는 대장은 몇이나 있습니다. 남피 백성을 병사로 소집하여 죽기 살기로 싸우면 됩니다. 적은 극한의 땅에 노출된 원정 나온 궁색한 병사니 이기지 못할 것도 없지 않습니까?"

곽도는 원담을 강하게 격려하며 대결전을 치르기 위한 준비에 돌입했다.

돌연 남피성 전 병력은 사방으로 난 문을 열어젖히고 공세에 나섰다. 눈에 파묻힌 조조 진영을 급습한 것이다. 그러고는 민가를 불태우고 목책(木栅)을 태우며 갖은 수단으로 조조 군대를 어지럽혔다.

쏟아지는 눈보라를 맞으며 엇갈려 달리는 1만 기가 내는 말발굽 소리, 노궁을 떠나는 줄 튕기는 소리, 철 화살을 울리는 외침, 쟁쟁 부딪는 극 소리, 쉭쉭 불꽃을 튀기는 칼과 칼…. 창은 부러지고, 깃발은 찢어졌으며, 사람과 동물이 한데 울부짖는 가운데 시체는 산을 이루고 피는 눈을 가르고 강이 되어 철철 흘렀다.

한때 조조 대군은 뿔뿔이 흩어져버렸지만 조홍과 악진 등이 잘 막아주어 결국 대세를 되돌려 성에서 나온 병사들을 밀어붙이면서 해자 근처까지 몰아세웠다. 조홍은 잡병들에게는 눈길도 주지 않고 혼란한 군사들 사이를 질주하면서 원담을 찾아다녔다. 겨우 목표물을 찾아내 이름을 불러 세운 다음 말에 걸터탄 채로 여러 번 베어 고꾸라뜨렸다.

"원담의 목이 걸렸다! 조홍이 원담의 목을 베었다!"

그 소리가 눈보라와 함께 전해지니 남피성에서 나온 병사들은 전의를 상실하고 성문 다리로 앞다투어 달아났다. 그 무리에 곽도도 섞여 들었다.

"저자를 잡아라!"

조조 군 맹장 악진은 곽도를 노리고 가까이 쫓아가며 불러 세웠지만 밀려 나오는 적과 아군들에게 가로막혀 가까이 접근

하지 못하고 허리에 찬 철 화살을 빼 바로 시위에 매겨 인파 위
로 당겼다.

"휙!"

화살은 곽도의 목덜미를 적확하게 관통했고 곽도는 안장 위
에서 재주넘듯이 데굴데굴 굴러떨어져 해자 안으로 처박혀버
렸다. 악진은 바로 곽도의 목을 잘라 창끝에 걸었다.

"곽도도 죽고, 원담도 죽었다. 병사들이여, 이제 누굴 위해 싸
우는가?"

악진은 목청껏 외쳤다.

남피성도 멸망하자 이윽고 부근에 있던 흑산(黑山) 강도라
불리는 장연(張燕)을 비롯하여 기주의 옛 신하 초촉(焦觸), 장
남(張南) 등의 무리도 제각각 5000명, 1만에 달하는 병사를 거
느리고 나왔다. 항복하는 자들이 내닫는 기나긴 행렬은 매일매
일 끊이지 않았다.

4

악진, 이전 두 부대에 항복한 장수 장연이 가세해 새로운 10만
기 대군이 편제되었다.

"형주로 들어가 고간의 숨통을 끊어라."

조조는 이들에게 가열차게 명령했다.

그러고는 유주로 나아가 원희와 원상 형제를 토벌할 준비를
소홀히 하지 않았지만, 그사이에 먼저 성 북문에 원담의 목을

내걸었다.

"원담의 목을 보고 우는 자가 있으면 3대를 벌하리라."

이 명을 군과 현에 널리 알렸다.

어느 날 굴건을 쓰고 검은 상복을 입은 선비 하나가 보초병에게 붙잡혀 부당으로 끌려왔다.

"승상이 내건 포고에도 이놈이 원담의 목에 절하고 옥문 아래서 통곡하였습니다."

그 인품이 예사롭지 않다고 느낀 조조는 직접 하문하였다.

"귀공은 어디에 사는 누군가?"

"북해(北海) 영릉(營陵, 산동성) 사람 왕수(王修)로, 자는 숙치(叔治)입니다."

"군과 현에 내건 방을 못 보았는가?"

"눈은 멀쩡합니다."

"그렇다면 자신뿐만 아니라 죄가 3대에 미친다는 것도 알겠구나."

"기쁠 때 기뻐하고 슬플 때 슬퍼하는 게 자연스러운 인간이라 어찌할 수 없습니다."

"그대는 전에 무슨 일을 했는가?"

"청주에서 별가로 일하며 돌아가신 원소 장군께 큰 은혜를 입었습니다."

"거침없는 말투로 내 앞에서 말을 삼가지 않는 자구나. 큰 은혜를 입은 원소 곁을 왜 떠나 있었는가?"

"간언을 올렸으나 주군께 받아들여지지 않았고, 정무에 충성을 다하지 않았다는 친구의 모략으로 관직에서 물러나 초야에 흘러들어 산 지 어언 3년! 어떻게 돌아가신 주군의 은혜를 잊었겠습니까? 지금 나라가 망하고 장남의 목이 거리에 내걸리니 울지 않으려 해도 울지 않을 수가 없습니다. 만약 저 목을 제게 주시고 정중하게 제사 지내게 허락해주신다면 제 목숨뿐만 아니라 3대를 벌하신다 해도 여한이 없습니다."

왕수는 주저하는 기색이 전혀 없었다.

얼마나 노여워할까 두려워했는데 생각 외로 조조는 부당 안에 있는 여러 신하를 돌아보고 한숨을 푹 내쉬었다.

"하북에는 어찌하여 의롭고 충성스러운 선비가 이리도 많단 말이냐. 원소는 참된 사람들을 제대로 쓰지 않고 애석하게 초야로 쫓아내 결국 나라를 잃었구나…."

조조는 즉시 왕수가 한 청을 허락하는 동시에 왕수를 사금중랑장(司金中郎將)에 봉하고 상빈을 나타내는 표식을 내렸다.

한편, 유주에는 일찍이 조조가 치고 들어올 것이라는 소식이 전해져 대혼란이 일었다. 어차피 이길 수 없는 적이라 두려워한 원상은 맨 먼저 요서(열하熱河 지방)를 향해 도망쳤고 유주 별가 한형(韓珩) 일족은 성을 활짝 열어 조조에게 항복했다. 조조는 항복을 곧바로 받아들이고 한형을 진북장군(鎭北將軍)에 명했으며, 병주 쪽 전황을 걱정하여 몸소 대군을 이끌고 악진과 이전 군대에 가세하려고 길을 서둘러 떠났다.

원소의 조카 고간이 병주 호관(壺關, 하북성 경계)을 사수하여 여전히 함락되지 않은 상황이다. 불과 수십 기를 이끌고 온 두 장수가 성문 가까이 다가왔다.

"고간, 고간. 문 좀 열어주오."

두 장수가 도움을 애타게 요청했다.

고간이 망루에서 내려다보니 옛 친구 여광과 여상이다.

"어쩌다 옛 주군을 배신하고 조조에게 항복했지만 항복한 사람이라 제대로 대우해주지 않소. 구관이 명관이오. 앞으로는 그대와 협력해 조조를 치겠소. 옛정을 되새겨주길 바라오."

고간은 의심을 쉬 풀지 않은 채 병사들은 문밖에 세워두고 두 사람만 성안으로 맞아들였다.

"조조는 지금 유주에서 막 도착했소. 먼 길을 달려와 지쳐 있을 거요. 오늘 밤 치고 나가면 아직 진용도 가다듬지 않았으니 반드시 이길 수 있을 터."

어리석게도 고간은 두 사람이 세워놓은 계략에 말려들었다. 견고한 호관성도 그날 밤 함락되었고, 고간은 간신히 목숨만 건져 북적(北狄) 경계를 넘어서 오랑캐 좌현왕(左賢王)에게 의지하려고 갔지만, 도중에 부하의 칼에 찔려 저승으로 갔다.

요서와 요동

1

지금 조조가 뿜는 기세는 그야말로 떠오르는 태양 같았다. 북으로는 북적이라 부르는 몽골을 경계로 하고 동으로는 이적(夷狄)이라는 열하의 산동 방면에 인접하기까지 예전 원소 치하 전 영토를 손아귀에 틀어쥐었다. 조조다운 새로운 분위기로 단장한 시정과 위령은 오랫동안 침체된 옛 모습을 한번에 쓸어버리고 문화와 산업 그리고 사회 방면까지 혁신적인 양상을 보였다.

게다가 조조는 현실에 안주하지 않았다. 조조의 마음은 광활한 대지같이 그 끝을 몰랐다.

"지금 원희와 원상 형제는 요서 오환(烏丸, 열하 지방)에 있다고 한다. 그대로 내버려 둔다면 훗날 화근이 될 것이다. 요서와 요동 땅을 같이 정벌해놓지 않으면 기북과 기동 땅까지 영원히 잠잠해지지 않으리라."

조조는 장대한 계획을 바탕으로 다시 대군을 준비하라는 명령을 내렸지만, 처음부터 이 계획은 조홍 이하 장수들이 대거 반대했다.

이곳은 이미 원정을 한 땅이다. 원정에서 또 원정으로…. 끝없는 제패에 매진하는 동안 먼 도읍에 변이 생기면 어찌할 것인가? 또 형주의 유표, 현덕 등이 빈틈을 노려 허를 찌른다면? 당연한 우려다.

곽가만은 조조가 품은 큰 뜻을 지지해주었다.

"모험임에는 분명하지만 1000리 원정도, 제패의 대사도 두 번 세 번 반복되지는 않습니다. 이미 도읍을 떠나 여기까지 해온 일이니 1000리를 가든, 2000리를 가든 별 차이는 없습니다. 특히 원소의 두 아들을 떠돌아다니게 놔두면 머지않아 어딘가에서 반란을 일으킬 것입니다."

조조는 결심했다. 요서와 요동은 이국땅이라고만 생각했다. 예전에 경험해본 적이 없는 외국 원정이다. 해서 군대 장비나 군량 예측에 온 힘을 쏟아부었다. 전차, 군량을 옮기는 수레도 수천 승에 달하는 대치중대(大輜重隊)를 편제하였다. 그 밖에 순수 전투 대원만 수십만 명에 기마, 도보, 가마에다가 노궁대, 경궁대, 철창대도 있고 공구만 짊어지고 가는 노병대까지 어마어마한 행군이다.

여룡채(盧龍寨, 하북성 유가영劉家營)까지 전진했다. 오랑캐 땅 경계까지 다가가니 눈에 보이는 산과 강의 모습도 확연히 달라졌고, 매일 광풍이 불어닥쳐 황사로 뒤덮인 망망한 천지가 개미 같은 대행군의 구불구불 이어진 행렬을 둘러쌌다. 한 발 한 발 어렵게 역주(易州)까지 가니 조조에게 생각지도 않았던 걱

정거리가 생겼다. 곁에서 늘 조조를 돕고 격려해주던 곽가가
풍토병에 걸려 가마에 타는 것조차 힘겨워했다.

곽가는 고열을 애써 견디면서 여전히 조조에게 헌책했다.

"아무래도 행군에 진전이 없는 모양입니다. 이리하면 1000
리 원정에서 공은 달성해도 세월을 허비합니다. 그사이에 적의
준비도 차차 견고해질 것입니다. 그러니 주군께서는 몸이 가벼
운 기병 정예 부대를 가려 뽑아 행군 속도를 3배로 올려 이적
의 허를 찌르십시오. 나머지 군세는 제가 맡아서 요양하면서
기다리겠습니다. 걱정하지 마십시오."

조조는 곽가의 말을 받아들여 처음 끌고 왔던 군대를 재편하
여 '뇌정대(雷挺隊)'라 칭하는 기마와 수레로만 대부대를 꾸린
다음 앞뒤 가리지 않고 달려 요서 경계에 침입했다. 길 안내는
원소 부하였던 전주(田疇)라는 자가 맡았다.

진흙 강을 건너고, 호수와 늪도 지나고, 절벽을 지나 갖은 고
난이 눈앞에 펼쳐지니 전주가 없었다면 길을 잘못 들어선 것만
으로도 조조 군대는 오도 가도 못 했을 듯했다. 이리하여 겨우
이족 대장 묵돌(冒頓)이 지키는 유성(柳城, 요녕성遼寧省)에 접근
했다.

때는 건안 11년 7월, 가을이다.

2

유성 서쪽 백낭산(白狼山)을 함락한 다음 조조는 백낭산에

서서 적진을 내려다봤다.

"어마어마하게 정비해놓긴 했다. 안타깝게도 이족은 아직 미개하군. 군 배치는 병법을 모르는 자의 솜씨로, 마치 아이들 전쟁놀이 같다. 단번에 무찌를 수 있겠다."

곧장 장료를 선봉으로 우금, 허저, 서황 등을 세 부대로 나누어 세 방면에서 성 밖에 주둔하는 적을 한 무리, 한 무리 차례대로 쳐부수고 들어가 이윽고 이족 장수 묵돌을 저승으로 보내고 이레 만에 유성을 점령했다.

원희와 원상 형제는 유성에 숨어서 전쟁을 독려하였지만, 또 의지할 곳을 잃고 불과 수천의 병사를 거느리고 요동 쪽으로 발 빠르게 줄행랑을 놓았다.

그 밖에 이족 병사는 모조리 항복해왔다. 조조는 전주가 세운 공에 대한 상으로 유정후(柳亭侯)에 봉했으나 전주는 결단코 받아들이지 않았다.

"원소를 섬기다 아직 살아 있는 몸으로 옛 주군의 남은 자식을 쫓는 전쟁에서 길 안내를 맡아 작위와 봉록을 하사 받는 건 도리에 어긋납니다."

"당연히 심정이 괴로우리라."

조조는 전주의 마음을 충분히 이해하고 대신 의랑으로 일하라 명한 다음 유성을 지키라고 지시했다.

규율이 잘 잡힌 조조 군대 그리고 문화적인 장비와 시정은 벽지에 사는 백성을 덕으로 감화시켰다. 가까운 군(郡)에 사는 이족은 속속 공물을 가져와서는 유성에 무리를 짓고 조조에게 따르겠다는 뜻을 비쳤다. 그중에는 준마 1만 필을 헌납한 호족도 있었다. 이리하여 조조의 군사력은 더욱더 부강해졌다.

그 와중에도 조조는 매일 역주에 남기고 온 곽가의 병세를 걱정했다.

"아무래도 차도가 없는지 열에 아홉은 어렵다고 합니다."

역주에서 온 소식으로 곽가의 근황을 안 신하가 근심스럽게 고했다.

"여기는 전주에게 맡기고 돌아가자."

조조는 부리나케 서둘렀다.

이미 겨울이 성큼성큼 다가오고 있었다. 수레와 기마 대군이 돌아가는 길은 그야말로 험난했다. 때로는 200여 리를 가는데 물이 한 방울도 없어 물을 얻으려고 지하 30장 깊이를 파야만 했고, 푸른 것은 풀 한 포기도 없으니 말을 죽여서라도 목숨을 부지할 수밖에 없었다. 병자가 속출하는 건 당연지사다.

겨우 역주에 도착하여 조조가 가장 먼저 한 일은 이경 원정을 충고한 대장들에게 은상을 내린 것이다.

"좋은 말을 제때 해주었다. 다행히 이겼고 무사히 돌아왔지만, 하늘이 도왔다고밖에 말할 수 없다. 얻은 것은 적고 매우 위험했다. 앞으로는 내 단점이 있으면 기탄없이 충고해주기 바란다."

그다음에 조조는 곽가의 병상을 방문했다. 곽가는 조조가 무사한 모습을 보고 안심했는지 그날로 숨을 거두었다.

"내 패업은 아직 이루지 못했는데, 예까지 같이 고생해온 젊은 곽가를 먼저 저세상으로 보내고 말았다. 곽가는 장수 중에도 가장 나이도 어린데…"

조조는 육친을 잃은 것처럼 눈물을 뚝뚝 흘리면서 슬퍼했다.

진영에서 치르는 장례식에서 낭랑하고 애달픈 각적 소리나 징 소리는 사흘에 걸쳐 겨울 하늘에 떠 있는 구름을 눈물짓게 했다.

제사를 갈무리하고 나니 곽가를 병상에서 죽 보살펴온 하인 이 봉투 하나를 조조에게 몰래 바쳤다.

"돌아가신 주인님의 유언입니다. 죽을 때가 왔다고 짐작한 주인님은 친히 붓을 들어 편지를 쓰고는 자신이 죽으면 나중에 주군께 전해달라시며, 여기에 적힌 것처럼 하면 요동 땅은 저절로 평정하게 될 거라고 말씀하셨습니다."

조조는 유서를 이마까지 들어 올려 절한 후에야 받았다.

며칠 뒤에는 이미 여러 장수 사이에 의견이 분분했다.

"요동은 어찌할 것인가?"

원희와 원상 형제는 그 뒤에 요동으로 달려가 태수 공손강 세력에 기대어 또 다른 화근의 조짐을 보였다.

"내버려 둬도 별일 없다. 조만간 공손강이 원 씨 형제의 목을 보내줄 터."

조조는 이번만은 유달리 침착했다.

3

도망치고 또 도망쳐 이제는 의탁할 곳이 없어 요동을 의지해 온 원희와 원상 형제에 대해 태수 공손강은 여전히 망설였다.

"도와주어야 할지, 아니면 죽여야 할지…."

망설이는 이유는 도와줄 필요 없다는 친족들 의견 쪽으로 마음이 기울어서다.

"원 씨 형제는 아버지 원소가 살아 있었을 때도 항상 요동을 공략하려고 벼르던 자들입니다. 애석하게도 행동에 옮기기 전에 먼저 망하고 말았지요. 원망은 있어도 제대로 된 은혜를 입은 건 없습니다."

한층 더 극단적으로 발언하는 자도 있었다.

"비둘기는 까치 둥지를 빌려 쓰다가 어느새 주인을 쫓아내고 둥지를 차지하고 맙니다. 죽은 아버지가 남긴 뜻을 생각하고 원 씨 형제도 훗날 비둘기가 될지도 모를 일입니다. 차라리 이 참에 원 씨 형제의 목을 조조에게 바치면 조조는 요동을 공격할 구실을 잃을 것입니다. 그리되면 요동도 이대로 평안할 뿐만 아니라 마음을 고쳐먹어 공손 일가를 중히 여길 수도 있습니다."

공손강은 그 말이 일리가 있다고 판단했는지 결심을 굳혔다. 한편으로는 사람을 파견하여 동정을 살피고 조조 군이 공격해 올 기미가 없다는 사실을 먼저 확인해보았다.

그러던 어느 날, 공손강은 성 밖에 있는 원 씨 형제에게 사람을 보내 연회에 초대했다.

"이제 슬슬 출정에 대해 의논하자는 건가? 아무리 그래도 조조의 위협을 받는 때이니 우리 힘이 없으면 안 되지."

원 씨 형제는 이런 이야기를 두런두런 나누면서 성으로 발걸음을 옮겼다.

맙소사! 한 전각에 있는 방 안에 들어가 보니, 추운 겨울인데 난로도 없는데다가 의자 위에는 그 흔한 방석조차 놓여 있지 않았다.

두 사람은 서로 얼굴을 붉혔다.

"우리는 어디에 앉아야 하오?"

원 씨 형제는 평상시처럼 거드름을 피웠다.

공손강은 호탕하게 웃어젖혔다.

"지금부터 너희 목은 1만 리라는 먼 길을 떠나야 할 터. 무엇하러 따뜻한 자리를 준비하겠느냐?"

공손강이 말을 마치자마자 장막을 돌아보며 처리하라는 무언의 신호를 보냈다.

무사 10여 명이 일제히 뛰쳐나와 원 씨 형제 좌우로 달려들더니 옆구리에 단검을 찌르고 또 찔러 마구잡이로 죽여 골로 보내버렸다.

역주에 진을 친 채로 미동도 하지 않으니 하우정, 장료 등은 애가 탔는지 그사이에 줄기차게 조조에게 충고했다.

"만약 요동을 공격할 마음이 없으시다면 빨리 도읍으로 개선하는 게 어떻겠습니까? 할 일도 없는 이곳에 진을 칠 것까지야…."

그러자 조조는 단호하게 대답했다.

"의미 없는 일은 없다. 좀 있으면 요동에서 원희와 원상의 목을 보내올 것이라 기다리고 있다."

장수들은 조조의 속도 모르고 비웃기까지 했다.

앗! 보름 정도 지나자 정말 태수 공손강의 사신이 제 발로 찾

아온 게 아닌가. 서간까지 제대로 갖추고 소금에 절인 목 2개가
든 상자를 정식으로 바쳤다. 비웃었던 사람들은 놀라움을 금치
못했다.

조조는 한없이 기뻐하며 그제야 내막을 밝혔다.

"곽가의 계략이 딱 들어맞았다. 곽가도 지하에서 마음 편히
웃으리라….."

조조의 이야기에 의하면, 곽가는 유서에 이렇게 썼다고 한다.

"관동은 병사를 쓰지 않고 공격해야 합니다. 움직이지 않으
면 즉시 원 씨 두 아들의 목은 저절로 굴러 들어올 것입니다."

곽가는 죽어서도 강력하게 관동 공격을 말렸던 것이다. 곽가
는 요동의 주군과 신하가 그동안 원소가 행한 압력에 오랜 세
월 동안 전통적으로 반감과 숙원은 가지고 있지만, 아무런 은
혜도 입지 않고 호의도 없다는 사실을 이미 꿰뚫어보았던 것이
다. 선견지명을 지녔으면서도 역주 진영에서 병사한 곽가는 그
때 불과 38살이었다.

한편, 조조는 요동에서 온 사신을 정중히 치하하고 보답으로
공손강에게 양평후(襄平候) 좌장군 인을 내렸다. 그러고는 곽
가가 남긴 머리카락을 정성스레 도읍으로 보낸 다음에야 본인
도 전군을 거느리고 기주로 발걸음을 옮겼다.

식객

1

북방 공략 과업은 여기서 일단락되었다. 다음에 조조의 마음에 자리 잡은 건 당연히 남방 토벌이다. 그렇지만 조조는 기주 땅이 정말 마음에 들었는지 이곳에 오랫동안 머물렀다.

해포가 넘도록 공을 들여 장하 부근에 동작대(銅雀台)를 건축했다. 동작대는 웅대한 건물을 중심으로 높은 누대와 전각으로 둘러싼 건물이다. 한쪽은 옥룡(玉龍), 다른 한쪽은 금봉(金鳳)이라 칭해 그 두 건물 난간에서 난간으로는 활 모양으로 굽은 다리를 이어 무지개가 걸린 것처럼 연결했다.

"노후에 한가해진다면 여기서 시나 지으며 지내고 싶구나."

조조가 차남 조자건(曹子建)에게 넌지시 털어놓았다.

조조가 지닌 일면 중 하나인 시심(詩心)을 이어받은 아이는 많은 자식 중 차남뿐이다. 해서 조조는 조자건을 총애했지만, 자신은 도읍으로 돌아가야만 했다.

"형을 잘 섬기고 아버지가 이룬 북방 평정 과업을 허무하게 만들지 마라."

조조는 조자건을 형 조비와 함께 업성에 남겼다.

3년여에 걸친 파괴와 건설을 마무리하고 구름 떼 같은 병사들을 이끌어 유유히 허도로 철수했다. 맨 먼저 입궐하여 천자에게 표(表)를 올리고 조정이 변함없는지 휘 둘러본 뒤 연이어 대규모 논공행상을 발표했다. 또 곽가의 아들 곽혁(郭奕)을 천거하는 등 재상으로 복귀한 뒤 전쟁터에 있을 때 이상으로 공무로 분주했다.

식객은 어디에나 있다.

주인은 기꺼이 손님을 보살피고 손님은 주눅 들지 않고 대가(大家)를 차지하고 앉아 같이 천하를 논하고 훗날을 기약하기도 했다. 이 풍조는 당시 사회 풍습으로 특이한 일은 아니다.

병사 3000명, 장수 수십 명, 두 형제, 처자와 일가친척까지 데리고 와서 나라를 잃고 타국의 비호에 기대어 보살핌을 받으면 이것도 엄연한 '식객'이다. 지금 형주에 있는 현덕도 그런 경우다. 그래도 그냥 무위도식하는 식객은 아니다. 나라에서 그냥 놀게 내버려 두지 않았다.

강하(江夏) 땅에 난이 일어났다. 장호(張虎), 진생(陳生)이라는 자들이 약탈과 폭행에서 더 나아가 반란의 횃불을 올린 것이다. 현덕은 자진해서 토벌에 나섰다. 그러고는 지방에서 일어난 난을 진정시키고 전쟁에서 적장 장호가 타던 준마도 손에 넣어서 돌아왔다.

"당분간 강하 지방은 걱정하지 마십시오."

현덕은 장호와 진생의 목을 떳떳하게 바치면서 보고했다.

유표는 현덕이 세운 공에 대한 상을 내리며 매우 기뻐했다.

"걱정거리는 끝이 없구려, 허허."

며칠이 지나자 또 탄식하며 현덕에게 의논했다.

"그대 같은 웅재가 우리 형주에 있는 이상, 안심은 되지만 한중(漢中)의 장로(張魯)와 오나라 손권은 항상 골칫거리요. 특히 남월(南越) 경계에는 국경을 침범하는 사건이 끊이질 않소. 이 근심거리를 없애려면 어찌하면 좋겠소?"

"글쎄요…. 사람이 사는 곳에 아무 문제가 없을 수는 없지만, 태평하길 원하신다면 부하 셋을 등용해보심이 어떨런지요? 장비는 남월 국경에 보내고, 관우는 고자성(固子城)을 지키게 하여 한중에 대비하고, 조운에게는 병선을 지배하게 하여 삼강 수비를 견고히 하면 좋겠습니다. 이 세 사람은 반드시 사수하여 병주 땅 한 치라도 남이 밟지 못하도록 할 것입니다."

"현덕 휘하 웅장(雄將)들을 자국을 위해 유효하게 쓴다면야…."

유표는 현덕이 내놓은 의견에 동의하고 그 기쁜 마음을 대장 채모에게 털어놓았다.

"하하, 그렇군요."

채모는 별로 감동하지 않는 표정이다.

채모는 유표 부인 채 씨의 오빠다. 그 때문인지 모르지만, 채모는 그길로 후각으로 가서 채 부인과 무언가 속닥였다. 물론 화젯거리는 현덕이다.

2

주군의 부인이면서 누이이기도 한 채 부인에게 채모는 송알송알 속삭였다.

"네가 넌지시 충고하는 편이 좋겠다. 내가 말씀을 올리면 겉으로 드러나서 자연히 이야기가 껄끄러워지니까 말이야."

채 부인은 고개를 주억거렸다.

그 후 남편 유표와 단둘이 있을 때, 채 부인은 바늘을 숨긴 솜 같은 나긋나긋한 어조로 말했다.

"약간 조심하시는 게 좋지 않을까요? 당신은 세상 사람들이 모두 당신 같다고 생각하여 결백하다고 믿어버리는데, 현덕 같은 사람에게 방심하고 틈을 보이면 되겠어요? 그 사람은 이전에 짚신 장수였다 들었습니다. 의형제라는 장비는 불과 얼마 전까지 여남에 있는 고성에서 강도질을 했다는 말도 있고…. 왠지 그 사람이 성에 오고부터는 아무래도 이곳 사람들까지 예의범절이 나빠진 듯한 느낌이…. 대대로 섬겨온 가신들도 걱정이 크답니다."

채 부인은 있는 말, 없는 말 다 동원하여 이것저것 비방하느라 바빴다.

그 말을 다 곧이들을 정도로 유표도 부인에게 호락호락하지 않았지만, 왠지 현덕에 대한 일말의 불안을 품게 된 사실은 부인할 수 없었다.

열병(閱兵)하기 위해 성 밖에 있는 마장(馬場)에 갔던 날이다. 유표는 문득 현덕이 탄 털에 윤기가 좌르르 흐르는 다부진 말을 보고 감탄했다.

"기가 막힌 준마가 아닌가?"

"마음에 드신다면 드리겠습니다."

현덕은 안장에서 내려와 바로 헌상하였다.

유표는 기뻐하며 바로 말을 바꿔 타고 성으로 돌아가는데, 그 모습을 보고 문 옆에서 괴월(蒯越)이라는 자가 중얼거렸다.

"저런, 적로(的盧)다."

"괴월, 뭘 그리 놀라는가?"

유표가 듣고 나무라며 물었다.

괴월은 엎드려 절하며 이유를 설명했다.

"제 형은 마상(馬相)을 보는 데 명수입니다. 해서 저도 마상에 대해 좀 배웠습니다. 네 다리가 모두 하얀, 사백이라는 말을 흉마로 칩니다만, 이마에 하얀 점이 있는 적로는 더 나쁘다고 합니다. 그 말을 타는 자에게는 반드시 재앙이 내린다는 이야기가 전해져 꺼리는 말입니다. 해서 장호도 이 말을 탔을 때 전사한 것입니다."

"흐음….'

유표는 꺼림칙한 얼굴을 한 채 그대로 내문 안으로 들어가버렸다. 다음 날, 술자리에서 유표는 현덕에게 술을 따라주면서 말했다.

"어제는 본의 아니게 실례를 했소. 그 명마는 귀공에게 돌려주리다. 성안에 있는 마구간에 매둘 바에는 장군 같은 웅재가 항상 애용하는 편이 말에게도 더 좋을 것 같소."

넌지시 마음의 부담을 덜고는 덧붙였다.

"귀공도 시내 객사에만 머물다 밖으로 나오면 성에서 연회나 즐기니 무사태평한 생활을 해서는 자연히 무예에 둔 뜻도 흐려지지 않을까 걱정이오. 우리 하남 양양 옆에 신야(新野, 하남성 신야)라는 곳이 있소. 그곳에는 무기와 군량도 충분하니 가족과 부하들을 데리고 신야성으로 가면 어떻겠소? 그 지방을 잠시 맡아주면 좋겠는데…"

물론 거절할 수 없었다. 현덕은 그 자리에서 명을 받아 며칠 후에 신야로 바로 떠났다. 유표는 성 밖까지 나와 친절히 배웅했다. 유비 일행은 형주성 아래에서 이별을 고하고 몇 리를 가다 보니 선비 한 사람이 현덕이 걸터탄 말 앞에 정중히 인사하고 고했다.

"얼마 전에 성안에서 괴월이 유표를 설득하였습니다. 적로는 흉마라며 타는 사람에게 재앙을 내린다고 했습니다. 부디 말을 갈아타고 가십시오."

보아하니 그 사람은 유표의 막빈(幕賓) 이적(伊籍)으로, 자는 기백(機伯)이라는 자였다.

현덕은 그 즉시 말에서 내렸다.

"말씀은 감사합니다만 걱정하지 마십시오. 죽고 사는 건 천명에 따르고 부귀는 하늘이 내린다 하였습니다. 무슨 말 하나가 목숨에 지장을 주겠습니까?"

손을 내저으며 웃고는 다시 신야로 발걸음을 옮겼다.

3

신야는 일개 지방에 있는 시골 성이다. 그래도 하남에 찾아온 봄은 평화로웠고 신야에 와서 현덕에게는 경사스러운 일이 생겼다. 정실 감 부인이 사내아이를 낳은 것이다. 출산하는 날 새벽녘에 학이 홀로 관아 지붕에 와서 40번쯤 울고는 서쪽으로 날아갔다고 했다. 또 임신 중이던 감 부인이 북두성을 삼킨 꿈을 꾸기도 해서 아명을 '아두(阿斗)'라 붙이고 이름은 유선(劉禪)이라 지었다.

때는 건안 12년 봄이다. 바로 그즈음에 조조가 나선 원정이 기주에서 요서까지 이르러 허창(許昌) 부(府)는 거의 비어 있다는 말을 들은지라 현덕은 몇 번이나 유표에게 권했다.

"지금이야말로 천하에 뜻을 떨칠 때입니다."

돌아오는 유표의 대답은 항상 이랬다.

"아니네. 내가 형주의 9주를 지키기만 한다면 집은 부유하고 나라는 번영을 거듭할 걸세. 이 이상 무엇을 바라겠나…"

현덕은 적잖이 실망했다.

오히려 이 사람은 천하를 위한 계획보다 집안에서 벌어지는 사사로운 일로 괴로워하는 게 아닌가. 현덕은 예전에 유표가 털어놓은 가정사를 떠올렸다. 유표에게는 아들이 둘 있었다. 첫째 유기(劉琦)는 전처 진(陳) 부인 배에서 났고, 둘째 유종(劉琮)은 채 부인이 낳은 아들이다. 장남 유기는 현명하고 재주가 뛰어났지만 유약했다. 해서 차남 유종을 후계자로 세우려 해도 장남을 폐하면 나라에 난이 시작된다며 분쟁이 일어나 그 일은 중지되었다. 할 수 없이 관례에 따라 차남을 제외하려 하자 채부인과 채모 등의 세력이 배후에서 불평하며 유표를 괴롭혀온 것이다.

때때로 형주성으로 가서 유표에게 천하의 형세나 풍운에 대해 대화를 나누어보아도 기개 없는 불평만 해대니 현덕도 속으로 단념하였다.

언젠가 술자리가 한창일 때 현덕이 뒷간에 갔다 돌아와서는 한참을 흥도 내지 않고 말없이 고개를 숙였다. 그러자 유표가 의아해하며 물었다.

"왜 그러시오? 내가 뭐 기분을 건드리는 말이라도 했소?"

현덕은 고개를 절레절레 저었다.

"아닙니다. 술상을 받고 수심에 잠겨 울적해하는 저야말로 면목이 없습니다. 조금 전에 뒷간에 가서 문득 제 몸을 구석구석 살펴보니 오랫동안 좋은 옷과 맛있는 음식에 젖은 탓인지 허벅지에 살이 올라 통통해졌습니다. 예전에는 항상 몸을 말 위에 두고 매일 온갖 고생을 해온 제가 어느새 군살이 붙었는지…. 세월은 물같이 흐르는데 이룬 것도 없이 허무하게 늙어가는 건 아닌지…. 문득 이런저런 생각을 하니 저와 제 몸이 부끄러워 눈물이 흘렀습니다. 부디 마음 쓰지 말아주십시오."

현덕은 사과하고 손등으로 가볍게 눈물을 쓱 훔쳤다.

유표는 뭔가 생각난 듯했다.

"예전에 허창 관부에서 귀공과 조조가 함께 청매실을 따서 술을 담아 같이 영웅을 논하던 때를 기억하오? 누가 알려주었는지 모르지만, '천하의 영웅도 지금 두려워할 만한 자는 없고,

진정한 영웅이라고 할 만한 자는 당신과 나 정도'라고 말했다 들었습니다. 그중 한 사람이 얼마 전부터 형주에 와 있으니 나도 얼마나 마음이 든든한지 모르오."

현덕도 그날은 여느 때와 달리 감상적인 기분에 젖어들었다.

"조조 정도는 아무것도 아닙니다. 만약 제가 작더라도 한 나라를 소유하고, 거기에 걸맞은 병력만 거느린다면…"

무심코 말실수를 했지만, 갑자기 유표의 낯빛이 변한 걸 눈치채고 나중에는 웃음으로 얼버무렸다. 현덕은 일부러 술을 마구 마셔대 거나하게 취한 척하고는 그 자리에서 곯아떨어져버렸다.

4

현덕은 팔베개를 한 채로 누워서 드르렁거리며 코를 골기 시작했다. 침까지 질질 흘려가면서….

"…?"

유표는 의심 가득한 눈으로 현덕의 잠든 얼굴을 가만 바라보았다. 자기 집에 거대한 용이 누워 있는 듯한 공포감이 들었던 것이다.

"역시 무서운 사람이다!"

유표도 서둘러서 자리를 떴다.

그러자 병풍 뒤에 서 있던 채 부인이 불쑥 곁으로 와서 속닥거렸다.

"당신은 지금 현덕이 한 말을 어떻게 생각해요? 평소에는 조심하여도 술에 취하면 본심을 숨길 수 없는 법. 속마음을 보였잖아요. 난 무서워서 소름이 쫙 끼쳤어요."

"후유…."

유표는 한숨만 내쉬고는 말없이 전각 안으로 들어가버렸다.

남편의 미적지근한 태도에 채 부인은 안달복달해졌다. 하지만 남편이 현덕을 의심한다는 사실은 확실하므로 부리나케 오빠 채모를 불러들였다.

"어찌하는 게 좋을까요?"

채모는 자기 가슴을 탕탕 두드리며 자신 있어 했다.

"내게 맡겨라."

채모는 뭐가 그리 급한지 서둘러 물러갔다.

저녁 무렵까지 채모는 극비리에 한 무리의 병사들을 모아 밤이 깊어지기만을 기다렸다. 다음 날이면 현덕은 신야로 돌아갈 예정이다. 한시가 급한 중대한 일이었지만 밤에 객사를 덮치는 건 곤란했다. 깊은 밤이든지 아니면 동틀 무렵 한창 잠이 들었을 때가 가장 안전하다고 판단했다.

하필이면 평소 현덕에게 호의를 품은 막빈 이적이 마침 성에 들렀다가 우연히 이 말을 들었다.

"예삿일이 아니다."

눈치 빠르게 현덕 객사에 선물로 과일을 보내면서 그 속에 편지를 밀봉하여 숨겨두는 것도 잊지 않았다. 현덕은 그 편지를 읽고 적잖이 놀랐다. 밤늦게 채모가 꾸린 병사가 객사를 포위할 것이라 쓰여 있어서다. 현덕은 저녁밥을 먹는 둥 마는 둥

하고 객사 뒷문으로 꽁무니가 빠지게 달아났다. 수행원들도 뿔뿔이 뒤따라 도망 나와 현덕을 쫓아왔다.

채모는 그 사실도 모른 채 오경까지 기다렸다가 일제히 징을 울리고 북을 치며 몰려 들어갔다. 물론 객사 안은 이미 텅 비어 있었다.

"이런 제길!"

발을 동동 구르며 뒤를 쫓았지만 아무런 수확이 없었다.

그때 채모는 한 가지 꾀를 내었다. 부하 중에 교묘하게 대필을 잘하는 자에게 시켜 자신이 지은 시를 현덕이 머물던 객사 벽에 쓰게 했다.

그러고 나서 종종걸음으로 형주성으로 가 유표를 만났다.

"큰일 났습니다."

그럴싸하게 꾸며댔다.

"평소에 현덕과 그 부하라는 자들이 형주를 빼앗으려고 성에 올 때마다 지형을 살피고 공격할 장소를 궁리하여 몰래 수상한 회의를 한다고 들은지라 어젯밤 병사들을 몇 명 보내 살펴보았습니다. 그랬더니 일이 발각된 걸 미리 알아채고 사건의 발상으로 보이는 시를 벽에 남긴 채 바람같이 신야로 도망가버렸습니다. 베푼 은혜도 모르고, 정말 어처구니없는 일입니다."

유표는 채모의 말을 다 듣기도 전에 얼굴이 창백해졌다. 그러더니 말을 대기시켜 몸소 객사로 가서 유비가 벽에 남겼다는 시를 읽어보았다.

궁하여 형양을 지킨 지 몇 해

눈앞에 허무하게 옛 산천을 마주하네
교룡이 어찌 연못에서 살겠느냐
누워서 바람 소리 우레 소리를 듣고 하늘로 오르리라

"…?"

유표의 수염이 가늘게 덜덜 떨렸다. 채모는 지금이라고 재촉하며 말에 오르길 권했다.

"병사는 준비해놓았습니다. 자, 신야로 출진하십시오."

유표는 고개를 살살 가로저었다.

"시 같은 건 장난으로 짓기도 하지 않는가. 좀 더 현덕을 살펴보고…."

유표는 어이없게도 그냥 성으로 발걸음을 돌려버렸다.

단계(檀溪)를 뛰어넘다

1

채모와 채 부인이 꾸미는 모략은 그 후에도 그치지 않았다. 한 번의 실수 탓인지 오히려 더 집요해지는 경향을 보였다.

"어떻게든 현덕을 없애지 않으면…."

애가 타서 안달복달이다.

일단 유표가 그 일을 허락지 않았다. 같은 한실 후손으로 친족이기도 한 현덕을 죽인다면 세상 사람들의 평판이 나빠질 것을 우려해서다. 또 입 밖에 내지는 않았으나 그 일로 후계자 자리를 놓고 다투는 일이나 외척 간 내정 싸움이 밖으로 새어 나가는 일도 막으려 애쓰는 것 같았다. 무릇 유표가 세운 방침은 아무 탈 없이 지내는 게 제일이라는 주의다.

채 부인은 남편이 보이는 태도에 애간장을 태우며 오빠에게 일을 서두르라고 몇 번이나 재촉하고 재촉했다. 외척과 식객은 항상 불화를 일으키는 존재였지만 채 부인은 유달리 현덕을 집요하게 꺼리고 싫어했다.

"아, 오라버니…"

"음, 내게 맡겨라."

채모는 채 부인을 위로하고, 여러 번 기회를 엿보다가 어느 날 유표와 대면하여 신중하게 의견을 내놓았다.

"근래 몇 년은 오곡도 잘 여물어 풍년이 들었습니다. 특히 올 가을은 결실이 좋아 나라 안에 풍악이 울려 퍼집니다. 이참에 각지에서 일하는 관사(官史)를 비롯하여 전사(田史)까지 양양에 모아놓고 친선을 도모하는 사냥 대회를 여는 건 어떻겠습니까? 연회를 열면 백성에게 더 위세를 떨치게 될 것이고, 여러 관사를 손님으로 초대하여 주군이 몸소 치하하면 형주는 더 부강해질 것입니다. 기분도 풀 겸 행차해보심이 어떻겠습니까?"

유표는 바로 고개를 저었다. 그러면서 왼쪽 허벅지를 쓰다듬더니 얼굴을 찡그렸다.

"괜찮은 생각이네만, 난 참여하지 않겠네. 유기나 유종을 보내지."

채모는 요즘 유표가 신경통을 앓아서 밤에도 잠을 설친다는 사실을 채 부인에게 들어서 익히 알던 터였다.

"그건 좀 곤란합니다. 유기나 유종은 나이가 어려서 주군의 대리로 내세우기에는 손님에 대한 예의가…"

"음…. 신야에 있는 현덕은 동종의 후손이고 내 동서뻘 되는 자요. 현덕을 청해서 대연회 주인 역할을 맡기는 건 어떻겠소?"

"지당하십니다."

채모는 자신의 생각대로 일이 흘러가자 내심 좋아했다.

속히 각지에 '양양의 모임'을 알리는 동시에 현덕에게도 유표의 뜻이라며 주인 역할을 명했다. 그 일이 있은 후 현덕은 신야로 돌아가서도 꺼림칙한 기분이 풀리지 않았는데다가 급보를 접하니 다시 예전에 겪었던 불쾌한 기억이 떠올라 가슴이 쓰려왔다.

"아! 아무 일도 없으면 좋을 텐데…."

장비는 자초지종을 듣고는 무조건 말렸다.

"필요 없소, 필요 없어. 뭐 좋은 일이 있겠소? 그냥 거절해버리시오."

손건도 같은 의견이었다.

"연기하는 편이 좋겠습니다. 아마 채모가 파놓은 계략일지도 모릅니다."

역시 손건은 채모의 의중을 정확히 꿰뚫어보았다.

반면, 관우와 조운 두 사람은 권했다.

"지금 명을 거절하면 더더욱 유표의 의심을 사게 될 것입니다. 이번에는 눈 딱 감고 가볍게 임무만 수행하고 바로 돌아오는 편이 좋을 듯합니다."

"동감이네."

현덕은 300여 기에 달하는 수행원과 조운을 곁에 거느리고 즉시 양양의 모임으로 향했다.

양양은 신야에서 꽤 먼 거리다. 80리쯤 가니 이미 채모를 비롯하여 유기, 유종 형제와 왕찬(王粲), 문빙(文聘), 등의(鄧義), 왕위(王威) 등 형주를 대표하는 여러 대장까지 성대하게 줄지어 현덕을 맞이하는 게 아닌가.

2

그날 만난 사람은 수만 명에 달했다. 빈객으로 참석한 문관이나 군사가 성장(盛裝)하고 예를 올리는 식장 가운데를 마치 가을 하늘에 뜬 별같이 메웠다. 낭랑하게 울리는 악기 연주를 뒤로하고 현덕은 국주를 대신하여 식장 중심에 앉았다.

평화로운 분위기를 보니 현덕은 마음을 한시름 놓았지만, 그 뒤에는 큰 칼을 차고 눈을 부라리며 주위를 살피는 사람들이 있었다. '내 주군에게 손끝이라도 대는 자는 용서치 않는다'고 말하는 듯한 얼굴로 호위하는 조자룡과 그 부하 300명이 있어 되레 현덕의 경호가 지나쳐 보일 지경이었다.

드디어 식이 진행되었다. 현덕은 유표를 대신하여 국주의 '더불어 풍요를 경하하는 글'을 낭독했다. 뒤이어 여러 내빈을 치하하고 대연회장으로 옮기니 온갖 악기 소리가 울려 퍼지는 가운데 사람들이 앉은 식탁에 술과 요리가 물밀 듯이 하나둘 차려졌다.

채모는 그사이에 잠시간 자리를 비웠다. 무슨 꿍꿍이셈을 꾸밀까?

"괴월, 잠시 나 좀 보게."

대장 괴월에게 뜬금없이 귓속말을 속닥였다.

두 사람은 아무도 없는 누각에 들어가 문을 닫아걸고 얼굴을 마주했다.

"당신도 현덕에게 허를 찔리면 안 되오. 저런 사람이 군자라면 세상에 악당이 어딨겠나? 현덕은 속이 시커먼 간교한 영웅이오."

"음…, 그렇소?"

"언젠가 장남 유기를 부추겨 훗날 형주를 차지할 꿍꿍이인
걸 모르시오? 현덕을 살려두면 이 나라의 화근이 될 거요."

"장군은 오늘 현덕을 죽일 셈이오?"

"양양의 모임은 사실 그걸 도모하려고 개최한 거요. 현덕을
제거하는 일은 한 해에 거두어들이는 수확을 기뻐하는 것보다
100년 동안 누릴 평안을 기리는 일이라 굳게 믿소."

"그래도 현덕이라는 인물은 이상하게 숨겨진 인망이 있소.
형주에 와서 며칠 지내지도 않았는데 현덕의 명성이 항간에 잔
잔히 전해지고 있소. 그런 사람을 죄도 없이 죽인다면 사람들
의 신뢰를 잃지 않겠소?"

"없애버리기만 한다면 죄는 뭐든 나중에 갖다 붙이면 되오.
모든 일은 주군이 명령하신 사항이니 아무튼 좀 옆에서 거들어
주시오."

"주군의 명령이라면 거역할 수는 없소. 생각할 것도 없이 도
와드리리다. 대체 어찌할 작정이오?"

"이미 동쪽 현산(峴山) 길을 채화(蔡和)가 지휘하는 군사
5000여 기가 막아섰고, 남쪽 외문 일대는 채중(蔡仲)이 3000여
기를 맡아 매복하는 중이오. 북문에는 채훈(蔡勳)이 이끄는 수
천 기가 개미 새끼도 지나가지 못하도록 견고히 막았소. 나머
지 길은 단계(호북성 양양 서쪽, 한수 지류) 물줄기가 막고 있으
니 배 없이는 건너지 못할 터. 그쪽은 안심이오. 뭐 대충 이리
준비해놓았소."

"허허, 물샐틈없는 준비로 이 안에 있으면 귀신이라도 달아날 방법이 없겠소. 장군은 주군 명령을 받았을지는 모르지만, 난 직접 전해 듣지를 않았으니 훗날 탈이 없었으면 좋겠소. 될 수 있는 한 현덕을 생포해서 형주로 끌고 가는 편이 괜찮을 것 같소만."

"그건 아무래도 좋소."

"주의해야 할 사람이 있소. 바로 현덕 곁을 항상 지키는 조운이라는 강한 무장이오. 조운이 눈을 번뜩이는 동안은 어설피 손을 쓰지 못할 터."

"녀석은 좀 버거울지도 모르겠소. 그 문제는 나도 고민했소만…."

"가장 먼저 조운을 현덕과 갈라놓아야 하오. 우리 장수 중 문빙, 왕위 등이 다른 술자리에 조운을 초대한 사이에 현덕도 형주에서 주최하는 원유회(園遊會)에 갈 예정이니 거기서 불러내어 없애버리는 편이 무탈하게 처리되겠지요."

괴월에게 동의를 얻은데다가 좋은 방책을 들은 채모는 일이 성사된 것이나 다름없다고 기뻐하며 바로 거사를 시작했다.

3

주(州)에서 주최한 관아에서 벌인 원유회는, 지사(知事) 이하 관사나 주의 유력자가 답례로 환영의 뜻을 표하는 자리였다. 현덕은 초대를 받고 원유회로 발걸음을 옮겼다. 말을 후원에 매어두고 정해진 자리에 앉으니 지사, 형사, 민간 대표자 등이 차례로 절을 올리고 줄지어 앉아 제각각 술을 권하며 현덕을 융숭히 대접했다.

술잔이 세 순배쯤 돌았을 때 뭔가 꿍꿍이가 있는 왕위와 문빙은 현덕 뒤에서 꿈쩍 않고 호위하는 조운 곁으로 슬그머니 다가왔다.

"한잔 드십시오."

두 사람은 은밀하게 술을 권했다.

"꼿꼿하게 서 있는 것도 힘든 일입니다. 오늘은 위아래가 일체가 되어 즐기고 노는 날이며, 공식적인 자리는 저쪽에서 이미 끝났으니 장군도 좀 쉬는 게 어떻습니까? 자리를 옮겨서 우리 무장들끼리 한번 마셔봅시다."

"괜찮습니다."

조운은 매정하게 거절했다.

'미안하지만 거절한다'는 말만 내뱉을 뿐 아무리 권해도 움직이려 하지 않았다. 그래도 문빙과 왕위가 화도 내지 않고 끝까지 끈질기게 종용하는 모습을 현덕은 더는 볼 수 없었다.

"이보게, 조운."

현덕이 뒤를 돌아봤다.

"그대는 괜찮을지 모르지만, 대장이 서 있는 동안에는 부하들도 움직일 수가 없네. 모처럼 대접하는 사람에게 너무 거절하는 것도 예의에 어긋나지. 여러분이 하는 말을 받아들여 잠시 물러나 쉬게나."

"주군의 명령이라면…."

조운은 데퉁스럽게 대답했다.

하는 수 없다는 듯한 표정을 지으며 문빙과 왕위를 따라 별관으로 들었다. 그와 동시에 부하 300명도 자유를 얻어 각각 흩어져 연회를 즐겼다.

'됐다!'

채모는 마음속으로 대충 연회 분위기를 둘러보았다.

그때 인파 속에서 이적이 현덕에게 살짝 눈짓하며 속닥였다.

"아직 예복을 입고 계십니까? 이제 옷을 갈아입으시는 게 어떻겠습니까?"

현덕은 얼른 알아채고 뒷간에 가는 척하며 후원으로 나왔다. 과연 이적이 먼저 나와 나무 그늘에 숨어서 현덕을 기다리는 게 아닌가.

"지금 장군의 목숨은 풍전등화와 같습니다. 어서 도망치십시오! 한시가 급합니다."

이적의 말에, 현덕도 바로 낌새를 알아차리고 즉시 적로를 끌고 왔다.

"동문, 남문, 북문, 세 방면이 모두 죽음에 이르는 길입니다. 단, 서쪽 문만은 병사를 배치하지 않은 듯합니다."

이적은 덧붙여 알려주었다.

"정말 고맙소. 훗날 목숨이 붙어 있다면 그때 봅시다."

이 말만 남긴 채 현덕은 뒤도 돌아보지 않고 내달렸다. 서문을 지키는 파수병이 앗! 하고 뭐라 소리를 질렀지만, 준마가 빠르게 내딛는 말발굽은 단숨에 멀어졌다.

채찍이 끊어지도록 달리기를 2리 남짓, 길은 거기서 뚝 끊어졌다. 단, 눈앞에 단계의 장관이 펼쳐졌다. 단층을 이루는 격류를 바라보니 흰 파도가 맹렬한 기세로 하늘로 치솟아 올랐고 급류는 계곡을 집어삼켜 벼랑에 서자 말 울음소리와 함께 옷은 축축하게 안개에 젖었다.

현덕은 말갈기를 부드럽게 쓰다듬으며 읊조렸다.

"적로야, 적로야. 네가 오늘 내게 재앙을 내릴 것이냐 아니면 행운을 가져다줄 것이냐? 그런 천성이 있다면 날 구하라!"

외치면서 하늘에 비는 심정으로 거침없이 급류 속으로 말을 세차게 몰았다.

격랑은 사람과 말을 휘감아 적로는 목을 들어 허우적대며 파도와 힘차게 싸웠다. 간신히 단계 가운데까지 가서는 3장 정도를 날아서 건너편 바위에 물보라와 함께 솟아올랐다!

4

현덕도 적로와 함께 몸을 벌벌 떨며 온몸에 젖은 물을 털어내기 바빴다.

"아! 살았구나."

무사히 땅에 딛고 단계에 휘도는 급류를 돌아보았을 때 현덕은 뒤에 펼쳐진 광경을 보고 경악했다.

"어떻게 단계를 건넜지?"

그제야 전율이 밀려와 망연하게 자기 몸을 의심했다.

"어이!"

그 순간 계곡을 사이에 두고 누군가 부르는 소리가 들려왔다. 채모다! 채모는 현덕이 도망간 뒤 파수병이 올린 급한 보고를 받자마자 쫓아왔지만 헛일이었다. 이미 현덕의 모습은 건너편에 있어서 눈앞을 가로막은 단계를 두고 그냥 몸을 떨뿐이다.

"유 사군, 유 사군. 뭐가 두려워 그리 도망가시오."

채모가 부르기에 현덕도 소리 높여 대답했다.

"난 너와 아무런 원한이 없다. 왜 나를 해치려 하느냐? 난 군자의 가르침에 따라 몸을 피한 것뿐이다."

"내가 왜 유 사군에게 해를 끼치겠소. 의심이 지나치오."

채모는 계속 말을 걸면서 몰래 화살을 메기는 듯해 보여 현덕은 그대로 남장(南漳, 호북성 남장)을 향해 달아났다.

"체, 눈앞에 뻔히 보이는 놈을 놓치다니…."

채모는 이를 부드득 갈 뿐이다. 당겨서 쏜 화살도 단계 위를 지나니 한 줄기 지푸라기처럼 급류에서 이는 안개 바람을 타고 아스라이 떨어졌다.

"아쉽다."

몇 번을 원통해했지만, 내심 단계를 무사히 건너다니 대체 보통 사람이 해낼 수 있는 일이 아니라는 생각이 들었다.

현덕에게는 아마도 신명의 가호가 있었으리라. 신이 발휘하는 힘은 거스르기 어렵다. 그러니 이번에는 돌아가서 다음 기회를 기다리자. 그렇게 자신을 위로하며 허무하게 발걸음을 되돌렸다.

그 순간 저쪽에서 뽀얀 흙먼지를 일으키며 오는 한 무리 병마가 눈에 띄었다. 맨 앞에는 조운, 뒤에는 부하 300명이 조운과 함께 눈에 쌍심지를 켜고 기를 쓰며 달려오는 게 아닌가.

"조운이 아닌가? 어디로 가는가?"

채모는 일단 시치미를 뚝 뗐다.

"어디라니요? 주군의 모습이 어디에도 보이지 않소. 해서 사방팔방으로 찾아다니는 길이오. 장군은 모르시오?"

"나도 걱정이 돼서 예까지 와봤지만 못 찾았소. 대체 어디로 가신 건지….."

"의심스럽다!"

"정말 이상하오?"

"아니, 장군의 태도를 말하는 것이오."

"어떤 점이 의심스럽소?"

"오늘 양양의 모임에 무슨 목적으로 그 많은 병사를 문마다 배치한 게요?"

"난 형주 9개 군을 대표하는 대장군이고 내일은 대연회에 이어 나라 안에 있는 무사를 불러 사냥을 개최하기로 하였소. 병사들은 그냥 몰이꾼이요. 무엇이 수상하오?"

"에잇, 물어봐야 소용없구나!"

조운은 단계 계곡을 따라서 죽 달려갔다. 부하를 상류와 하류로 나누어 목이 잠기도록 불러봤지만 돌아오는 건 솟구치는 흰 파도뿐이다.

어느새 날이 저물었다. 조운은 다시 양양성 안으로 돌아갔지만, 거기에도 현덕은 없었다. 조운은 풀이 죽어 밤을 탓하며 신야로 터덜터덜 발길을 옮겼다.

거문고 타는 선비

1

맑게 저물어가는 광대한 저녁 하늘은 천지가 크고 유구하다는 걸 떠올리게 하기에 안성맞춤이다. 하얀 별과 희미한 저녁달 아래 현덕은 홀로 묵묵히 넓은 들판을 걸었다.

"아, 나도 벌써 마흔일곱…. 언제까지 하릴없이 떠돌아다녀야 하나…."

문득 말을 멈췄다.

잠시간 멍하니 들판 언저리에 피어오른 저녁 안개를 바라봤다. 그러고는 과거와 미래를 연결하는 이 길에서 끝도 없는 방황과 탄식을 품은 채 다시 걸었다.

그러자 저쪽에서 피리 소리가 들려왔다. 저녁 안개 뒤에서 모습을 드러내고 다가오는 건 소 등에 걸터앉은 동자다. 현덕은 스쳐 지나가면서 동자의 처지를 부러워했다.

그 마음을 읽었는지 동자가 홱 돌아보았다.

"장군님, 장군님. 혹시 장군님이 옛날에 황건적을 토벌하고 요즘은 형주에 있다는 그 소문의 유 예주신가요?"

동자는 불쑥 물었다.

현덕은 놀라서 눈이 휘둥그레졌다.

"이런 두메산골에 사는 아이가 어찌 내 이름을 아는가? 바로 내가 유현덕이다만…."

"그렇군요. 섬기는 사부가 항상 손님이랑 하는 이야기를 듣고 유 예주는 어떤 사람일까 평소에 궁금하였습니다. 지금 장군님의 귀를 보니 다른 사람보다 월등히 커서 '부처님 귀'라는 별명을 가진 현덕 님이 아닐까 생각했습니다."

"네 사부라는 분은 어떤 사람인가?"

"이름은 사마휘(司馬徽)고, 자는 덕조(德操)입니다. 도호(道號)를 수경(水鏡) 선생이라 부릅니다. 영천(穎川)에서 나고 자라서서 황건적 난도 잘 아십니다."

"평소에 교류하는 친구는 어떤 분들이신가?"

"양양의 명사는 거의 다 왕래하십니다. 그중에서도 특히 양양의 방덕공(龐德公)과 방통자(龐統子)와는 친하셔서 자주 저기 있는 숲속에 들르곤 합니다."

동자가 손가락으로 가리키는 방향에 유비도 그윽한 눈길을 주었다.

"저기 보이는 숲속에 네가 섬기는 사부의 초막이 있는 모양이구나."

"그렇습니다."

"방덕공와 방통자는 처음 듣는 이름인데, 어떤 인물인고?"

"그 두 사람은 숙부와 조카 사이로 방덕공은 자는 산민(山民)

이고 사부보다 10살 정도 위입니다. 방통자는 사원(士元)이라 부르고 이분은 사부보다 5살 정도 젊은데, 얼마 전에도 둘이 같이 선생 초막에 오셨습니다. 그때 사부가 뒤뜰에서 땔감을 마련하는 중이었는데 그 땔감에 불을 붙여 차를 끓이기도 하고 술을 데워서 종일 세상의 성하고 쇠하는 이야기를 나누기도 하고 영웅을 논하기도 하면서, 아침부터 밤까지 지치지도 않으셨어요. 정말 이야기하기를 참으로 좋아하는 분이십니다."

"그렇구나. 네 말을 들으니 나도 왠지 선생이 기거하는 초막에 가보고 싶어졌다. 동자야, 데려가 줄 수 있겠느냐?"

"물론입니다. 사부도 생각지 않은 귀한 손님이라며 기뻐하실 겁니다."

동자가 소를 몰아서 길을 안내해 2리 정도 가니 산속에 초막이 보였다. 운치 있는 초당 지붕이 안쪽에 보이고 졸졸 흐르는 물소리에 귀를 씻어 오솔길 사립문으로 들어가니 안에서 거문고 타는 소리가 흘러나왔다.

동자가 외양간에 소를 묶고는 알렸다.

"어르신, 어르신이 타는 말도 안에 묶어놨습니다. 이쪽으로 오십시오."

"동자야, 먼저 선생께 내가 왔다고 말씀을 올려라. 일언반구도 없이 들어가면 안 되지 않느냐?"

초당 앞에 멈춰 서서 현덕이 망설이는 순간 거문고 소리가 뚝 멈추더니 곧바로 한 노인이 안에서 문을 열어 밖을 살폈다.

"거기 누가 왔느냐? 지금 거문고를 타는데 그윽하고 청량한 음색이 갑자기 흐려져 살벌한 운율이 되었다. 반드시 창밖에

와 있는 자는 피 냄새나는 전장에서 떠돌다 온 패잔병일 터…. 이름을 대시오. 대체 누구시오?"

현덕은 놀라서 슬며시 그 사람을 살펴보니 나이는 쉰 정도 되어 보이고 소나무를 떠올리게 하는 풍취와 골격은 학을 닮은 언뜻 보기에도 청명한 선비 풍채를 갖춘 사람이었다.

2

그러면 이 사람이 사마휘, 도호가 수경 선생이라는 분인가?

"심부름하는 동자를 따라서 연락도 없이 존안을 뵙게 됐습니다. 저는 기쁘기 그지없으나 정숙한 곳을 어수선하게 한 죄는 부디 용서해주십시오."

현덕은 앞으로 나가서 정중히 예의를 차리면서 사과했다.

그러자 동자가 곁에서 일렀다.

"선생님, 이분이 항상 선생님과 친구 분이 자주 이야기하던 유현덕이라는 분이십니다."

사마휘는 놀라서 눈이 휘둥그레졌다. 공손하게 예를 차리며 초당 안으로 맞아들여 다시 인사를 나누었다.

"뜻밖의 장소에서 만나게 되리라곤 생각도 못 했습니다."

오늘 밤에 만난 우연한 인연을 기뻐했다.

'호젓한 생활이란 이런 것이구나.'

현덕은 주변을 둘러보고는, 왠지 모르게 사마휘가 누리는 생활이 정취가 있다고 생각했다. 선반에는 1만 권에 달하는 시서,

경서가 켜켜이 쌓여 있었다. 초당에서 바라다보이는 창밖에는 늘 푸른 소나무와 대나무를 심어놓았으며, 한쪽 돌난간에는 난 화분이 그윽한 향을 내뿜는 중이다. 방 안 한쪽에는 거문고가 위풍당당하게 놓인 모습이다.

사마휘는 현덕의 옷이 젖은 걸 보고 의아해했다.

"오늘은 또 어떤 사건을 겪으셨습니까? 괜찮으시다면 들려 주시지요."

"단계를 건너 구사일생으로 도망쳐 오는 바람에 옷이 다 젖 고 말았습니다."

"단계를 넘었다면 엄청난 위기에 몰렸나 봅니다. 소문대로 오늘 양양에서 열린 모임은 단순한 경축은 아니었나 봅니다."

"선생도 벌써 그 소문을 들으셨습니까?"

현덕이 감추지 않고 주절주절 이야기하니 사마휘는 몇 번인 가 고개를 끄덕이면서 그럴 법하다고 말하는 듯한 표정이었다.

"장군은 지금 어떤 관직에 계십니까?"

"좌장군 의성정후(宜城亭侯), 예주 목(牧)을 겸하고 있습니다 만…."

"아니, 이미 어엿한 조정의 버팀목이 될 만한 분이지 않습니 까? 왜 구차하게 남의 영토에서 분주하게 뛰어다니다 별 볼 일 없는 소인배에게 쫓겨 심신을 괴롭히면서 중요한 때를 덧없이 보내십니까?"

차분하게 사마휘는 따져 물었다.

"아쉽구나…."

사마휘는 덧붙여서 중얼거렸다.

"따라주지 않는 운을 어떻게 하기 어렵습니다. 일이 뜻대로 되지 않아서….'

그러자 사마휘는 고개를 저으며 웃음을 터뜨렸다.

"아닙니다. 운명 탓으로 돌려서는 안 됩니다. 잘 생각해보십시오. 제가 기탄없이 충고하자면 장군 곁에 좋은 사람이 없어서입니다."

"뜻밖의 말씀입니다. 비록 보잘것없는 주군이지만, 생사를 걸고 맹세한 사람으로 글에 뛰어난 자로는 손건, 미축, 간옹이 있고, 무예가 출중한 자로는 관우, 장비, 조운이 있습니다. 사람이 없다고는 생각지 않습니다."

"장군은 본래 신하를 끔찍이 여기는 주군입니다. 해서 가신 중에 쓸 만한 사람이 없다고 말하면 바로 지금처럼 가신을 감쌉니다. 군신의 정으로 본다면야 아름다워 보이지만 주군으로서는 그것만으로 부족합니다. 각각 학문이나 용기가 뛰어남을 칭찬하는 데 그치지 말고 자기 자신을 포함한 한 단체로서 자신을 바라보십시오. 여전히 무엇인가 부족한 힘이 없다고 생각하십니까?"

사마휘가 다그쳐 물었다.

"관우, 장비, 조운 무리는 한 사람이 1000명을 상대하는 용맹함은 있지만, 임기응변에 임하는 재주는 없습니다. 손건, 미축, 간옹도 백면서생(白面書生)으로 세상을 구할 만한 경륜 있는 선비는 아닙니다. 그런 사람들을 거느리고 어찌 왕패의 대업을 이루겠습니까?"

3

현덕은 말없이 고민했다. 사마휘가 내던지는 말에 수긍할 것인지 수긍하지 않을 것인지, 잠시 고개를 숙이고 있다가 이윽고 말문을 열었다.

"선생의 말씀은 지극히 마땅하지만, 이상일 뿐 현실과는 동떨어진 것 아닙니까? 저도 몸을 낮추어 몇 년 동안 산과 들에 있는 현인을 구했지만 지금 세상에 장량(張良), 소하(蕭何), 한신(韓信) 같은 인물을 바라는 건 무립니다. 그런 준걸이 이 세상에 숨어 있을 리가 만무합니다."

현덕은 진지한 태도로 답했다.

그러자 사마휘는 미처 다 듣지도 않고 고개를 저었다.

"아닙니다. 어느 시대에도 결코 인물이 없지는 않습니다. 인물을 제대로 등용하는 안목이 있는 사람이 없는 겁니다. 공자도 말하지 않았습니까? '열 집이 사는 마을에도 반드시 충성스럽고 의로운 사람이 있다'고. 왜 이 넓디넓은 나라에 준걸이 없겠습니까?"

"제가 우매한 탓인지 준걸을 알아보는 안목이 없습니다. 한수 가르쳐주십시오."

"요즘 마을 이곳저곳에서 아이들이 부르는 노래를 들은 적이 있습니까?"

8~9년 사이에 쇠하기 시작하여
13년이 되고 보니 남은 사람이 없구나

마침내 천명이 돌아갈 곳 있어

진흙 속에 숨은 용 하늘로 오르네

"이 노래를 장군은 어떻게 생각하십니까?"

"잘 모르겠습니다."

"건안 8년, 태수 유표는 부인을 잃었습니다. 형주의 망조가 그때부터 시작되어 가정이 맨 먼저 혼란스러워졌습니다. '13년이 되고 보니 남은 사람 없다'는 말은 유표의 서거를 예언하는 겁니다. '천명이 돌아갈 곳이 있다'는 구절은 어떤 의미일까요? 바로 천명이 돌아갈 곳이 있다!"

사마휘는 마지막 말을 되풀이하고 현덕의 얼굴을 정면으로 바라보며 쏘아붙였다.

"돌아갈 곳이 어딜까요? 바로 장군입니다. 장군, 그대는 천명이 선택한 사람이라는 사실을 자각하고 있습니까?"

현덕은 눈을 동그랗게 뜨고 놀란 듯이 물었다.

"당치도 않은 말씀입니다. 저 같은 사람이 어찌 그런 큰일을 도모할 수가 있겠습니까?"

"그렇지 않습니다."

사마휘는 부드럽게 부정했다.

"지금 천하에서 뛰어난 영재(英才)는 모두 이 땅에 모여 있습니다. 양양의 명사들은 내심 장군에게 기대를 걸고 있습니다. 그 사람들을 등용하여 대업을 위한 기초를 잘 의논하면 좋을 것입니다."

"어떤 사람이 있습니까? 이름을 알려주십시오."

"와룡(臥龍)이나 봉추(鳳雛)! 그중에 한 사람이라도 얻는다면 아마 천하는 손안에 들어올 것입니다."

"와룡과 봉추라면?"

현덕이 부지불식간에 몸을 앞으로 내미니 사마휘는 불쑥 손뼉을 딱 쳤다.

"좋구나, 좋아."

사마휘는 뭐가 좋은지 웃어젖혔다.

현덕은 사마휘가 갑자기 내뱉는 기묘한 말에 창황했지만, 이것이 선비의 말버릇이라는 사실을 나중에 알았다. 평소에 좋은 일, 나쁜 일 가리지 않고 사마휘는 '좋구나, 좋아'라 말하는 버릇이 있었다.

어느 날 지인이 찾아와서 자식이 죽은 이유를 서글프게 털어놓았는데 사마휘는 여전히 '좋구나, 좋아'라고만 대답했다. 지인이 돌아간 후에 사마휘 처가 조심스레 나무랐다.

"아무리 당신 말버릇이라고는 하지만 자식을 잃은 사람에게 좋구나, 좋아는 너무하지 않습니까?"

그러자 사마휘는 자신도 우스웠는지 이렇게 말했다고 한다.

"좋구나, 좋아! 당신 의견도 정말 좋구나, 좋아."

4

동자가 소박한 술과 음식을 현덕에게 내왔다. 사마휘도 함께 밥을 들었다.

"피곤하시지요. 오늘 밤은 그만 쉬십시오."

"신세 좀 지겠습니다."

현덕은 다른 방으로 들어 베개에 머리를 뉘었지만 좀처럼 잠들지 못했다.

그 와중에 깊은 밤 정적을 깨고 멀리서 말 울음소리가 들려왔고 집 뒤편에서 인기척이 나더니 문소리가 났다.

"누굴까?"

바람 소리에도 마음이 쓰이는 처지였다. 자신도 모르게 귀를 기울였다. 방이 좁아서 그런지 뒷문에서 주인이 머무는 방으로 들어가는 신발 소리까지 정확히 들리는 게 아닌가.

"서원직(徐元直) 아닌가. 이 시간에 무슨 일로?"

주인 사마휘 목소리다. 거기에 대답하는 자는 굵고 차분한 목소리를 가진 젊은 남자다.

"선생, 형주에 다녀왔습니다. 형주의 유표는 어진 주군이라 들어 섬겨왔습니다만 듣던 것과는 다른 엉터리 태수였습니다. 하여 금방 싫증이 나서 글을 남기고 도망쳐 오는 길입니다. 하하하, 야반도주했습니다."

호방하게 웃는 나그네의 목소리가 잠잠해지는가 싶더니 이번에는 사마휘 목소리가 들려왔다. 그 기세가 좋은 사람을 엄격한 어조로 야단을 치는 것이다.

"뭐라, 형주에 갔었다? 거참, 자네답지 않게 어리석은 짓을 했네그려. 지금 같은 시대에는 현명하고 어리석음이 혼란스러워 기와가 구슬로 둔갑하고 구슬은 기와 밑에 숨겨져, 손에 넣어도 사람이 알아보지 못하고 다리에 밟혀도 세상이 알아보지 못하는 게 통례네. 자네가 왕을 보좌하는 재주를 가지고도 웅숭깊이 지금의 시류를 인식하지 못하니, 자연히 나가야 할 때를 알지 못하고 유표 같은 사람에게 신세를 팔아 오히려 자신을 모욕하고, 관직에 있는 도중에 도망치다니 대체 무슨 짓인가. 아무리 힘들고 어려워도 칭찬할 수가 없네. 좀 더 자신을 소중히 다뤄야 하이."

"죄송합니다. 제가 경솔했습니다."

"공자의 말씀 중에 '여기에 아름다운 구슬이 있으니 상자에 넣어두어야지, 좋은 값에 팔리려나'라는 말을 명심하게."

"이제부터는 조심하겠습니다."

얼마 지나지 않아 손님은 돌아간 듯했다. 동이 트기를 기다렸다가 현덕은 사마휘에게 문안 인사를 청했다.

"어젯밤 손님은 어디서 온 사람입니까?"

"음…. 그 사람 말입니까? 그이는 아마 좋은 주군을 찾아서 이미 다른 곳으로 갔을 것입니다."

"그렇습니까? 어제 선생이 말씀하신 와룡과 봉추는 대체 어디 사는 누구입니까?"

"아, 좋구나, 좋아."

현덕은 당장 사마휘 발밑에 무릎을 꿇고 절을 했다.

"저는 부족하지만, 선생을 청해서 신야로 같이 가 함께 한실을 부흥시키고 만민을 도와 오늘날 벌어진 재앙과 난리를 진정시키고자 합니다만…."

말을 채 끝내기도 전에 사마휘는 껄껄 웃어젖혔다.

"전 산야에서 한가롭게 지내겠습니다. 저보다 백배 천배 나은 인물이 이제 곧, 반드시 장군을 도와줄 것입니다. 아니, 그런 인물을 열심히 찾아다니면 됩니다."

"천하의 와룡을?"

"좋구나, 좋아."

"아니면 봉추?"

"좋구나, 좋아."

현덕은 필사적으로 그 사람의 정확한 이름과 사는 곳을 캐느라 노력하는데, 그때 동자가 돌연 뛰어들어 왔다.

"병사 수백 명을 거느린 대장이 집 밖을 둘러쌌습니다!"

현덕이 나가보니 조운이 이끄는 부대였다. 겨우 주군 현덕의 행방을 알아내 모시러 온 것이다.

시 읊는 떠돌이 선비

1

주군과 신하는 서로 바라보며 기뻐 어쩔 줄 몰랐다.

"조운이 아닌가. 어떻게 내가 여기 있는 걸 알았나?"

"주군, 무사하신 모습을 뵙고 나니 안심입니다. 이 마을에 오니 한 백성이 어젯밤 낯선 고관이 동자에게 이끌려 수경 선생 댁으로 들어갔다고 말해줘서 알았습니다. 아무래도 주군인 것 같아 쏜살같이 모시러 오는 길입니다."

주인 사마휘도 밖으로 나와 함께 흡족해하면서 충고를 한마디 했다.

"백성 입에 오르내렸다면 여기 있는 것도 위험합니다. 부하가 모시러 온 것이라 천만다행이니 속히 신야로 돌아가십시오."

옳은 말이라 여겨 현덕은 그 자리에서 인사를 하고 수경 선생의 초막을 떠났다. 그러고 나서 10리 남짓 길을 떠났나 싶은데, 날듯이 달려오는 한 무리의 군사와 길 위에서 맞닥뜨렸다. 조운과 마찬가지로 어젯밤 일이 있은 연후에 현덕의 신변을 격정하여 광분하던 장비와 관우가 이끄는 군대가 아닌가.

하여 신야로 돌아가 현덕은 성안의 장수를 한곳에 모았다.

"모두에게 걱정 끼쳐서 미안하네. 어제 양양에서 벌인 모임에서 채모가 쳐놓은 모략으로 거의 죽을 뻔했지만, 단계를 뛰어넘어 구사일생으로 목숨을 건져 돌아오게…."

지난날 겪었던 자초지말을 소상하게 이야기해주었다.

한시름 놓은 신하들은 채모를 증오하며 분통을 터뜨렸다.

"아마도 유표는 아무것도 모를 게 분명합니다. 주군을 죽일 계획에 실패한 채모는 어떻게든 죄를 덮기 위해서 이번에는 유표에게 어떤 모략을 어루뀔지 모릅니다. 우리도 하루속히 어제 일에 대해서 명백하게 호소하지 않으면 그놈 생각대로 휘말릴 것입니다."

합당한 말이다.

하나같이 손건이 하는 말을 지지했으므로 현덕은 속히 글을 적어 형주로 손건을 보냈다.

유표는 현덕이 보내온 서간을 보자마자 양양에서 열렸던 모임이 채모의 음모에 이용되고 끝났다는 사실을 알고는 엄청나게 역정을 냈다.

"채모를 당장 불러들여라!"

전에 없이 분노한 기색이다. 채모가 단 아래에서 절을 하자마자 다짜고짜 양양의 모임에서 보인 행태를 힐책하고 주위에 선 무사에게 채모를 베라고 명령했다.

채 부인은 오빠 채모가 불려 왔다는 소식을 어디서 주워들었는지 후당에서 득달같이 뛰어왔다. 그러고는 남편 유표에게 매달려 살려달라고 애걸복걸하였다.

"만일 부인의 오빠 되는 사람을 죽인다면 현덕은 오히려 두 번 다시 형주에 오지 않을지도 모릅니다."

손건도 곁에서 거들어 유표는 채모를 용서할 수밖에 없었다. 그래도 유표는 여전히 마음이 불편했다. 하는 수 없이 손건이 돌아갈 때 장남 유기를 신야로 딸려 보내 이번 일을 깊이 사죄했다. 현덕은 오히려 송구스럽다는 말과 함께 유기에게 후한 답례를 했다.

그때 유기가 문득 평소에 품은 고민을 현덕에게 허심탄회하게 털어놓았다.

"계모 채 부인은 동생을 후계자로 세우려고 어떻게든 절 죽이려고만 합니다. 대체 어찌하면 이 어려움을 극복할 수 있겠습니까?"

"진심으로 효를 다하여라. 아무리 계모라 할지라도 지극한 마음이 통하면 저절로 화는 없어질 것이다."

다음 날 유기가 형주로 돌아갈 때 현덕은 말을 타고 성 밖까지 몸소 배웅했다. 유기는 발걸음이 선뜻 떨어지지 않는 듯했다. 형주로 돌아가기를 꺼리는 모습이다. 현덕이 따뜻하게 위로하면 할수록 눈물을 머금을 뿐이다.

유기를 보내고 돌아오는 길에 현덕이 성안으로 들어가려고 마을 네거리까지 오니 삼베옷에 칼을 차고 머리에는 갈건을 쓴 떠돌이 선비 하나가 대낮에 소리 높여 시를 읊으며 걸어왔다.

2

말을 세우고 시내에서 나는 온갖 소음 속에서 현덕은 시를 들으려 귀를 쫑긋 세웠다. 떠돌이 선비는 유유히 네거리를 돌아 유비가 선 쪽으로 뚜벅뚜벅 걸어왔다.

그이가 부르는 노래를 들어보자.

천지가 뒤집히고 불이 꺼지려 한다
큰 집 무너지는데 나무 하나로 버틸 수 있으랴
사해에 현자 있어 어진 주인 찾아가려니
어진 주인은 현자를 구하면서도 나를 모르네

"음…. 그렇다면?"

현덕이 가만 들어보니 마치 자기 처지를 노래하는 듯한 느낌이 들었다. 그 사마휘가 말한 와룡과 봉추 중 한 사람이 혹시 이 떠돌이 선비가 아닐까?

현덕은 말에서 내려 떠돌이 선비가 곁을 지나가기를 잠시간 기다렸다. 삼베옷에 짚신 차림으로 전혀 꾸미지는 않았지만, 불그스름한 얼굴에 성기게 난 수염을 한 어딘가 기품이 있고 정취가 있는 인물로 보였다.

"이보시오, 선비."

현덕은 불러 세우며 말을 걸어보았다. 선비는 의아하게 여기며 현덕을 유심히 살펴보는 눈치다. 다시 보아도 굵고 차분한 목소리에 눈빛은 날카로우나 속에 더없이 깊은 정취가 느

꺼지는 인물이다.

"왜 그러십니까? 혹여 절 부르신 겁니까?"

"그렇소. 불쑥 실례합니다만, 왠지 선비와 난 길에서 이대로 헤어질 인연은 아니라는 생각이 듭니다."

"예…?"

"나와 함께 성으로 가지 않겠소? 한잔하면서 운치 있는 선비가 들려주는 낭송이 궁금해지는구려. 이 맑은 밤에 마음을 깨끗이 하고 싶소만…."

"하하하, 제 낭송 따위는 듣는 귀를 더럽히기만 합니다. 허나 길에서 스치고 말 사람이 아니라는 말씀은 감사드립니다. 함께 가지요."

떠돌이 선비는 선선히 응했다.

성안으로 들어오니 비록 작은 성이지만, 성주라는 사실을 알고는 선뜻 응한 그 사람도 다소 의외라는 표정을 지었다. 현덕은 상빈의 예를 갖추고 맞아들여 술을 권하면서 그제야 이름을 물었다.

"저는 영상(潁上, 안휘성安徽省 영상) 사람으로, 단복(單福)이라 합니다. 얼마간 도를 깨우치고 병법을 공부했으며, 지금은 각지를 유랑하는 일개 떠돌이 선비에 지나지 않습니다."

단복은 더는 신분을 밝히지 않고 갑자기 화제를 바꾸었다.

"조금 전에 장군이 걸터탄 말을 다시 한번 보고 싶습니다만…."

"아, 그러지요."

현덕은 사람을 시켜 곧바로 말을 마당으로 끌고 나오게 했다. 단복은 꼼꼼히 말 생김새를 살펴보았다.

"이 말은 1000리를 달리는 준마지만 반드시 주인에게 재앙을 내립니다. 지금까지 아무 탈 없으셔서 다행입니다."

"그러잖아도 다른 사람에게도 몇 번이나 똑같은 주의를 받았지만, 재앙은커녕 얼마 전에는 말 덕분에 단계에서 어려움을 넘기고 구사일생으로 살아남았소."

"그건 주인을 살리기 위해서가 아니라 말이 자신을 구하기 위해 한 일입니다. 그러니 재앙은 재앙으로 한번은 반드시 주인에게 해를 입힙니다. 그렇다고 화를 미리 방지하는 방법이 전혀 없는 건 아닙니다."

"오, 방법이 있다면 꼭 가르쳐주시오."

"알려드리겠습니다. 말을 당분간 신하에게 빌려주는 겁니다. 그자가 재앙을 받은 뒤 주군이 돌려받아 타시면 아무런 걱정이 없습니다."

현덕은 단복이 하는 말을 듣고 갑자기 불쾌한 기색으로 가신을 불렀다.

"물을 데워라."

쌀쌀맞게 지시했다.

'물을 데워라'라는 말은 바로 술손님에게 차를 내라, 밥을 가져오라고 주인이 일하는 사람에게 재촉하는 말이다. 주인이 술자리를 정리한다는 의미다.

"기다려주십시오. 절 기껏 불러놓고 물을 끓이라니 무슨 말이십니까? 왜 갑자기 손님을 내치시는 겁니까?"

단복은 의아했는지 술잔을 내려놓으며 되물었다.

3

그러자 현덕도 자세를 바로 하고 단복에게 조리 있게 설명했다.

"선비를 이곳에 손님으로 맞아들인 이유는 절개 있는 사람이라고 봐서요. 헌데 지금 선비의 말을 듣자니 인의를 모르고 오히려 내게 간사한 지혜를 가르치고 있소. 난 그런 손님을 대접할 의향은 없소. 당장 돌아가시오."

"하하하. 과연 유현덕은 소문과 다르지 않은 어진 군주로다."

단복은 자못 유쾌하다는 듯 손뼉을 쳤다.

"화내지 마십시오. 부러 마음에도 없는 말을 드려서 장군을 시험해본 것뿐입니다. 없었던 일로 여겨주십시오."

"음…, 그렇다면 기쁠 따름이오. 진실한 말을 아끼지 말고, 날 위해 어진 정치를 논하고 천하를 다스리는 좋은 방법을 들려주길 바라오."

"제가 영상에서 이 지방으로 유랑하는 도중에 백성이 하는 노래를 들으니 '신야의 목사 유 황숙, 여기에 온 이후로 땅에 마른논 없고 하늘에 흐린 날 없어'라고 했습니다. 해서 마음속에 장군의 이름을 새기고 덕을 흠모했습니다. 만약 비천한 재주나마 써주신다면 견마지로를 다하겠습니다."

"아, 고맙소. 인생의 긴 세월을 보내는 동안 현자와 만나는 날이 바로 길일이라고 하오. 오늘은 정말 행복한 날이오."

현덕은 춤이라도 덩실덩실 추고 싶은 심경이다.

현덕은 지금 신야에 있다고는 하나 병력과 군비는 서주 소패에 있던 당시와 조금도 달라진 것 없이 빈약했다. 그렇지만 약소하고 빈약하다고 한탄하지는 않았다. 단, 끊임없이 마음속에서 구하던 건 '물질'이 아니라 '인물'이다. 사마휘와 만나고 나서 한층 더 염원이 강해져 날이 밝으나 해가 지나 인재를 원했다는 사실은 그날 현덕의 기뻐하는 모습을 보면 충분히 짐작할 수 있었다.

그런 현덕이니 '이 사람이다'라고 판단하면 대담하게 등용했다. 단복도 군사(軍師)로 등용하는 즉시 지휘봉을 내려 일임하였다.

"우리 병마를 군사에게 기꺼이 맡기오. 군사 생각대로 자유자재로 조련하시오."

잠자코 지켜보니 단복은 군사를 훈련하고 말을 조련하는 지휘가 마치 지신의 손발을 움직이는 것처럼 무궁자재였고, 게다가 정신적인 면도 단련하여 과학적으로 준비하니 신야 군대는 규모는 작아도 수준이 눈에 띄게 좋아졌다.

그 무렵 조조는 이미 북방 정벌이라는 과업을 마치고 도읍으로 돌아갔지만, 조심스럽게 형주 방면을 요모조모 살피며 다음을 준비하였다. 동태를 살피기 위해 조인을 대장으로 삼아 이전, 여광, 여상 세 장수와 같이 번성(樊城)으로 진출을 꾀하여 그곳을 거점으로 삼은 다음 일부러 양양, 형주 지방 국경을 조금씩 넘곤 했다.

"지금 신야에서는 현덕이 병마를 단련하느라 비지땀을 쏟습니다. 훗날 강대해지지 않는다는 보장도 없으니 형주를 공격할 때는 아무래도 방해됩니다. 먼저 신야를 쳐부수는 것도 나쁘진 않습니다."

여 형제가 헌책했다.

조인은 두 사람의 뜻을 존중하여 병사 5000명을 선뜻 내주었다. 여광과 여상이 이끄는 군대는 곧바로 국경을 침입하여 신야 영토로 접어들고 말았다.

"단복, 어찌하면 좋겠는가?"

현덕은 단복에게 맨 먼저 자문을 구했다. 안타깝게도 훈련 기간이 짧아 신야 군은 다른 군대와 싸워 이길 정도의 군비는 전혀 갖추지 못한 상태였다.

"걱정하지 마십시오. 약소하지만 병사를 다 그러모으면 2000명은 족히 됩니다. 적은 5000명이라 들었습니다만, 좋은 연습 상대가 될 것입니다."

실전에 들어가 단복이 지휘봉을 잡기는 이번 전쟁이 처음이다. 관우, 장비, 조운 등도 힘을 내서 전쟁에서 분투했지만, 단복이 휘두르는 지휘야말로 혀를 내두를 지경이다. 적을 유인하기도 하고 분산시키기도 하여 능수능란하게 소탕하니 처음에 5000명이었다는 군대도 나중에 번성으로 도망갔을 때는 겨우 2000명에도 미치지 못했다고 한다. 무엇보다 단복이 쓰는 용병술에는 학문에서 얻은 확고한 '병법'이 고스란히 녹아 있었다. 결코, 하늘이 도왔다거나 요행으로 얻은 승리가 아니라는 사실은 누구나 인정했다.

군사(軍師)의 지휘봉

1

번성으로 달아난 패잔병들은 저마다 패전 경위를 설명하느라 입이 아플 지경이다. 게다가 여광과 여상 두 대장은 아무리 기다려도 성으로 돌아오지 않았다.

"두 대장은 남은 병사들을 이끌고 돌아오는 도중에 산간으로 난 좁은 길에 매복한 장비와 관우라고 불리는 적에게 붙잡혀 각각 생을 마감하였고 나머지 병사도 깡그리 몰살당했습니다."

어느 정도 시간이 지나서야 제대로 된 보고가 들려왔다.

"시건방진 현덕 패거리 같으니라고…."

조인은 크게 분노하여 당장에라도 신야로 쳐들어가 부하가 겪은 원한을 풀고 따끔한 맛을 보여주고 싶었다. 하여 출병에 대해 이전과 의논하니, 이전은 결단코 반대했다.

"신야는 작은 성이고 유비 군대는 소수라고 적을 얕본 탓에 여광과 여상도 참패를 면치 못했습니다. 왜 다시 장군까지 똑같은 전철을 밟으려고 하십니까?"

"이전, 장군은 나도 유비 군에게 처참하게 패할 것으로 보이는가?"

"아, 현덕은 예사로운 인물이 아닙니다. 가볍게 보았다가는 큰코다칩니다."

"필승에 대한 신념 없이는 전쟁에서 이길 수 없네. 장군은 싸워보지도 않고 걱정만 하는구려."

"적을 아는 자는 이깁니다. 두려워해야만 할 적을 두려워하는 건 겁을 내는 게 아닙니다. 도읍에 사람을 보내 조 승상에게 정예 대군을 청하는 게 급선무입니다. 그러고 나서 충분히 전법을 짠 다음 공격해도 결코 늦지 않습니다."

"닭 잡는 데 소 잡는 칼을 써야겠소? 지원군을 요청하는 사신을 보냈다가는 넌 허수아비냐고 승상의 비웃음을 살지도 모를 일이오."

"굳이 진격하실 거라면 장군은 장군 생각대로 하십시오. 전 막무가내로 전쟁은 하지 않습니다. 남아서 성을 지키는 쪽을 기꺼이 택하겠습니다."

"그 말은 딴마음이 있다는 말이오?"

"뭐요? 내가 딴마음을 품었다니요?"

이전은 벌컥 성을 냈지만, 조인이 의심한다면 남아 있을 수도 없는 노릇이다. 할 수 없이 이전도 참가하여 여광과 여상이 지휘했던 군대보다 5배나 넘는 총 2만 5000명이라는 병력을 이끌고 번성을 떠났다.

먼저 백하(白河)에 병선을 준비해 식량과 군마를 엄청나게 실었다. 이물과 고물에는 깃발을 빼곡히 꽂고 1000개의 노를 저어 일제히 하류를 떠나 당당하게 신야로 향해 강을 따라 내려갔다.

승리의 축배를 들 사이도 없이 위급을 알리는 전령이 속속 현덕 진영 문을 두드렸다. 군사 단복은 술렁이는 사람들을 진정시킨 다음 조용히 현덕을 만났다.

"오히려 기다리던 적이 제 발로 찾아온 것이니 창황할 일은 아닙니다. 조인이 2만 5000여 기를 이끌고 온다면 반드시 번성은 텅텅 빌 것입니다. 아무리 백하를 사이에 두고 지세가 불리하더라도 번성을 얻는 일은 식은 죽 먹기입니다."

"약소한 병력으로 신야를 지키기조차 불안한데 어떻게 번성까지 얻을 수 있단 말이오?"

"전략이 빚어내는 오묘한 진리와 용병이 발휘하는 묘미는 이기기 어려운 상대를 이기고 이룰 수 없는 일을 해내는 것입니다. 사람이 살다가 빈곤과 역경 그리고 불시에 어려움과 맞닥뜨려도 이치는 같습니다. '반드시 극복하고 반드시 이긴다'는 신념을 마음에 단단히 품으십시오. 난폭한 책략을 사용하여 자멸을 서두르는 것과는 차원이 다릅니다."

단복은 의연한 태도를 보였다.

그리고 나서 단복은 현덕에게 한 가지 책략을 제시했다. 이내 현덕의 주름진 미간이 밝아졌다. 조인과 이전이 이끄는 군대는 신야에서 불과 10리 정도 떨어진 지점까지 속속 밀려 들어왔다.

"바로 내가 기다리던 진형이다."

단복은 맨 먼저 군사를 이끌고 성을 나와 대진했다.

선봉 이전과 선봉 조운 사이에 전쟁을 알리는 불씨가 당겨졌다. 양군에서 쏟아져 나오는 전사자와 부상자는 순식간에 수백에 이르렀고 싸움은 일단 호각(互角)으로 보였지만, 그 와중에 조운이 적진 안으로 깊숙이 들어가 이전을 찾아낸 다음 쫓아 심하게 몰아붙인지라 이전 진영은 풍비박산이 났고 조인의 중군까지 영향을 미쳐 갈팡질팡하였다.

조인은 불같이 격노했다.

"이전은 전의를 상실했다. 목을 쳐서 진중에 내걸어 사기를 힘껏 북돋아라."

좌우를 보며 비난했지만 여러 사람이 말려서 겨우 용서해주었다.

2

조인은 다음 날 진형을 새롭게 짰다. 자신은 중군에 있고 기열(奇列)을 팔(八) 자로 넓혀 이전은 후진에 세웠다.

"자! 덤벼라."

조인은 어느 때보다 의욕을 불태웠다.

한편, 신야 군의 단복은 그날 현덕을 언덕 위로 데려가 군사 지휘봉을 들고 일일이 가리키며 설명했다.

"보십시오. 엄청나지 않습니까? 주군은 오늘 적이 친 진형을 뭐라고 부르는지 아십니까?"

"아니, 모르네."

"팔문금쇄(八門金鎖)진이라고 합니다. 상당히 훌륭하게 포진하였습니다만, 중군의 주지(主持)에 부족한 점이 있어 조금 아쉽습니다."

"팔문이 무엇인가?"

"휴(休), 생(生), 상(傷), 사(社), 경(景), 사(死), 경(驚), 개(開) 8개 부를 이르는 말로 생문(生門), 경문(景門), 개문(開門)으로 들어가면 좋고, 상문(傷門), 휴문(休門), 경문(驚門)으로 모르고 들어가면 반드시 상해를 입고, 두 사문을 침범하면 반드시 멸망한다고 합니다. 지금 여러 부의 진상을 보면 각각 병로를 잘 만들어 거의 완벽하지만, 문제는 중군에 무게가 없이 조인 혼자 있고 이전은 후진에 빠져 있는 모양이라는 겁니다. 그 부분이 바로 노려야 할 허점입니다."

"그렇다면 중군에 친 진을 혼란시키려면 어떤 방법을 써야 하오?"

"생문에서 돌입하여 서쪽 경문으로 나올 때는 전 진영이 올이 빠져 술술 풀리듯이 흐트러질 것입니다."

이론을 밝히고 실제를 보여 단복은 용병의 묘미를 상세하게 설명해주었다.

"음…. 그대가 해주는 한마디는 백만 병사를 얻은 것과 같네그려."

현덕은 상당한 신념을 얻어 곧바로 조운을 불러 병사 500기를 맡겼다.

"동남쪽 모퉁이에서 돌격하여 서쪽으로 간 다음 적을 흩뜨려놓고 또다시 동남쪽으로 돌아 나오게."

현덕은 적확하게 지시했다.

말발굽 떼 한 무리가 징, 북, 함성과 함께 순식간에 적의 8개 진 중 일부인 생문을 공격하기 시작했다. 말할 것도 없이 조자룡을 선두로 내세운 500기였다. 동시에 현덕이 이끄는 본군도 멀리서 갖가지 함성과 징과 북소리를 밀물처럼 울리며 사기를 북돋았다.

조운을 따르는 500기가 진영 한가운데를 돌파하니 조인이 친 방비는 순식간에 혼란에 빠졌다. 무너지는 진열은 중군까지 영향을 미쳐 조인도 진지를 이탈할 정도로 당황했지만, 조운은 철기를 이끌고 그 곁을 아슬아슬하게 지나가면서 일부러 대장 조인을 쫓지 않았다. 그리고 나서 서쪽 경문까지 줄기차게 말을 타고 내달려 가로막는 적을 무찔렀다.

"동남쪽으로 다시 돌아가자!"

그러자 조운이 이끄는 500기는 바로 짓밟고 싶은 만큼 마음껏 짓밟고는 들어왔던 방향으로 다시 돌진했다. 팔문금쇄진도 아무짝에도 소용이 없었다. 거의 무너져내려 진형이 남아 있지 않았을 때였다.

"바로 지금입니다."

단복은 현덕을 향해 총공격 명령을 재촉했다.

"총공격하라!"

기다리던 신야 군은 적은 수였지만 기회를 놓칠세라 꽉 틀어쥐었다. 신야 군은 선전하여 적군을 그대로 섬멸하고 승리의 기쁨을 만끽했다.

비참한 건 조인이다. 막대한 손실을 입고 이전을 볼 면목이 없는 처지였지만 여전히 고집을 부렸다.

"이번에는 야습을 감행하여 번번이 당한 모욕을 되갚아주고 말겠다."

조인은 호언을 멈추지 않았다.

이전은 그런 조인을 보고 비웃었다.

"안 됩니다. 팔문금쇄진조차 훌륭하게 간파하여 뚫는 법을 아는 적입니다. 현덕 진영에는 반드시 유능한 자가 지휘봉을 잡고 있을 것입니다. 상투적인 수법은 더더군다나 통하지 않습니다."

이전이 단단히 충고하자 조인은 더욱 오기를 부렸다.

"장군같이 일일이 겁을 먹고 의심할 거라면 처음부터 전쟁은 하지 말아야 하오. 이참에 장군도 무장직을 내려놓는 게 어떻겠소?"

조인은 이전을 통렬하게 비웃었다.

3

조인이 퍼붓는 야유에 이전은 꿋꿋하게 한마디 덧붙였다.

"제가 걱정하는 건 적이 배후로 돌아 번성이 비어 있는 틈을 타 공격해 오는 것입니다. 단지 그것뿐입니다."

그러고는 입을 봉하고 아무 말도 하지 않았다.

조인은 그날 밤 기어코 야습을 감행했다. 이전이 예지했음에도 불구하고 적에 대한 대비는 하나도 하지 않은 채 말이다. 아뿔싸! 적의 진영 깊이 치고 들어갔다고 생각했는데 퇴로가 막히고 사방은 불길에 휩싸였다. 적이 파놓은 불구덩이에 스스로 뛰어 들어간 꼴이다.

무참히 패하고는 북하 강변까지 도망 나오니 홀연 물결은 강변을 치고 갈대와 물억새는 쓸쓸하게 죽음을 노래해 조인 앞뒤로 보이는 건 산더미 같은 시체와 푸르디푸른 피로 가득한 강이었다.

"장비가 여기 있다. 아무도 건너지 못하게 하라."

매복한 군사들 속에서 우렁찬 장비 목소리가 또렷이 들려왔다. 오금을 박기에 충분한 목소리다.

조인은 오도 가도 못하고 거의 죽을 지경이었지만 기적처럼 이전의 도움으로 가까스로 강변에 기어올랐다. 그러고 나서 번성까지 쏜살같이 도망가니 성 문짝이 여덟 팔 자로 활짝 열려 있는 게 아닌가.

"패장 조인, 어서 오게. 유 황숙의 아우, 관우가 맞아들이네."

징을 울리며 적병 500여 기가 순식간에 밀려 나왔다.

"앗!"

경악한 조인은 지친 말에 채찍을 힘차게 휘둘러 산에 몸을 숨기는가 하면 강을 헤엄쳐 나가 거의 벌거숭이가 된 채로 도읍으로 줄행랑을 놓았다. 그 추태를 본 당시 사람들이 입을 모아 '보기 흉한 꼬락서니'라며 비웃었다.

삼전삼승으로 기세가 드높아진 현덕 군은 번성으로 당당하게 입성했다. 현령 유필(劉泌)이 몸소 마중을 나왔다. 현덕은 맨먼저 백성을 걱정하여 성안을 순시한 다음에야 유필 저택으로 발걸음을 옮겼다. 현령 유필은 장패(長沛) 출신으로 현덕과는 같은 성이다. 현덕은 한실 종친, 동종이라는 친분에서 특별히 쉬러 들른 것이다.

"더없는 영광입니다."

유필의 가족은 모두 나와서 따뜻하게 인사를 했다.

주연 자리에 유필은 미소년을 데리고 나왔다. 현덕이 언뜻 보니 인품이 예사롭지 않고 보석 같은 자질이 엿보였다. 해서 유필에게 넌지시 물어보았다.

"댁의 아드님입니까?"

"아닙니다. 조카입니다."

유필은 자랑스럽다는 듯이 입을 열었다.

"본래 구 씨의 아들로 구봉(寇封)이라 합니다. 어릴 때 부모를 잃어 아들같이 키워왔습니다."

구봉이 상당히 마음에 들었는지 현덕은 그 자리에서 바로 의향을 물었다.

"어떻소. 내게 양자로 주지 않겠소?"

유필은 날아갈 듯이 기뻐했다.

"바라지도 않았던 행운입니다. 부디 데려가 주십시오."

유비의 뜻을 본인에게도 전했다. 구봉도 기뻐하기는 매한가지다. 내친김에 그 자리에서 성도 '유 씨'로 바꾸어 이름을 '유봉'으로 고치고 이후 현덕을 아버지로 모시게 되었다.

관우와 장비는 남몰래 서로 눈짓을 주고받았지만, 나중에야 현덕에게 직언했다.

"큰형님에게는 아들이 있는데 왜 양자를 들여 굳이 훗날에 벌어질 화를 자초하는 겁니까? 아무래도 형님답지 않습니다."

"음…."

그래도 부자의 연을 맺었으므로 현덕은 유봉을 남달리 총애했다.

그렇게 시간을 보내며 지내는 사이에, 단복이 권했다.

"주군이 번성을 지키기엔 적합하지 않습니다."

단복이 해주는 충고를 새겨듣고 번성을 조운에게 맡긴 다음 현덕은 다시 신야로 발걸음을 옮겼다.

서서 모자(母子)

1

하북이 넓고 강해지면서 요동과 요서에서도 공물을 보내와 왕성의 부(府) 허도 시가지는 해가 갈수록 빠른 속도로 번화하여 지금은 명실상부한 중앙의 부다운 위관과 규모를 갖추었다. 그야말로 화려한 도읍이다. 사람들이 오가는 도문(都門)에 벌거숭이 같은 몰골로 도망쳐 온 조인이나 몇 남지 않은 잔병과 함께 쫓겨 온 이전이나 면목이 없기는 매한가지다.

"여광과 여상은 돌아오지 않는구나…."

"둘 다 전사했다고 들었네."

"3만이었던 병마가 고작 몇 기나 돌아온 거지?"

"너무 무참하게 진 거 아닌지…."

"승상의 위엄을 더럽히는 자."

"두 패장의 목을 베어 시내에 내걸어야만 한다."

도읍에 있는 참새들은 입방아를 찧느라 시끄러웠다.

게다가 승상이 얼마나 격노하겠냐며 뒤에서 수군댔지만 조인과 이전이 승상부 바닥에 납작 엎드려 절하고 몇 번 치른 전투에서 패한 상황 보고를 소상하게 전하는 날, 조조는 다 듣고 씩 웃을 뿐이다.

"승패는 병가지상사다. 수고했다!"

그 말만 남기고는 패전 책임에 대해서는 아무것도 묻지 않았으며 나무라지도 않았다.

단 한 가지, 조인같이 전쟁에서 공을 혁혁하게 세운 대장의 획책을 격파하여 여봐란듯이 뒤를 친 적의 전략이 여느 때와는 다른 솜씨였다는 점만은 이해할 수 없었다.

"이번 전투에서 전부터 현덕을 도와 진영에 있던 사람 외에 새롭게 현덕을 도와 작전을 짜는 사람이 있었는가?"

조인이 넝큼 답했다.

"꿰뚫어보신 대로, 단복이라는 자가 신야의 군사로서 참가했다고 들었습니다."

"단복?"

조조는 고개를 갸웃거렸다.

"천하에 지혜로운 자는 수두룩하지만, 단복이라는 이름을 들어본 적이 없다. 너희 중에 누가 아는 자가 있느냐?"

호위하는 많은 장군을 돌아보며 물으니 정욱이 혼자 껄껄 웃기 시작했다. 조조의 시선이 정욱에게 내리꽂혔다.

"정욱, 그대는 아는가?"

"잘 압니다."

"어떤 연고로?"

"저와 같은 영상 출신입니다."

"단복의 사람됨은 어떤가?"

"의롭고 기백 있으며 마음이 올바릅니다."

"학문은?"

"《육도》를 암송하고 경서도 읽었습니다."

"재주는?"

"어린 시절부터 칼을 즐겨 다루었습니다. 중평(中平) 말년에 다른 사람 부탁으로 원수를 갚아준 일로 문초를 받아 얼굴에 숯을 바르고 부러 머리를 풀어 헤쳐 미친 사람 흉내를 내며 마을을 돌아다니다 기어코 관청 출장소에 붙잡히기도 하였습니다. 이름을 물어도 대답이 없어 수레에 묶어 시내에 끌고 다니며 아는 사람이 없느냐고 내돌렸어도 단복의 의로운 마음을 애처로이 여겨 고발하는 사람이 아무도 없었습니다."

"음, 음….."

조조는 새겨들었다. 상당히 흥미로운 듯 정욱이 말하는 모습을 빤히 쳐다보았다.

"어느 날 밤 평소에 친하게 지내던 친구들이 모여 감옥에서 단복을 구해내 포승을 풀어주고 멀리 도망가게 도와주기도 하였습니다. 이후에 이름을 고치고 한층 뜻을 크게 세워 두건 하나에 옷 한 벌, 칼 하나만 달랑 차고 각지를 돌아다니며 식견 있는 자들을 만나고 배우면서 몇 년을 정처 없이 떠돌았습니다. 그러던 끝에 사마휘를 찾아가, 사마휘 주위에 있는 풍류를 즐기고 학문을 연구하는 무리와 교류한다 들었습니다. 그 사람은 영상 사람 서서(徐庶)고 자는 원직으로 단복은 은둔하는 시절에 바꾼 이름일 뿐입니다."

2

서서가 살아온 내력을 말하는 정욱의 이야기는 정말 소상했다. 조조는 이야기가 끝나기를 기다렸다는 듯 쉴 새 없이 질문을 쏟아내었다.

"단복은 서서가 쓰는 가명이었다?"

"그렇습니다. 영상의 서서라고 하면 아는 사람이 꽤 있겠지만, 단복이라면 아는 자가 없습니다."

"들으면 들을수록 흥미롭다. 한 가지 더 묻겠다만, 그대의 무사로서 지닌 재주와 지혜에 비교하면 서서는 어느 정도인가?"

"저따위는 서서 발끝에도 미치지 못합니다."

"너무 겸손한 거 아닌가?"

"서서의 인물과 재능, 서서가 한 수행을 10으로 친다면 저는 2정도밖에 되지 않습니다."

"음…. 자네가 그 정도까지 칭찬하는 걸 보니 상당한 인물임은 분명한 터. 조인과 이전이 지고 돌아온 게 되레 당연한 일이구나. 그렇구나…."

조조는 탄성을 질렀다.

"아깝구나, 아까워. 대단한 인물을 지금까지 모른 채 현덕의 진영에 안겨주고 말았으니…. 앞으로 단복은 반드시 큰 공을 세우리라."

"승상, 탄식하기에는 아직 이릅니다."

"왠가?"

"서서가 현덕을 섬기기 시작한 건 아주 최근 일입니다."

"그래도 이미 군사라는 임무를 맡지 않았나?"

"서서가 현덕을 위해 큰 공을 세우기 전에 마음을 돌리는 건 그리 어렵지 않습니다."

"어떻게?"

"서서는 어렸을 때 아버지를 여의고 지금은 연로하신 어머니만 계십니다. 동생 서강(徐康)이 노모를 모시고 살았습니다만, 동생도 얼마 전에 요절하여 아침저녁으로 살갑게 노모를 모실 사람이 없다고 들었습니다. 서서는 어릴 때부터 효심이 지극하기로 유명했을 정도니 서서 마음속은 지금 노모를 걱정하는 마음으로 가득할 것입니다."

"옳거니."

"그러니 지금 사람을 보내서 노모를 여기로 모셔오는 게 급선무입니다. 승상이 간곡하게 타일러서 노모에게 아들 서서를 불러들이도록 유도하신다면 효자 서서는 부리나케 도읍으로 달려올 것입니다."

"흠…. 그럴듯하다. 어서 노모에게 서간을 보내라."

얼마 후 조조는 서서 어머니를 도읍으로 맞아들였다. 사신이 정중한 태도로 부문을 안내하는 등 떠받들 듯 모셨다. 노모는 겉보기에도 평범한 시골 노파에 지나지 않았다. 지극히 소박한 모습이다. 자식을 몇이나 낳았는지 아담한 체구는 허리가 굽어 더 작아 보였다. 길들지 않은 산비둘기 같은 눈으로 주뼛주뼛 귀빈 전각으로 올라가 사방의 벽이 호화찬란한 방으로 들어가니 머리가 아프기라도 한 듯 난처한 표정을 지었다.

이윽고 조조가 신하를 여럿 거느리고 나타나 노모를 보고는 마치 자기 어머니를 만난 듯 살갑게 대했다.

"자당, 자당 아들 서원직은 지금 단복이라 이름을 고치고 신야의 유현덕을 섬긴다고 합디다. 어찌하여 땅 한 마지기 소유하지 못하고 이리저리 떠도는 도적 무리와 얽혀 있는 겁니까? 천하를 위해 쓸 재주를 가지고서 아깝게 말이요."

말을 일부러 알기 쉽고 속되게 하며 부드럽게 물었다.

3

노모는 영문을 몰랐다. 여전히 산비둘기 같은 작은 눈을 약하게 뜨고 조조의 얼굴을 바라볼 뿐이다. 무리도 아니다.

조조는 충분히 알아채고 한층 더 따뜻한 어조로 말을 이었다.

"그럼, 그렇진 않겠지요. 서서 정도 되는 인물이 뭐가 좋아서 현덕 같은 자를 섬기겠습니까? 설마 자당께서 동의하지는 않으셨겠지요. 게다가 현덕은 조만간 정벌될 운명의 역신이니 말입니다."

"…"

"만약 자당께 동의를 구한 연후에 일하게 되었다면 그건 손 안에 든 구슬을 진흙에 빠뜨린 꼴입니다."

"…"

"어떻소, 자당. 서서에게 편지를 좀 써주지 않겠습니까? 난 누구보다 자당 아들이 가진 자질을 아까워하는 사람입니다. 만약 자당께서 아들을 여기로 불러들여 훌륭한 대장으로 만들고 싶다면 내가 천자께 아뢰어 반드시 영예로운 관직을 내리고, 이 도읍 안에 웅장한 정원이 딸린 아름다운 저택에 많은 하인을 딸려서 살게 하겠소만…."

그러자 노모가 처음으로 입술을 한 번 달싹했다. 뭔가 말을 하려는 모습에 조조는 곧 입을 다물고 다정한 눈빛으로 얼굴을 바라봤다.

"승상, 이 늙은이는 보시다시피 시골 노인네라서 세상일은 아무것도 분별이 없습니다만, 유현덕이라는 분에 대한 소문은 익히 들었습니다. 그분 이름은 나무꾼이나 밭에서 소를 모는 할아범도 곧잘 입에 올리곤 합니다."

"오…. 뭐라 하던가요?"

"유 황숙이야말로 백성을 위해 태어난 당대 영웅이고 진정으로 어진 군주라고."

"하하하…."

조조는 일부러 호방하게 웃어젖혔다.

"논밭에서 일하는 아이들과 노인들이 뭘 알겠습니까? 현덕은 패군의 필부로 태어나 젊어서는 짚신을 삼고 돗자리를 짰습니다. 우연히 난(亂)을 만나 망나니들을 끌어모아 이름도 없는 깃발을 꽂고 싸워, 겉보기에는 군자같이 행동하나 안으로는 반역을 꾸미는 무뢰한일 뿐입니다. 지방 백성을 속이고 괴롭히는 떠돌이 도적이나 다름없단 말입니다."

"글쎄요…. 이 늙은이가 들은 이야기와는 사뭇 다릅니다. 유현덕이야말로 한경제의 후손이요 요순의 학문을 배우고 우탕(禹湯)의 덕을 지닌 분. 자신을 굽혀 귀한 사람을 부르고, 자신을 낮추어 다른 사람을 귀히 여기는 분. 그렇게 칭찬하지 않는 사람이 없습니다."

"하나같이 현덕이 꾸민 말입니다. 그만큼 교묘한 위군자(僞君子)는 없지요. 그런 자에게 기만당하여 만대에 악명을 남기기보다 지금 말한 대로 서서에게 편지를 쓰는 게 좋지 않겠습니까? 자당, 어서 편지를 좀 써주시지요."

"글쎄요…."

"뭘 망설입니까? 자식을 위해 또 당신이 누릴 노후를 위해…. 붓과 벼루도 여기 있습니다. 한 줄 써보시지요."

"싫습니다."

노모는 갑자기 단호하게 고개를 저었다.

"내 자식을 위해섭니다. 설사 여기서 목숨을 잃는다 해도 이 몸은 결코 붓을 들 수 없습니다."

"뭬야?"

"아무리 초가집에 사는 늙은이라도 순역(順逆)의 도 정도는 압니다. 한나라 역신은 바로 승상, 당신이지 않습니까? 왜 우리 아들을 섬기는 주군에게서 물러나게 하고 어둠으로 향하게 이끌겠습니까?"

"이 쭈그렁 할망구가, 감히 날 역신이라 부르다니!"

"그렇습니다. 설사 별 볼 일 없는 부랑자의 어미로 세상살이를 근근이 견뎌내더라도 내 자식이 당신 같은 악독한 역적의 앞잡이를 섬기게 할 수는 없습니다."

서서의 어머니는 딱 잘라 말했다. 그러고는 아까부터 눈앞에 떠밀었던 붓을 집어들더니 바로 정원에 내팽겨쳐버렸다.

"이 망할 늙은이를 베라."

당연히 조조는 격노하여 호통치며 버티고 서는 순간, 노모의 손은 다시 벼루를 잡더니 조조 면상에 휙 던져버렸다.

4

"베어라, 이 노인네 목을 비틀어버려라!"

조조가 내지르는 호통에 무사들이 우르르 달려와 노모의 양 팔을 들어 잡았다. 노모는 반항도 하지 않고 기분 나쁠 정도로 아주 침착했다. 조조는 더욱 애를 태우며 스스로 칼을 잡았다.

"승상, 점잖지 못하십니다."

정욱이 두 사람 사이에 끼어들어 나무랐다.

"보십시오. 노모의 이 침착한 태도를…. 노모가 승상에게 비난을 퍼부은 건 스스로 죽기를 바란다는 증거입니다. 승상의 손에 죽는다면 아들 서서는 승상을 원수로 여겨 더더욱 마음을 닦아 현덕을 섬길 것이고, 승상은 약한 노모를 죽였다고 민심을 잃겠지요. 해서 노모는 자신의 목숨에 가치를 매겨, 여기서 죽는 것이야말로 바라던 바라고 마음속으로 웃을 것입니다."

"음…. 그렇다면 이 노친네를 어떻게 처리해야 하는가?"

"정성껏 모셔야 합니다. 그러면 서서도 몸은 현덕에게 있어도 마음은 노모에게 향해 생각대로 승상을 적으로 대하지는 못할 것입니다."

"정욱, 좋은 방법을 더 궁리해보아라."

"알겠습니다. 노모는 제가 정성껏 보살피겠습니다. 방법이 하나 있습니다만, 그건 나중에….”

정욱은 자기가 기거하는 저택으로 서서 어머니를 모시고 발걸음을 옮겼다.

"예전에 동문이었을 때 서서와 저는 허물없이 지냈습니다. 이런 기회에 어머니를 집으로 맞아들이게 되니 왠지 제 어머니가 살아 돌아오신 것 같은 느낌입니다.”

정욱은 아침저녁으로 문안을 드리고 진짜 자신의 어머니처럼 지극정성으로 모셨다.

그러나 서서 어머니는 사치를 싫어하고 가족들을 어려워한 나머지 근처에 한적하고 조용한 집으로 옮겨 편안히 지내도록 배려했다. 때때로 귀한 음식이나 의복 등을 가져다주니 서서 어머니도 정욱이 베푸는 친절에 마음이 이끌려 자주 답례 편지를 보내왔다.

정욱은 그 편지를 정성스레 보존하여 노모의 필체를 베껴 쓰며 연습했다. 그러고는 은밀히 주군 조조와 짜고 급기야 교묘하게 위조 편지를 만들었다. 말할 것도 없이 신야에 있는 노모의 아들 서서에게 보내는 글이다.

단복 서원직은 그 후 신야에서 소박한 집을 지어 하인도 아주 적게 두고, 한가한 날에는 오로지 책을 벗 삼아 지냈다.

그러던 어느 날 저녁, 문을 두드리는 한 남자가 있었다. 어머니가 보낸 사람이라는 말에 서서는 몸소 달려 나갔다.

"어머니에게 변고라도 생겼소?”

심부름꾼이 대답했다.

"편지를 전해드리러 왔을 뿐입니다."

곧바로 서신을 꺼내 서서에게 건넸다.

"저는 다른 집 하인이어서 아무것도 모릅니다."

그러고는 심부름꾼은 총총 돌아가버렸다.

방에 들어오자마자 서서는 호롱불을 켜고 어머니가 보낸 편지를 조심스레 펼쳤다. 효심이 지극한 서서는 어머니가 쓴 글을 보자마자 마치 어머니의 모습이 보이는 듯해서인지 눈에 눈물을 글썽거렸다.

서야, 별 탈 없이 지내느냐?

나도 무사히 지낸다만 동생 강이 죽고 나니 고독하기 그지없구나. 게다가 조 승상의 명으로 허도로 불려 왔다. 아들이 역신과 한패가 되었다는 죄로 어미가 포로로 잡히는 처분이 내려졌다. 다행히도 정욱이 도와주어서 안락한 생활은 하지만 네가 하루빨리 어미 곁으로 왔으면 좋겠구나.

서서는 여기까지 읽고 호롱불이 꺼질 정도로 눈물을 줄줄 흘리며 홀로 슬피 울었다.

떠나는 새 울음소리

1

다음 날 이른 아침이다. 서서는 작은 새가 지저귀는 소리를 뒤로하며 집을 나서는 길이다. 어젯밤 밤새도록 잠들지 못해 충혈된 눈을 하고서. 오늘 아침 신야 성문을 가장 일찍 통과한 사람은 바로 서서다.

"단복 아닌가. 이리 이른 시간에 나오다니, 무슨 일이라도 있는가?"

현덕은 얼굴색이 신통치 않은 서서를 보고 걱정부터 앞섰다.

서서는 고개를 숙인 채 말없이 절하고 또 절하고는 겨우 고개를 들었다.

"주군. 이제 와 새삼스럽지만, 오늘 주군께 꼭 사죄해야 할 일이 있습니다."

"무슨 일인가?"

"단복이라는 이름은 고향에서 일어난 난을 피해 떠돌아다닐 때 쓰던 가명입니다. 전 본래 영상 사람 서서고, 자는 원직이라 합니다. 처음에 형주의 유표가 당대의 현자라고 들어 주군으로 섬기려 했지만, 함께 도를 논하고 실제 정치를 해보니 평범하고 하찮은 주군임을 알았습니다. 해서 편지만 달랑 남기고 떠나면서 마음이 괴로운 나머지 사마휘가 있는 산장으로 찾아갔더랬습니다. 그간에 겪은 사정을 이야기하니 수경 선생은 절 꾸짖었습니다. 그러고는 '너는 눈을 달고 있으면서 사람을 그리 제대로 보지 못하느냐? 지금 신야에 유 예주가 있으니 가서 섬겨라' 하고 말씀하셨습니다."

"…."

현덕은 그날 밤 수경 선생의 산장을 떠올리면서, 마음속으로 밤늦게 찾아와 수경 선생과 이야기 나누던 그 손님을 떠올렸다.

"해서 저는 매우 기뻤습니다. 속히 신야로 가서 아무런 연줄도 없는 나그네지만 기회가 닿는다면 뵐 수 있으리라 여겼고, 매일 우스꽝스러운 노래를 부르며 마을을 떠돌아다녔습니다. 그러던 중에 염원이 이루어졌는지 주군을 수행하는 기회를 얻었습니다. 근본도 확실치 않은 절 깊이 믿어주셔 군사 지휘봉까지 내리신 과분한 그 은혜는 잊으려 해도 잊을 수 없습니다. 선비는 자신을 알아주는 사람을 위해 죽는다는 말 그대로, 이후에는 마음속 어딘가에서 그 말만 되새겼습니다."

"…."

"이것 좀 보십시오."

서서는 어머니가 보내온 편지를 꺼내 현덕에게 보였다.

"어젯밤 어머니께 편지가 왔습니다. 넋두리같이 들릴지 모르지만 저희 어머니만큼 세상에서 박복한 사람은 없습니다. 남편을 일찍 여의고 아끼던 막내아들도 앞세우고 지금은 저 하나를 지팡이로 의지하는 처지입니다. 편지에 의하면 허도로 잡혀가 비탄에 잠긴 채 나날을 보내는 듯합니다. 전 어린 시절부터 무예를 좋아하여 고향에 있었을 때는 고향 패거리와 싸움만 했고 죄를 지은 다음에는 유랑하며 어머니께 걱정만 끼쳤습니다. 그런 이유로 항상 불효를 사죄하는 마음으로 살아갑니다. 어머니를 생각하면 어찌할 바를 모르겠습니다. 정말, 말씀드리기 어렵지만, 절 잠시간 돌아가게 해주십시오. 허도로 가서 어머니를 위로해드리고 싶습니다. 어머니 노후를 편안히 해드리고 어머니의 마지막 가는 길을 지켜보고 나서 반드시 돌아오겠습니다. 주군만 절 버리지 않으신다면 꼭 돌아오겠으니 그때까지 잠시간 보내주십시오."

"그렇게 하게나."

현덕은 흔쾌히 승낙했다. 서서를 지켜보는 현덕의 눈에도 어느새 눈물이 그렁그렁 고였다.

현덕에게도 어머니가 있었다. 다른 사람의 어머니 이야기를 들으면, 돌아가신 어머니를 떠올리지 않을 수가 없었다.

"어찌 그대의 효심을 막겠는가? 살아 계실 때 제대로 섬겨야 하네. 아무쪼록 은애(恩愛)의 도를 외면하지 말게."

온종일 두 사람은 다하지 못한 아쉬움을 나누며 보냈다.

저녁이 되어서는 휘하 장수를 모두 모아 서서를 위한 송별회를 성대하게 열었다.

2

　한 잔 또 한 잔, 이별을 아쉬워하며 송별회는 한밤중까지 이어졌다. 서서는 전혀 취하지 않았다. 때때로 잔을 드는 것도 잊은 채 탄식했다.

　"혼자되신 어머니가 허도에 붙잡혀 있다는 사실을 알았을 때는 밥도 맛이 없고, 술도 향기가 나지 않았습니다. 금빛 물결에 옥 같은 액체도 덧없습니다. 은혜와 사랑과 정에는 약해지는 게 사람입니다."

　"무리도 아니오. 주종 관계를 맺은 지 얼마 되지 않았는데도 지금 그대와 헤어지려니 나도 좌우의 손을 잃은 듯한 느낌이오. 용의 간과 봉황의 골수도 혀에 달지 않을 것 같소…."

　어느새 날이 희붐히 밝아왔다. 장군들은 서서와 작별 인사를 나누면서 마지막 이별주를 들고 각자 물러가 쉬었다. 얼마 시간이 없지만, 현덕도 침상에 누워 잠시간 꾸벅 조는데 손건이 조용히 방문을 두드렸다.

　"주군, 아무리 생각해도 서서를 허도로 보내면 우리 편이 불리해집니다. 저런 인재를 조조 측에 기꺼이 보낸다는 건 어리석은 일입니다. 어떻게든 서서를 붙잡으시는 게 좋지 않겠습니까? 지금이라면 어떤 방법이라도 쓸 수 있습니다."

　현덕은 잠자코 들었다.

　손건은 한층 강한 어조로 호소하였다.

　"뿐만 아니라 서서는 우리 병사 수와 내부 상황 등 모든 것에 정통하니 그걸 이용해 조조 대군이 몰려온다면 막을 방법이 없습니다.”

“…”

“화를 복으로 바꾸는 방법은 서서를 신야에 붙잡아두고 한층
더 방비를 견고히 하는 것입니다. 그러면 조조는 반드시 서서
를 단념하고 어머니를 죽이겠지요. 그리되면 서서에게 조조는
어머니 원수가 되니 더더욱 적의를 품고 조조와 싸워 이기는
데 인생을 걸게 될 것입니다.”

현덕은 자세를 바로 했다.

“안 될 일이다. 난 인의에 어긋나는 일은 도모할 수 없다. 생
각해보아라. 다른 사람의 어머니를 죽이고 그 자식을 자신의
이익을 위해 이용하다니, 군자라는 사람이 할 짓인가? 비록 내
가 그 일로 멸망하는 날이 오더라도 의롭지 못한 일은 결코 할
수 없다.”

유비는 채비를 마치고 일찍 장막에서 나섰다. 신하에게 말을
대령하라고 명했다. 작은 새는 쾌청한 아침을 노래하느라 분주
했다. 그렇지만 현덕의 표정은 결코 오늘 아침 하늘과 같지 않
았다.

관우, 장비도 말을 걸터타고 쫓아왔다. 현덕은 성 밖까지 서
서를 배웅할 예정이었다. 사람들은 주군의 깊은 정을 느끼기도
했고, 한편으로는 서서가 누리는 영광을 부러워도 했다.

교외 장정(長亭)까지 다다랐다. 서서는 너무 황송해했다.

“이제 이쯤에서….”

“여기서 마지막 점심을 들도록 하세.”

현덕은 정자에 들어가 또 이별주를 홀짝였다. 그 누구보다

절절한 심정이었다.

"그대와 헤어지고 나면 더는 그대에게 명확한 병법을 묻지 못하게 되었소. 그렇지만 누구를 섬기든 도에 변화는 없소. 아무쪼록 새로운 주군을 만나도 충절을 다하고, 어머니께 효도하며 선비의 본분을 다하도록 하시오."

현덕은 반복해서 말했고, 서서는 하염없이 눈물을 줄줄 흘렸다.

"말씀 감사히 듣겠습니다. 부족한 재주와 옅은 지혜로 주군의 웅숭깊은 은혜를 입었으면서도 불행하게 도중에 어쩔 수 없이 떠나게 되어 부끄럽기 그지없습니다. 어머니를 부양하고자 하는 마음은 절실하나 조조를 만나서 어떻게 신하의 절개를 다하겠습니까? 자신이 없습니다."

"나도 그대 같은 사람을 잃어서 낙심하였지만 어쩔 수 없소. 이참에 현세에서 바라는 소망을 끊고 산속에서 은거라도 하고 싶은 심정이라오."

"약한 말씀 하지 마십시오. 저같이 부족한 사람을 버리고 더 나은 현자를 만나시면 주군의 앞날은 한층 밝을 겁니다."

"그대를 뛰어넘을 현자는 아마 당대에는 없을 터. 안타깝소이다…."

현덕은 침통한 어조로 읊조렸다. 그럴 거라면 이리 낙담하지 않는다는 듯이 말이다.

3

정자 밖에서 기다리던 관우, 장비, 조운 등 여러 장수도 다감한 면을 지닌 무사다. 나오려는 눈물을 억누르느라 고개를 숙인 채 들지 못했다.

서서는 정자 위에서 사람들을 일일이 돌아보며 이별을 아쉬워했다.

"제가 떠난 후에는 여러 공이 지금 이상으로 한층 더 결속하여 서로 충의를 다지고 이름을 후세에 남길 수 있도록 허도 하늘을 올려다보며 빌겠소."

현덕은 급기야 오열을 터뜨려 장정은 잠시간 눈물바다를 이루었다. 그러고는 여기서 헤어지기 못내 아쉬워했다.

"4리, 아니 5리만 더…."

함께 말 머리를 나란히 하고 서서를 배웅했다.

"이제 이쯤에서는…."

서서는 강하게 사양했다.

"아니오, 조금만 더 가겠소. 조금만…. 같은 하늘 아래서 서로 다른 편으로 갈라지면 언제 다시 만나겠소."

어느새 10리 정도 더 와버렸다.

서서는 말을 잠시간 멈추었다.

"인연이 있으면 이것도 일시적인 이별이 되겠지요. 몸조심하시고 서서가 다시 돌아올 날을 기다려주십시오."

서서는 사람들을 다감하게 위로했다.

그러고도 또 6~7리를 더 갔다. 어느새 성 밖을 벗어나 꽤 멀리 떨어진 시골에 다다랐다. 장수들은 돌아갈 길을 걱정하기 시작했다.

"아무리 간들 아쉬움은 다하지 않습니다. 이제 이쯤에서…."

하나같이 말을 붙잡았다. 현덕은 말 위에서 이별의 손을 내밀었다. 서서도 손을 살짝 내밀었다. 말없이 손을 굳게 다잡은 두 사람의 눈동자에서는 잠시간 뜨거운 눈물이 흘러내렸다.

"그럼…, 건강히 지내시오."

"주군도."

"잘 가시오."

그래도 현덕의 손은 서서의 손을 굳게 쥐고 놓아주질 않았다. 그치지 않고 흐르는 눈물과 함께 맞잡은 손도 함께 우는 듯했다.

"안녕히 계십시오."

끝내 서서는 손을 놓아버리고 말갈기에 얼굴을 묻은 채 앞으로 달려갔다. 여러 장수는 일제히 그 뒷모습에 대고 손을 흔들었다.

"잘 가시오."

"잘 가오."

이별의 말을 건네고 일동은 말 머리를 하나둘 돌리기 시작했다. 그러고 나서 현덕을 둘러싸고 왔던 길로 재촉해서 돌아갔다. 미련이 남은 현덕은 때때로 말을 멈추고 서서의 그림자를 보려고 멀리 돌아보았다.

"아, 저 나무 그늘로 들어갔다. 서서의 뒷모습을 가리는 나무가 밉구나, 미워. 저대로라면 숲의 나무를 베어버리고 싶구나!"

현덕은 목 놓아 엉엉 울었다. 아무리 군신의 정이 절절하게 흘러넘친다 해도 너무 심하다고 판단했는지 장수들이 목소리에 힘을 실었다.

"주군, 언제까지 부질없이 한탄만 하실 겁니까?"

그러고 나서 6~7리 정도 돌아왔을 무렵이다.

"주군, 주군."

뒤에서 누군가 부르는 소리가 들려왔다. 돌아보니 어찌 된 일인가? 저쪽에서 말에 채찍을 휘두르며 쫓아오는 건 다름 아닌 서서다. 서서가 돌아온 것이다!

'그러면 서서도 이별을 견딜 수 없어 마음을 고쳐먹고 돌아온 건가.'

사람들은 직감하고 술렁거렸다.

서서는 가까이 오자마자 현덕이 걸터탄 말안장 옆으로 다가가 빠른 말투로 고했다.

"밤새 마음이 혼란스러워 고해야 할 중요한 말을 깜빡 잊었습니다. 양양에서 서쪽으로 20리 정도 떨어진 곳에 융중(隆中)이라는 촌락이 있습니다. 거기에 대단한 현자가 한 사람 있습니다. 주군, 한탄만 하지 마시고 부디 꼭 그 사람을 찾아가십시오. 서서가 드리는 이별 선물입니다."

말을 마친 서서는 다시 가던 길로 말을 재촉했다.

4

융중이라, 양양에서 서쪽으로 20리 떨어진 작은 촌락이다. 그리 가까운 곳에 현자가 있단 말인가? 현덕은 의심스러웠다. 듣고는 자신도 모르게 망연하게 머뭇거렸다. 그사이에 서서의 모습은 이미 멀어져 갔다.

현덕은 정신을 차리고 자신도 모르게 입에 손을 대고 소리를 질렀다.

"서서, 서서. 잠깐 기다리게. 잠깐만."

서서는 또 말 머리를 돌려서 돌아왔다. 현덕도 말을 몰아 가까이 다가갔다.

"융중에 현자가 있다는 말을 지금껏 들어본 일이 없네. 정말인가?"

현덕이 재차 확인했다.

"그 사람은 명리를 초월하여 교제하는 사람도 정해져 있으므로 현자라는 사실을 아는 사람은 극히 소수입니다. 게다가 주군이 신야 땅으로 오신 지 얼마 되지 않아, 주위에는 형주의 무인과 도와 현에서 볼 수 있는 평범한 선비 외에는 없으니 모르시는 게 당연합니다."

서서가 빠르게 대답했다.

"그 사람과 그대는 어떤 연고로?"

"수년간 함께 공부한 친구입니다."

"경륜제세(經綸濟世)의 재주에 대해 그대와 그 사람을 비교한다면?"

"저같이 하찮은 부류가 아닙니다. 오늘날 인물과 비교하기는 곤란하고 옛사람을 예로 들면 주나라 태공망(太公望), 한나라 장자방(張子房) 정도라면 그 사람과 비견할 만할지도 모르겠습니다."

"그대와 친구라면 더 바랄 것도 없네. 길 떠나는 걸 하루 늦추고 날 위해 그 사람을 신야로 데려와 주지 않겠소?"

"안 됩니다."

서서는 딱 잘라 말하며 고개를 옆으로 저었다.

"어찌 저 같은 사람이 데리러 간다고 오겠습니까? 주군이 친히 그 사람의 사립문을 두드려 불러들여야 움직일 것입니다."

그 말을 들은 현덕의 얼굴에 한층 기쁜 빛이 감돌았다.

"그렇다면 그 사람의 이름이라도 알려주시오. 서서, 좀 소상하게 말해주오."

"그 사람이 태어난 곳은 낭야 양도(陽都, 산동성 태산 남방)라 들었습니다. 한나라 사예교위(司隷校尉)였던 제갈풍(諸葛豊) 후손으로 아버지는 제갈규고 태산 군승을 지냈다 합니다. 아버지가 일찍 세상을 떠나 숙부 제갈현을 따라 형제가 모두 이 지방으로 이주했는데, 나중에 남동생과 함께 융중에 초려를 짓고 때로는 농사짓고 때로는 책을 읽으며, 〈양보음(梁父吟, 고대 민가에서 쓰던 만가挽歌로 음률이 매우 비통하고 처량함 – 옮긴이)〉을 곧잘 읊조립니다. 집이 있는 곳에 구릉이 하나 있어 마을 사람들이 '와룡(臥龍) 언덕'이라 부르며, 그 사람을 와룡 선생이라 일컫기도 합니다. 그이가 바로 제갈량(諸葛亮)이며 자는 공명(孔明)입니다. 지금 당대의 대재(大才)라 한다면 제가 아는 바로는 제갈량을 제외하고는 달리 사람이 없습니다."

"아…, 그러고 보니 이제 생각나오."

현덕은 뱃속 깊은 곳에서 긴 한숨을 내쉬며 덧붙였다.

"언젠가 사마휘 산장에서 하룻밤 묵었을 때 사마휘가 말하기를 지금 '복룡과 봉추, 두 사람 중 한 사람이라도 얻는다면 천하를 손에 쥘 수 있다'고…. 해서 내가 몇 번이나 이름을 물어보았지만 그냥 '좋구나, 좋아'라고만 답하고 털어놓지 않았소. 혹시 제갈공명이 그 사람이오?"

"그렇습니다. 복룡이 바로 공명입니다."

"혹 봉추는 그대를 말하는가?"

"아니요! 아닙니다!"

서서는 창황하여 손을 내저었다.

"봉추는 양양의 방통, 자는 사원이라는 자를 말합니다. 저 같은 사람의 별명이 아닙니다."

"이제야 복룡과 봉추에 대한 궁금증이 풀렸소. 아, 지금껏 몰랐다! 지금 내가 함께 사는 이 산하와 마을에 대단한 현자가 숨어 있으리라고는…."

"반드시 공명의 초려를 찾아가시기를…."

서서는 마지막 절을 하고 채찍을 한 번 휘두르고는 날듯이 허도의 하늘을 향해 총총 사라졌다.

제갈 씨 일가

1

공명의 집안, 제갈 씨 형제나 가족은 훗날 위(魏), 촉(蜀), 오(吳) 삼국 각 나라에서 제각각 중요한 지위를 차지한다. 또 시대의 한 면을 움직이는 사람들이니 여기서 일단 제갈가 사람들과 공명의 사람됨을 알아두는 것도 헛된 일은 아니리라.

아무래도 1700년도 더 지난 이야기다 보니 공명의 가계나 주위 사람들에 대해서는 정확지 않은 점도 있다. 아까 서서가 현덕에게 말했던 공명의 선조 중에 제갈풍이라는 사람이 있었다는 사실은 명확한 측에 속하는 편이다. 그 제갈풍이 전한 원제(元帝) 시절 한때 사예교위를 지냈고, 상당히 강직한 성품으로 법률에 따르지 않는 무리는 어떤 특권 계급이라도 용서치 않는 인물이었던 듯했다.

이를테면 원제 외척 중에 허장(許章)이라는 총애 받는 신하가 있었다. 그런데 허장은 자꾸만 국법을 어기는 행동을 하여 봐줄 수가 없었다. 제갈풍은 허장의 위법 행위를 노리고는 언젠가는 법의 위엄을 보여주리라 다짐하던 차에 또 국법을 어지럽히고 태연히 반성도 하지 않는 일이 벌어지고 만 것이다. 허장을 반드시 붙잡겠다며 제갈풍 본인이 부하를 이끌고 직접 포박하러 나섰다. 마침 허장이 궁문에서 나오다 제갈풍이 출두하는 모습을 보고 허둥대며 궁궐 안으로 숨어버렸다. 그러고는 천자의 총애에 의지해 책임을 모면했다.

하지만 제갈풍은 국법을 어겨서는 안 된다는 점을 강조하며 용서치 않아, 천자는 되레 제갈풍을 미워해 관직을 박탈하고 성문을 지키는 일개 교위로 좌천시켜버렸다. 그래도 제갈풍은 여러 차례 수상쩍은 대관이 지은 죄를 밝혀 가차 없이 처벌하니 나중에는 대관 무리에게까지 배척당해 결국 면직되어 늙은 몸을 이끌고 고향으로 돌아가 서민으로 살았다고 한다.

제갈풍이라는 선조가 귀향한 땅이 낭야였는지 확실치 않으나 공명 아버지, 제갈규가 있었을 무렵에는 지금의 산동성 낭야군 제성현(諸城縣)에서 양도(기수 남쪽)로 옮겨와 가족을 꾸렸다. '제갈'이라는 성은 처음에는 '갈'이라는 한 글자 성이었는지도 모른다. 여러 나라를 보아도 두 글자 성은 드물다. 본래는 '갈 씨'였는데 제성현에서 양도로 가족과 이주했을 때 양도 성 안에 있는 같은 성을 쓰는 사람들이 꺼려, 이전에 살던 제성현의 '제'를 따서 '제갈'이라는 두 글자 성으로 고쳤다는 설도 설득력 있다.

공명 아버지 제갈규는 태산 군승을 지냈고, 숙부 제갈현은 예장 태수였다. 그 무렵에는 집안 사정이 꽤 좋은 편이었다. 형제자매는 넷이었으며 남자 셋에 여자 하나였다. 제갈공명은 아들

중 둘째였다. 형 제갈근은 일찍이 낙양에 있는 대학으로 유학을 갔다. 그사이에 친어머니가 세상을 떠났다. 아버지는 바로 후처를 들였는데 얼마 안 있어 이번에는 제갈규가 세상을 떠났다. 공명이 14살이 되었을까 말까 할 무렵에 일어난 일이다.

"어떻게 한담?"

배다른 어린 자식 셋을 거느리고 후처 장 씨는 어찌할 바를 몰랐다.

그때 대학을 졸업할 무렵이 되어 장남 제갈근이 낙양에서 돌아왔다. 제갈근은 집안사람들에게 낙양에서 벌어진 대란을 가감 없이 알렸다.

"앞으로 세상은 얼마나 더 혼란에 빠질지 모릅니다. 황건적 난은 각 주에서 일어나는 난이 되어 이제는 낙양까지 불똥이 튀었습니다. 북쪽 땅도 이윽고 전란에 휩싸일 것입니다. 빨리 남쪽으로 피해야 합니다. 강동(양자강 유역, 상해와 남경 지방)에 있는 숙부에게 가면 될 겁니다."

제갈근은 첫째답게 계모를 격려했다. 장남도 세상의 수재와는 다르게 지극히 바르고 공손해 계모를 잘 부양하고 효성스럽게 모셨다. 그 모습은 생모를 모시는 것과 다름없다고 세상 사람들 칭찬이 자자했다.

2

전란이 있으면 전란이 없는 지방으로, 홍수나 기근이 생기면 재해가 없는 지방으로 넓은 대륙에 몸을 맡기고 대륙의 백성은 유랑하며 떠도는 데 익숙했다.

"남쪽으로 갑시다."

제갈 씨 가족이 북쪽 지방에서 피난했을 때는 황건적 난이 일어난 뒤 사회 혼란이 언제까지 계속될지 짐작조차 할 수 없을 때였다.

"남쪽으로."

"남쪽 나라로."

북쪽 지방이나 산동에 살던 농민은 높은 곳의 물이 얕은 곳으로 흐르듯 각각 가재도구나 걷지 못하는 노약자를 둘러매고 강동 지방으로 뿔뿔이 흩어졌는데 그 수가 엄청났다. 불과 열서너 살이었던 제갈공명 눈에도 애처로운 피난민 무리, 굶주림에 지친 무리가 지탱하는 고된 생활이 비쳤을 것이다.

'가엾은 사람들.' 소년의 순수하고 맑은 영혼에도 인상 깊었을 것이다. '왜 인간은 비참하게 살아가야 할까? 괴로워하기 위해 살아가는 건가. 더 즐겁게 살 수는 없는가.' 이런 생각도 한 번쯤 했을 것이다.

열서너 살이라면 이미 사서와 경서를 읽었을 나이다.

'이럴 리가 없다. 세상에 위인만 한 사람 나온다면 무수한 백성은 겁에 질린 눈이나 야윈 얼굴을 하지 않아도 된다. 하늘에 해와 달이 있듯이 사람 사이에도 해와 달이 있어야 하지 않은가. 위대한 사람이 나타나지 않으니, 소인배가 인간이 가진 덕목 중 나쁜 기질만 발휘하여 세상을 혼란스럽게 만드는 것이리라. 가엾은 사람은, 아무것도 모르고 끊임없이 대륙을 떠도는

수억이나 되는 백성이다.'

이 정도의 생각은 이미 소년 공명의 마음속에 남몰래 자리 잡았을 것이다. 제갈공명의 가족도 여느 가족처럼 갓 대학을 졸업한 형 제갈근 하나를 기둥으로 의지해 유랑 생활을 시작했다. 가재도구와 계모를 수레에 태우고 동생 제갈균과 여동생을 격려하면서, 몇 되지 않는 하인의 도움을 받아 배고픈 무리와 섞여 매일매일 광야나 하천뿐인 끝도 없는 여행을 계속하는 처지였다.

떠도는 생활은 힘들었을 것이다. 말로 다 표현하기 어려울 정도로 괴로웠을 것이다. 때로는 생명을 위협 받기도 했으리라. 대륙에서 불어오는 모래 먼지, 갑자기 쏟아지는 호우, 불볕더위에도 시달리고 야수나 독벌레가 가하는 위협도 여기저기에 도사리고 있었을 것이다. 갓 스물을 넘긴 장남, 열서너 살 먹은 공명 그리고 아래 동생들은 이때 확실히 '살아남는 능력'을 배웠을 것이다.

동가식서가숙(東家食西家宿)하는 처량한 백성의 자식도 똑같이 거쳐온 단련의 도장이었지만 발휘하는 소질이 없으면 고난도 그냥 의미 없는 고난일 뿐이다. 다행히 제갈가 자식들은 천혜의 고난을 나중에 살리는 소질이 있었다.

하여, 숙부 제갈현을 찾아 강동에 도착한 게 초평(初平) 4년 가을이다. 장안 도읍에서 동탁이 살해되어 대란이 일어난 바로 다음 해다. 강동에 반년 정도 머무는 동안 숙부 제갈현은 유표와 맺은 인연으로 형주로 가게 되었다. 제갈공명과 제갈균은 숙부 가족과 형주로 이주했지만 이를 계기로 장남은 이별을 고했다.

"저도 가족을 일으켜 세울 계획을 세우겠습니다."

어느 해 질 무렵, 계모 장 씨와 함께 제갈근은 노를 멀리 저어 강의 남쪽, 오나라 땅으로 뜻을 품은 채 길을 떠났다.

3

당시 이미 미래를 내다보는 젊은이들은 중국 남방 개발이야 말로 전망 있는 일이라며 이상이 가득한 눈동자를 불태웠으리라. 전쟁이 주는 피해에서 벗어나려고 북쪽 지방에서 남쪽으로, 남쪽으로 이주해 온 한민족은 천혜의 산물과 넓고 기름진 땅에 흩어져 곧바로 새 생활을 시작했다.

유민 대부분은 노비나 백성이었지만 그중에는 제갈 씨 일가 같이 사대부나 학자 등 지식층도 더러 끼어 있었다. 이 유민들은 각자 선택한 토지에 살아가며 그곳에서 또 새로운 사회를 형성하고 새로운 문화를 차차 건설해 나갔다. 분포는 이랬다. 남방의 연해, 강소 방면에서 안휘, 절강에 이르렀으며 강안의 형주까지 더 거슬러 올라가서는 익주(사천성)까지 흩어졌다.

계모를 모시고 온 제갈근이 오나라 장래에 주목하여 남쪽으로 내려온 건 과연 지식 있는 청년이 선택할 만한 방향이었다.

그로부터 7년째 되던 해였다. 오나라 손책이 사망하고 뒤를 이어 오나라 군주가 된 손권의 눈에 들어 손권을 주군으로 섬기게 됐다는 이야기는 기억할 것이다.

한편, 숙부 제갈현 가족과 함께 형주로 이주한 공명과 막내 아우 균은 이제야말로 보호자 아래에서 안전한 방향을 선택했다고 판단했지만, 이후에 불어닥친 운명은 형과 상반되었다. 인생행로의 파란이 소년 공명을 일찍이 단련시킬 작정으로 갖가지 형태로 찾아왔던 것이다.

"형주는 큰 도시란다. 너희가 본 적도 없는 물건이 수두룩할 거야. 숙부는 형주의 유표와 친구여서 꼭 와달라고 초대를 받아 가는 길이니 도읍에서 고래 등 같은 집에 살게 될 거란다. 너희도 많은 하인에게 도련님이라 불릴 테니 품행을 꼭 단정히 해야 한다."

숙모와 숙부 친척들에게 이런 이야기를 들었으니 소년 공명의 가슴이 얼마나 뛰었을까. 형주에서 꽃피는 문화에 얼마나 눈이 휘둥그레졌을까.

불과 해포 남짓 지났을 때 숙부 제갈현은 유표로부터 명을 받았다.

"예장을 맡아주게. 지금까지 다스려왔던 주술(周術)이 병사하고 말았네그려."

주술 후임으로 전임하라는 명이다.

이번에는 태수 격이다. 분명히 지위는 높아졌지만, 임지 남창(南昌)에 가보니 문화 수준이 매우 낮고 지역에는 신임 태수에게 복종하지 않는 세력이 서로 얽혀 있는 게 아닌가. 하지만 더 곤란한 문제가 기다렸다.

"제갈현은 조정에서 임명한 태수가 아니다. 우리는 그런 정체도 분명치 않은 지방관에게 복종할 이유가 없다."

탄핵하는 목소리가 날이 갈수록 높아졌다. 사실 중앙에서 한나라 조정이 내린 지령을 받은 주호(朱皓)라는 자가 임지로 왔으나, 먼저 다른 태수가 와서 자리를 잡고 있어 성안으로 들어오지 못하는 상황이었던 것이다.

당연히 전쟁이 일어날 수밖에 없었다.

"내가 예장 태수다."

"나야말로 정당한 태수다."

이상한 싸움이 벌어졌다. 주호에게는 착융(窄融)이나 유요(劉繇) 등 후원하는 호족이 있는지라 제갈현은 얼마 안 가 전쟁에서 패하고 남창성에서 쫓겨나고 말았다.

소년 공명과 동생 균은 그때 처음 전쟁을 직접 겪었다. 숙부 가족과 반란군으로부터 도망쳐 성 밖 먼 곳에 모여서 재기를 노리던 어느 날 밤, 토착민들이 일으킨 반란군에게 습격당해 숙부가 눈을 감고 말았다. 공명은 아우를 격려하면서 비참하게 패잔병들과 함께 도망쳤다. 숙모도 친척도 하나같이 목숨을 잃었는지라 얼굴도 모르는 병사들과 섞여 지냈다.

4

그 무렵 영천에서 이름난 대유학자 석도(石韜)가 각 주를 두루 주유하다 형주에 머물렀다. 예부터 형주, 양양 땅은 학문을 즐기는 풍조가 드높아 오랜 유학에 대해 새로운 해석을 추구하고 군사, 법률, 문화 등 정치를 위한 학설을 실제로 현실에 도입하려는 의도가 왕성했다.

샘이 있는 곳에 새가 많이 모인다는 말대로 자연히 이 지방의 풍조를 우러러 찾아오는 선비나 명사의 발걸음은 끊이질 않았다. 영상의 서서, 여남의 맹건(孟建) 등도 그런 무리 가운데 하나였다.

숙부 제갈현이 죽고 나서 의지할 사람도 없이 어려서 일찍 세상살이의 신맛 쓴맛 다 본 공명이 처음으로 석도를 찾아갔다.

"제자로 삼아주십시오."

공명이 열일곱 되던 해 일이다.

석도는 다음 해에 근처 다른 나라로 유학을 떠났다. 그때 스승을 따라간 제자 중에 얼굴이 흰 18살 공명이 있었고, 검 하나로 천하를 다스릴 기세를 뿜는 서서가 있었고, 온후하고 학문에 도타운 맹건이 있었다. 맹건이나 서서는 공명보다 나이도 훨씬 위였고 학문에서도 선배였지만 둘 다 결코 공명을 얕보지 않았다.

"저 아이는 장래 한몫할 수재다."

일찍이 눈여겨보았던 것이다. 그때까지 맹건과 서서의 안목은 워낙 부족했다. 그 후 공명이 펼친 눈부신 활약을 보면 한몫 정도가 아니다. 석도를 둘러싼 많은 사람 중에서 단연 돋보였고 인물됨도 해가 갈수록 자질을 드러내 세상에서 말하는 수재와는 격이 달랐다.

제갈공명은 20살 즈음 이미 학부를 떠났다. 학문을 위한 학문을 추구하는 학생들이 보이는 태도나, 논의를 위한 논의를 하면서 세월을 보내는 곡학아세(曲學阿世) 무리에게서 달아났던 것이다.

그 후 공명은 어떻게 지냈을까? 양양 서쪽 교외에 숨어 들어가 동생 균과 함께 반은 농사짓고 반은 학문을 닦는 생활을 시작했다. 청경우독(晴耕雨讀), '청명한 날에는 농사짓고 비가 오면 책을 읽는다'라는 말 그대로 실천하였다.

"노숙한 녀석이야."

"벌써부터 은거 생활을 흉내 내다니…."

"형식주의자일 뿐이야."

"잘난 체가 심하단 말이야."

친구들은 하나같이 비웃었다. 어느 정도 제갈공명을 인정하고 존경했던 사람들까지 시간이 지나자 하나둘 멀어져갔다. 이후에도 변함없이 공명이 사는 초려에 왕래했던 사람은 서서, 맹건 정도였다.

양양 시가에서 공명 집이 있는 융중으로 가려면 교외로 난 길을 불과 20리 정도만 더 가면 된다. 융중은 산이 수려하고 물이 맑아 별천지 같은 곳이다. 멀리 호북성에서 흐르는 한수 물줄기가 동백(桐柏) 산맥에서 꺾어지면서 육수(淯水)와 합류하고, 중국 중부의 평원을 굽이돌아 이름도 면수(沔水)라 바뀌는데, 그 서남쪽 강변에 양양을 중심으로 한 오래된 도시가 있다.

공명 집에서 맑은 날에는 그 물줄기와 시내가 한눈에 보였다. 공명의 집터는 융중에서 작게 솟은 구릉 중턱에 자리 잡았고, 집 뒤에는 낙산(樂山)이라 불리는 산이 하나 있었다.

걸어서 제나라 성문을 나오니

저 멀리 보이는 탕음리(蕩陰里)
마을 안 세 무덤, 봉긋한 모양이 서로 닮았네
어느 집안의 무덤이냐 물으니
전강(田彊), 고야(古冶) 씨
힘은 능히 남산을 밀어내고
글은 땅의 벼리를 끊는다

한낮에 일하는 밭에서 이런 노래가 자주 흘러나왔다. 노래는
이 지역 민요가 아니라 산동 지방에 전해 내려오는 오래된 옛
이야기를 노래로 만든 것이다. 이른바 공명의 고향 제나라 역
사를 노래에 담은 것이다. 목소리 주인은 당연히 가래를 들고
밭을 매는 공명이거나 콩을 베어 꼬투리를 털려고 멍석을 두드
리는 동생 균이다.

5

공명 거처로 어느 날 친구 맹건이 홀연히 찾아왔다.
"조만간 고향으로 돌아갈 생각이야. 해서 오늘은 인사차 들
렀네그려."
공명은 선배 얼굴을 잠시 물끄러미 바라보았다.
"왜 가십니까?"
자못 의문이라는 듯 물었다.
"딱히 이유는 없지만, 양양은 평화로워서 명문가 선비가 학

문을 즐기고 정치 비평을 하며 생활하기에 좋을지는 모르지만, 우리같이 학문을 닦는 젊은이에게는 적당한 곳이 아닌 듯싶으이. 그 탓인지 요즘 고향 여남이 그리워졌네그려. 따분함을 달래기도 할 겸 돌아가려는 걸세."

그 말을 듣고 공명은 고개를 살살 저었다.

"짧은 인생을 아직 반도 걷지 않은 때에 벌써 따분합니까? 양양은 너무 평화롭다고들 하지만 대체 무사한 날이 100년이라도 계속된다고 생각하는 겁니까? 특히 맹 형의 고향인 중국(북부)이야말로 예부터 문벌이 수두룩하고 관리 사대부 후보자는 득실거리니 아무런 배경도 없는 신인을 받아들일 여지는 다분히 적습니다. 차라리 남쪽 신천지에서 여유 있게 때를 기다려야 하지 않겠습니까?"

공명은 맹건을 극구 말렸다.

맹건은 공명보다 나이도 많고 학문으로는 선배기도 했지만 크게 깨달았다.

"그렇군, 생각을 다잡아야겠어. 선생이 말한 대로네. 인간은 바로 눈앞에 닥친 상황에만 사로잡히니 그게 문제네. 조용히 지내면서 움직임을 주시하고, 무사히 지내면서 변고에 대비하는 건 그야말로 어렵구나."

맹건 같은 사람이 소문을 내서인지 양양 명사들 사이에서는 언제부터인지 공명의 존재와 그 인물됨이 말없이 인정받는 추세다. 이른바 '양양 명사'라는 지식인 계급 무리에는 최주평(崔州平), 사마휘, 방택공 등과 같은 대선배가 있었고 그중에서 하남에서 이름난 명사 황승언(黃承彦)은 공명을 유달리 마음에

쏙 들어 했다.

"내게도 딸이 있지만, 만약에 내가 여자라면 융중에 있는 청년에게 시집갈 텐데…."

그러고는 기꺼이 중매를 선다는 자가 나서는 바람에 황승언이 내뱉은 말은 실현되고 말았다. 물론 황승언이 시집을 간 건 아니다. 공명에게 시집온 사람은 그 딸이다. 신부는 아버지 황승언의 얼굴보다 조금 더 귀여운 정도로 미인 축에는 들지 못했다. 정숙하고 온화하여 명문 자녀로서 갖출 교양은 더할 나위 없으나 용모는 축복 받지 못하고 태어났나 보다.

"참외밭에서 일하는 괴짜에게는 잘 어울리는 새색시일세."

공명을 무능한 청년으로밖에 보지 않는 사람들은 심하게 흥을 내며 놀려댔다.

아무려면 어떤가. 공명과 새색시는 잘 맞는 짝이었다. 금슬상화(琴瑟相和)란 말 그대로 사이가 좋았다. 해서 공명이 융중에서 보내는 생활 가운데 근래 몇 년 동안은 참으로 평화로웠다.

6

제갈공명은 보통 사람보다 월등하게 키가 컸으며, 살집이 없고 한인 특유의 흰 살결이 도드라진 외모다.

어느 날 공명은 예의 기다란 무릎을 껴안고 친구들 사이에 끼어 있었다. 공명을 둘러싼 친구들은 각각 시국을 담론하고 장래에 뜻한 바를 이야기했다. 그 속에서 공명은 미소 지으며 묵묵히 친구들이 주고받는 말을 잠자코 들었다.

"자네들이 빠짐없이 관직에 나간다면 반드시 자사나 도부(都府) 정도까지는 올라가겠지?"

친구 가운데 하나가 바로 반문했다.

"공명, 자네는? 자네는 어디까지 올라갈 생각인가?"

"나 말인가?"

웃음으로 얼버무리고 대답하지 않았다. 공명은 그저 빙글빙글 웃기만 했다. 공명이 뜻한 바는 그 정도가 아니다. 관사, 학자, 입신출세의 문 전부 공명이 펼칠 뜻을 담기에는 그릇이 작았다. 춘추의 재상 관중(管仲)과 전국의 명장 악의(樂毅) 두 사람을 마음속에 아울러 새겼다.

'내 문무를 넘나드는 재간은 바로 이 두 사람에 비할 만하다.'

남몰래 높은 긍지를 지니고 있었다.

악의는 춘추 전국 시대에 연나라 소왕(昭王)을 도와서 다섯 나라의 병마를 지휘하여 제나라 70여 성을 함락시킨 무인이다. 관중은 제나라 환공(桓公)을 보좌하여 부국강병 정책을 써 춘추 여러 나라 중에서 마침내 패권을 잡았는데, 주군 환공이 첫째도 중부(仲父, 관중을 칭함 – 옮긴이), 둘째도 중부라고 의지했을 정도로 빼어난 정치가였다.

지금, 때는 마침 춘추전국 무렵에 뒤지지 않는 난세가 아닌가. 젊은 공명은 그렇게 보았다.

"관중, 악의, 지금 어딨느냐?"

이 질문에 대한 답은 공명만이 안다.

"나 말고는 없다. 부족하지만 그 둘에 비할 사람은 나 이외에 그 누가 있으랴."

공명은 끊임없이 수양을 게을리하지 않았다. 세상을 사랑하니 자신을 사랑했다. 세상을 걱정하니 자신을 격려했다. 입 밖에 내지는 않지만, 무릎을 껴안고 묵묵히 딴청 부리는 젊은 공명의 눈동자에는 그런 기개가 서려 있었다.

때로 공명은 집 뒤에 있는 낙산에 올라가 끝도 없이 넓은 대륙을 온종일 바라보기도 하였다. 이미 형 제갈근은 오나라를 섬기고, 군주 손권의 기세는 남방에 혁혁하게 빛났다. 반면 같은 하늘이라도 북쪽 구름은 여전히 어두웠다. 원소는 죽었고 조조가 떨치는 위세는 천둥과도 같았다. 그렇지만 과연 옛 땅을 잃은 백성은 진심으로 조조의 위세에 복종하는가?

익주 파촉에 있는 구석 땅은 아직 태풍 권외에 있는 듯했고, 망망하게 밀집된 구름에 가려져 있으나 장강 물은 거기서 흘러나왔다. 물이 흘러나오는 땅은 언제까지 무사할지…. 반드시 한 무리의 은빛 물고기가 그쪽으로 거슬러 올라갈 날이 멀지 않다는 사실은 알고도 남았다.

"아…, 이렇게 내려다보니 내가 있는 위치는 정말 위, 촉, 오 세 갈래로 나뉘는 땅의 경계가 교차하는 한가운데다. 형주는 대륙 중앙에 있구나…. 여기서 지금 누가 시대의 중핵을 쥐고 있는가? 유표는 이미 다음 세대의 인물은 아니다. 학문이나 관직 세계에서 큰 그릇이라 할 만한 인물은 없다…. 돌연 우주에서 내려오는 신인(神人)은 없는가. 홀연히 땅에서 솟아오르는 영걸은 진정 없는가."

이윽고 해가 저물면 젊은 공명은 〈양보음〉을 읊으면서 집 안에 켜진 불빛을 나침반 삼아 산을 터덜터덜 내려왔다.

세월은 참 빨리 흐른다.

어느새 건안 12년, 공명은 27살이 되었다. 유현덕이 서서에게 공명 이야기를 듣고 초려를 방문할 날을 마음에 두었던 때는 바로 그해 가을도 빨리 저문다느니 할 즈음이었다.

와룡 언덕

1

여기서 다시 때와 장소를 앞으로 돌려서 현덕과 서서가 이별을 고했던 길로 돌아가자.

"혈육 간의 이별이나 남녀 간의 이별. 어느 것도 슬프기는 매한가지지만 남자에게는 군신 간의 헤어짐도 애끊는 슬픔 중하나다. 아, 오늘은 정말 몇 번이고 단념할까 망설였는지 모른다…."

서서는 말을 재촉하여 달렸다. 지금 한층 더 현덕이 베풀어준 은혜에, 정에 뒷덜미를 잡힌 듯했지만 말이다. 하지만 도읍에 붙잡혀 있는 어머니에게도 마음이 쓰였다.

화살같이 가는 길을 재촉했다. 서서는 마음이 조급했다. 그와중에 걱정되는 일은 헤어질 때 자신이 현덕에게 추천한 제갈공명이다. 주군 현덕은 반드시 가까운 시일 내에 공명을 방문하겠지만, 과연 공명이 청을 받아들일 것인가?

"그런 사람이니만큼 아마 쉽게 움직이진 않으리라."

서서는 책임감을 느꼈다. 또 현덕을 위해서 곰곰이 고뇌했다.

'그렇다…. 융중에 들러도 그리 돌아가는 길은 아니다. 작별 인사를 겸해서 공명을 잠시 만나고 가자. 주군 현덕의 간절한 바람이 있다면 기꺼이 부름에 응하도록 내가 잘 부탁해놓자.'

서서는 갑자기 말 머리를 바꾸어 양양 서쪽 교외로 돌아갔다. 얼마 지나지 않아 저쪽에 와룡 언덕이 보였다. 용이 잠자는 듯한 언덕이라 해서 붙여진 이름이다. 서서가 탄 말은 언덕을 힘차게 올라갔다. 오랫동안 와보지 못했으니 근처에 있는 나무 한 그루, 풀 한 포기조차 옛 친구처럼 반가웠다.

가을이 한창이어서 산은 단풍으로 울긋불긋 물들어가는 길이다. 좀처럼 찾아오는 사람이 드문 공명 집 지붕은 낙엽 속에 파묻혀 집인지 낙엽 더미인지 분간하기 힘들 지경이었다. 문 앞까지 와서야 말에서 내려 사립문을 두드렸다. 사람이 찾아왔다고 소리 내어 알렸지만, 집 안은 적막감에 휩싸인 채 나뭇잎 떨어지는 소리만 들릴 뿐이다.

잠시간 서 있으니 동자가 읊조리는 노랫소리가 들려왔다.

푸른 하늘은 둥근 지붕 같고
넓은 땅은 바둑판 같구나
세상 사람들 흑백으로 나뉘어
오가며 영욕을 다투네

"어이, 동자야. 문 좀 열어다오. 선생은 계시는가? 날세. 서서가 왔다고 전해주게."

　밖에 있는 손님은 계속 방문을 알렸으나 동자는 아무 눈치도
못 챈 듯했다.

　영화로운 자 스스로 평안하고
　치욕스러운 자 대체로 보잘것없네
　남양 땅에 숨은 군자 있어
　베개를 높이 베고 누워도 잠이 부족하네

　동자는 흥얼거리면서 나뭇가지에 걸린 새집을 올려다보느
라 바쁜가 보다. 그러자 어디선가 '동자, 동자' 하고 부르는 소
리가 들리고 문밖에 손님이 있다고 알려줬다.

"어, 누가 왔나?"

　동자는 그제야 달려왔다. 그러고는 안쪽에서 사립문을 열어
손님을 보았다.

"아, 원직 선생이시네요."

　동자가 친근하게 말을 붙였다.

　서서는 옆에 있는 나무에 말을 묶으면서 물었다.

"선생은 계시는가?"

"계십니다."

"서재에 계시나?"

"그렇습니다."

"너는 정말 노래를 잘하는구나."

"원직 선생은 갑자기 멋있어지셨습니다. 칼도, 옷도 심지어

말안장까지도."

정원으로 난 작은 길을 따라 안으로 들어가는 서서 뒤에서 동자가 수다스럽게 지껄였다. 서서는 동자의 말을 듣고는 마음속으로 떠올려보았다. 찢어진 옷에 칼 하나 달랑 찬 초라한 예전의 모습을…. 여기 소박한 집에 사는 주인과 왠지 어울리지 않는다는 생각에 부끄럽기까지 했다.

2

동자가 차를 끓이는 동안, 손님과 주인은 서재에서 이야기를 나누었다.

"가을도 저물어가네."

서서가 먼저 운을 뗴었다.

공명은 무릎을 끌어안았다.

"겨울을 기다릴 뿐입니다. 장작도 다 패놨으니…."

서서는 꽤 오랜 시간 말을 꺼내지 못했다. 그러자 공명이 먼저 물었다.

"서 형, 오늘 들른 건 뭔가 볼일이 있어서인 듯한데 대체 무슨 일로 왔습니까?"

"음…."

겨우 말의 실마리를 얻었다.

"아직 선생에게 말하지 않았지만, 얼마 전부터 난 신야에 있는 유현덕을 섬기고 있네."

"그랬습니까?"

"그런데 지금 시골에 남기고 온 노모가 조조 부하에게 끌려가 혼자 도읍에 붙잡혀 있는 신세네. 그 노모가 면면히 외로움을 호소하는 편지를 보내서 할 수 없이 주군에게 인사를 고하고 허도로 올라가려는 도중이지."

"잘하시는 겁니다. 관직에 오르는 건 언제든 할 수 있습니다. 지금은 노모를 보살펴드리십시오."

"해서 말인데…. 헤어지는 마당에 긴히 부탁하고 싶은 일이 있네. 들어주겠나?"

"말씀해보십시오."

"다름 아니라 오늘 주군께서 몸소 멀리까지 배웅해주셨는데 헤어질 때 평소에 존경하는 마음이 있어 융중 언덕에 훌륭한 현자가 있다고, 공명이라는 선생이 있다고 추천해뒀네. 미안하지만, 조만간 현덕 님이 기별할 때는 부름에 응해주기를 바라네. 반드시, 거절하지 않도록 옛정에 기대어 부탁하네그려."

서서는 학문이나 나이도 훨씬 공명보다 선배였지만 지금은 공명을 '선생'이라 부르며 진심으로 존경하였다. 그래도 이런 일은 쉽지 않은 문제여서 하루아침 하룻밤에 공명이 승낙하리라 생각지 않았다. 그래서 더욱 충정을 표정에 드러내서 한층 더 자세히 그간에 있었던 경위나 의견을 덧붙였다.

그러자 줄곧 눈썹을 아래로 깔고 조용히 듣던 공명이 별안간 어조를 높였다.

"서 형은 절 제단의 희생양으로 바치려는 생각이십니까?"

공명은 이 말을 내뱉자마자 소매를 뿌리치면서 돌연 안쪽 방으로 들어가버렸다.

서서는 얼굴색이 확 어두워졌다.

"제단의 희생양이라…."

떠오르는 구절이 있었다.

옛날에 모 군주가 장자를 가신으로 삼고자 사신을 보냈을 때 장자가 사신에게 대답했다고 한다.

"자네는 희생양이 되는 소를 보지 못했는가. 키울 때는 목에 워낭으로 장식하고 맛있는 먹이를 주지만, 종묘 제단에 바칠 때는 피를 짜내고 뼈를 발라내지 않는가."

서서는 공명이 하는 말을 듣고 참회했다. 존경하던 친구를 소로 팔아넘기려는 생각은 추호도 없었지만 모처럼 만난 친구를 거북하게 만든 것만으로도 적잖이 후회했다.

"언젠가 사과할 날이 오리라…."

서서는 할 수 없이 자리를 떴다. 밖으로 나와 보니 황혼으로 붉게 물든 하늘에는 낙엽이 한가로이 날고 있어 벌써 겨울이 가까이 왔다는 생각이 들게 했다.

며칠 걸려 서서가 도읍에 도착했을 때는 완연한 겨울로 접어들었다. 건안 12년 11월이다.

바로 승상부로 찾아가 도읍에 온 이유를 알렸더니 조조는 순욱, 정욱 두 사람을 시켜 정중히 맞아들였고 다음 날 서서를 불러 대면했다.

"그대가 서원직인가? 노모는 잘 계시니 일단 그 점은 안심해도 되네."

3

"은혜에 깊이 감사드립니다."

서서는 일단 절부터 했다.

"어머니는 어디 계십니까? 한시라도 빨리 먼 길 달려온 어리석은 아들과 대면하게 해주시길 부탁드립니다."

조조는 몇 번이고 고개를 끄덕였다.

"그대의 노모는 정욱이 항상 아침저녁으로 보살펴서 아무 불편함 없이 해드리나, 오늘은 그대가 온다는 소식에 저쪽 별당으로 모시고 왔소. 나중에 천천히 만나보길 바라오. 이제부터는 오랫동안 곁에서 모시고 자식의 도리를 다하게나. 나도 그대를 곁에 두고 매일 뜻있는 가르침을 듣고 싶소."

"승상의 자비에 부끄러울 따름입니다."

"그대같이 효심이 도탑고 세상 이치에 밝은 선비가 왜 몸을 굽혀 현덕 같은 자를 섬겼는가?"

"우연히 한때 맺은 인연입니다. 떠도는 동안 어쩌다 신야에서 발탁된 것뿐입니다."

넌지시 두세 마디 잡담을 나눈 뒤 이윽고 서서는 조조의 허락을 받고 안쪽 별당에 계신 노모를 뵈러 갔다.

"이 안에 계십니다."

안내하는 사람이 가리키고는 돌아갔다. 서서는 정갈한 정원 한편에 보이는 건물을 보자마자 벌써부터 가슴이 벅차올랐다. 서서는 당 아래에 머리를 조아렸다.

"어머니! 서서입니다. 서서가 왔습니다."

그러자 서서의 노모는 자못 의외라는 듯 자식의 모습을 보면서 물었다.

"아니? 원직이가 아니냐. 넌 요즘 신야에서 유현덕을 섬긴다고 들어 멀리서나마 기뻐하였거늘…. 여긴 어떻게 왔느냐?"

"예? 무슨 말씀이신지요. 어머니가 보내신 편지를 보고 주군께 하직 인사를 하고 밤을 낮 삼아 달려왔습니다만."

"그렇게 이 어미를 모르느냐? 태어나서 서른을 넘겨도 어미가 그런 편지를 자식에게 쓸 사람인지 아닌지 모르느냔 말이다, 이놈아."

"이 편지는…."

출발 전에 신야에서 받았던 서간을 꺼내 보여주니 노모는 뜻밖에 노여워하고는 안면 근육까지 경직되었다.

"네 이놈! 원직아."

노모는 자세를 가다듬고 야단쳤다.

"넌 어릴 적부터 유학을 배우고 커서는 세상 유랑하기를 10여 년, 세상살이 고난이나 사람들 속에서 겪는 고생도 다 살아 있는 공부라고 생각해 이 어미는 고독한 줄도 모르고 오로지 네가 수행을 쌓는 것만 뒤에서 응원하였다. 한데 이런 거짓 편지를 받고는 진위도 따지지 않고 귀중한 주군을 버리고 오다니, 뭐하는 짓이냐!"

"아…, 어머니 글이 아닙니까?"

"효에는 눈을 떴는지 모르지만, 충에는 장님이다. 안타깝구나, 넌 수행을 한쪽 눈으로만 했느니…. 지금 유현덕은 제실(帝室)의 투구이자 영웅의 재질이 뛰어난 분이며 백성 모두 존경해 마지않는 분이다. 그런 주군을 모시게 되어 네 행운이자 어미의 영예라고 남몰래 충의를 빌었는데…. 에잇, 천하에 하찮은 놈 같으니라고!"

어머니는 몸을 벌벌 떨며 흐느껴 울다가 이윽고 말없이 휘장 안으로 들어가더니 모습을 보이지 않았다.

서서도 참회하는 마음으로 어머니의 엄한 꾸지람을 가슴에 새기고, 어리석음을 뉘우치며 엎드려 울고는 마음이 괴로워 얼굴을 들지 못했다. 문득 휘장 뒤에서 괴상한 소리가 들려와 득달같이 달려가 보니 노모는 이미 스스로 목숨을 끊은 뒤였다.

"어머니…. 어머니…."

서서는 차가운 어머니의 유해를 끌어안고 '어머니'를 외치며 울다가 그 자리에서 혼절해버렸다.

겨울바람이 휘몰아치는 가운데 허도 교외 남경에 훌륭한 관곽(棺槨)이 지어졌다. 노모가 죽은 후 조조가 서서를 위로하려고 보낸 것 중 하나다.

공명을 찾아가다

1

　서서와 헤어진 후 현덕은 공허한 기분이 사라지지 않았다. 며칠을 그냥 멍하니 보냈다.

　"그렇다, 공명. 서서가 추천했던 공명을 찾아가보자."

　부리나케 신하들을 모아서 이 일에 대해서 의견을 모았다.

　그때 성문 파수병이 달려와 전했다.

　"웬 노인이 주군을 만나러 왔다고 엄청 친근하게 말씀하십니다."

　전해주는 사람도 의아해했다.

　"어떤 모습을 한 노인이던가?"

　"높은 두건을 쓰고 손에는 명아주 지팡이를 들었습니다. 눈썹은 희고 피부는 복숭아 같아서 예사롭지 않아 보입니다."

　"혹시 공명이 아닙니까?"

　현덕도 그런 느낌이 들어서 몸소 내문까지 맞이하러 가보니 뜻밖에도 수경 선생 사마휘였다.

"선생이셨습니까?"

현덕은 기쁜 나머지 당 위로 청해 예전에 베풀어준 은혜에 감사를 전하고 그 후 연락이 뜸했던 점을 사죄했다.

"한가해지면 한번 뵙고 싶다고 생각했는데 선생께서 먼저 방문해주셔서 몸 둘 바를 모르겠습니다."

사마휘는 고개를 저었다.

"뭘, 난 예의 차리려고 방문한 건 아닙니다. 요즘 여기에 서서가 일하고 있다고 들어, 얼굴이나 한번 보고 가려고 마을에 온 김에 들렀습니다."

"아, 서서 말입니까? 며칠 전에 이곳을 떠났습니다."

"떠나다니요?"

"시골에 계신 어머니가 조조에게 붙잡혀 있는데 그 어머니에게서 돌아오라는 편지가 와서…."

"뭐…, 붙잡혀 있는 어머니에게 서간이 왔다고요? 그럴 리가…. 참, 알다 가도 모를 일이다."

"선생, 무엇이 그리 의심스럽습니까?"

"서서의 어머니라면 잘 압니다. 세상 사람이 현모라 칭하는 부인입니다. 넋두리하는 편지를 보내서 자식을 부르실 분이 아닌데…."

"거짓 편지였을까요?"

"아마도. 아…, 아쉽다. 만약 서서가 조조에게 가지만 않았다면 노모도 무사했을 텐데…. 서서가 갔다면 노모는 살아 있지 않을 겁니다."

"서서가 신야를 떠날 때 융중의 제갈공명이라는 인물을 추천하고 갔습니다만, 아무래도 서서와 헤어지는 마당이라 소상하게 물어볼 여유가 없어서…. 선생은 그분을 잘 아십니까?"

"하하하."

사마휘는 힘차게 웃어젖혔다.

"거참, 자신은 타국으로 떠나면서 쓸데없는 말을 해서 남을 곤란케 해도 되나 모르겠소. 칠칠치 못한 사내로구나."

"곤란하다니요?"

"공명에게는 그렇다는 말입니다. 우리 도우(道友)들도 공명이 무리에서 빠지면 허전할 겝니다."

"도우 무리에는 어떤 분들이 계신지요?"

"박융(博隆)의 최주평, 영주의 석광원(石廣元), 여남의 맹공위(孟公威), 서서 외에 열이 채 안 됩니다."

"각각 이름 있는 선비인데 공명만은 전에 이름을 들은 적이 없습니다만."

"그만큼 이름을 내세우길 싫어합니다. 이름을 가난한 자가 구슬을 가진 듯이 아까워합니다."

"도우 무리에서 공명의 학식은 높은 편입니까?"

"공명의 학문은 높고 낮음이 없습니다. 단, 개요는 잡고 있습니다. 모든 것에 걸쳐서 공명은 개요를 적확하게 파악해 통하지 않는 게 없습니다."

사마휘는 지팡이를 짚으며 중얼거렸다.

"이제, 슬슬 가볼까…."

2

현덕은 붙잡으며 대화의 화제를 끊지 않으려 애썼다.

"형주 양양을 중심으로 어떻게 이 지방에 많은 명사나 현자가 모여 있는 겁니까?"

사마휘는 지팡이를 올려 일어서려다 그만 현덕이 내민 화제에 끌려들었다.

"우연이 아닙니다. 옛날에 천문에 통달한 은규라는 자가, 무리를 이루는 별들의 분포를 점친 적이 있습니다. 이 땅은 반드시 현자의 연총(淵叢)이 된다고 예언한 건 지금도 이 지역에 사는 나이 드신 분들이 잘 기억합니다. 말하자면 여기는 장강 중류에 위치하여 위, 촉, 오 세 대륙의 경계와 중핵에 해당합니다. 하여 시대의 흐름이 스스로 인재를 보내고 인재는 과거와 미래 사이에서 조용히 관찰하고 조용히 공부하며 각오를 단단히 다지고 각각 현재에 살고 있다는 게 실상에 가깝습니다."

"그 말씀을 들으니 제가 있는 곳이 명확해진 느낌입니다."

"자신이 있는 곳을 명확하게 아는 것이야말로 맨 먼저 해야 할 중요한 일입니다. 장군을 이 땅에 데리고 온 건 장군 자신의 의지도 아니고 타인의 노력도 아닙니다. 거대한 자연의 힘 덕분입니다. 장군은 시류에 떠돌아다니는 방랑자에 지나지 않습니다. 그래도 장군이 멈춰선 곳에는 하늘이 내린 뜻이든 우연이든 빛을 받아 개화를 서두르는 봄의 양기가 원기를 내뿜습니다. 여기 토양에 숨겨진 생명력을 장군은 눈으로 보지 못했습니까? 냄새로 맡지 못했습니까? 피로 느끼지 못했습니까?"

"느낍니다. 그걸 느낄 때마다 제 온몸에 좀이 쑤셔 어쩔 줄을 모릅니다."

"좋구나, 좋아."

사마휘는 껄껄 웃었다.

"그것만 기억해두면 나머지는 부수적인 일입니다. 이런, 너무 오래 있었구나."

"선생, 조금만 더 말씀해주십시오. 조만간 융중에 사는 공명을 찾아가려고 합니다. 들은 바로는 공명은 자신을 관중과 악의에 견주며 자중한다고 합니다만, 좀 과분한 긍지가 아닙니까? 정말 공명에게 그 정도의 자질이 있습니까?"

"공명이 왜 무분별하게 자기를 과대평가하겠습니까? 제 생각에는 주나라 800년을 흥하게 한 태공망이나 한나라 400년의 기초를 이룬 장자방에 견주어도 뒤지지 않는 인물입니다."

사마휘는 천천히 계단을 내려가 인사하고 더 붙잡는 현덕에게 미소 지으며 하늘을 올려다봤다.

"아…, 와룡 선생, 주군을 얻긴 했으나 아쉽구나. 아직 때를 얻지 못했다! 때를 얻지 못했어!"

다시 껄껄 웃으며 홀연히 사라졌다.

"수경 선생이 저만큼 칭찬하는 걸 보니 진정 심연에 잠자는 교룡이다. 분명 숨어 있는 군자다. 하루빨리 공명을 찾아가 직접 만나보고 싶다."

현덕은 장탄식하며 주변 사람들에게 반복해서 중얼거렸다.

어느 날 짬을 내어 현덕은 관우, 장비 외에 수행원 몇몇을 데리고 행장도 소박하게 꾸려 융중으로 길을 떠났다. 어느 때보다 차분한 겨울 날씨다. 길 떠난 김에 전원의 풍경을 즐기며 한가로운 여유를 음미하며 교외로 이어지는 마을 길을 몇 리쯤 걸어가니 논두렁 채소밭 부근에서 한 백성이 한가롭게 노래하였다.

푸른 하늘은 둥글고 둥글다
땅은 좁아 바둑판 같구나
세상은 꼭 검은 돌, 흰 돌같이
영욕을 다투고 오가며 싸우네
번영하는 자는 편안하고
패한 자는 쓸데없이 몸부림치네
여기 남양은 별천지
베개를 높이 베고 누워 있는 건 누구냐
누구냐, 누워도 아직 부족한
얼굴을 하는 자는

현덕은 말을 잠시간 멈추고 한 농부에게 물어봤다.
"그 노래는 누가 만들었느냐?"
"와룡 선생이 만들었습니다만⋯."
그 백성은 머뭇거리지 않고 대답했다.

3

"선생이 지었다고?"

"그렇사옵니다. 선생이 지은 시입니다."

"그 와룡 선생의 거처는 어디쯤인가?"

"저기 보이는 산 남쪽의 띠 같은 언덕을 와룡 언덕이라 부릅니다. 거기서 조금 낮은 곳에 숲이 한 덤불 있는데 그 숲속에 사립문과 지붕을 이은 초려가 있습니다."

농부는 성실히 대답을 하고는 한눈도 팔지 않고 밭에 쭈그리고 앉아 하던 일을 마저했다.

"이 근방은 백성까지도 어딘가 좀 다르다…."

의아한 듯 현덕은 좌우 사람들에게 주절거리면서 말을 몰아 3~4리쯤 더 갔다. 길은 이미 언덕 자락에 다다랐다. 앙상한 겨울 나뭇가지는 푸른 하늘을 비추어 보여주고 새들의 지저귐은 투명하게 울려 퍼졌다. 어디에선가 작은 폭포 소리가 들리는가 싶더니 한 그루 거송을 만났다. 언덕이 나오고 산그늘이 이어지고 시내에 걸쳐진 다리를 만날 수 있었다. 여기저기 펼쳐지는 목가적인 풍경에 반해 꽤 긴 오르막길을 고단함도 잊은 채 올라갔다.

"저곳인가 봅니다."

관우는 손가락으로 가리키며 현덕을 돌아봤다. 현덕은 고개를 끄덕이더니 말에서 내렸다.

청초한 대나무로 엮은 담장으로 둘러싸인 사립문 근처에서 동자 하나가 원숭이와 장난치는 모습이 눈에 들어왔다. 원숭이는 낯선 사람과 말을 보더니 돌연 끽끽 울면서 담장 위에서 나뭇가지로 자리를 옮겨 매달린 다음 한층 더 울어댔다.

현덕이 조심스레 다가갔다.

"동자야, 공명 선생의 거처가 여기냐?"

동자가 무뚝뚝하게 대답했다.

"그렇습니다."

한 번 고개만 끄덕이고는 뒤에 있는 관우, 장비 등의 모습에 대추 같은 눈이 휘둥그레졌다.

"수고스럽지만, 초려에 알려주겠느냐? 난 한의 좌장군 의성 정후 영예주목 신야 황숙 유비, 자는 현덕이라는 사람이다. 선생을 만나려고 몸소 여기에 왔다고 전해주어라."

"잠깐 기다려보십시오."

동자는 불현듯 말을 가로막았다.

"그렇게 긴 이름을 어찌 외웁니까? 다시 말해주십시오."

"잘못했다. 그냥 신야의 유비가 왔다고, 그리 전해주면 된다."

"선생은 오늘 아침 일찍 출타하셔서 아직 안 오셨습니다."

"어디로 가셨나?"

"행운종적부정(行雲踪蹟不定)이라 하지 않습니까? 어디로 가셨는지는 모릅니다."

"언제쯤 돌아오시느냐?"

"글쎄요. 때로는 사흘이나 닷새, 어떨 때는 열흘이 넘기도 하니, 짐작하기 어렵습니다."

"…."

현덕은 낙담하여 기운이 쫙 빠진 듯 한참을 애석해하며 머물러 있었는데 그 말을 듣고 옆에서 장비가 구시렁거렸다.

"없다는 데 별수 없지요. 돌아가십시다."

관우도 말을 가져와서는 거들었다.

"다음에는 사람이라도 보내 있는지 없는지 확인한 후에 오면 어떻습니까?"

공명이 돌아올 때까지 머물고 싶은 듯한 현덕이었지만 할 수 없이 동자에게 말을 전해달라 부탁하고는 맥없이 언덕길을 터덜터덜 내려왔다.

수려하고 높지 않은 산, 푸르면서도 맑고 깊지 않은 물, 무성한 소나무와 대나무 숲에는 원숭이와 학이 자유자재로 노닐어 한가로워 보였다. 현덕은 와룡 언덕의 빼어나게 아름다운 산과 맑은 물에도 뒷덜미를 붙잡힌 듯한 느낌이 들었다.

그때 언덕 기슭에서 청색 옷을 입고 머리에 두건을 쓴 사람이 지팡이를 짚으며 올라오는 게 보였다. 가까이 다가가 보니 모습이 맑고 깨끗한 선비다. 어딘가 깊은 골짜기에 핀 향기로운 난 같은 느낌이 들었다.

'이 사람이 제갈량인가 보다.'

그런 생각에 급히 말에서 내려 대여섯 걸음 걸어갔다.

4

홀쩍 말에서 내려 자신에게 정중하게 인사하는 현덕을 보고는 검은 두건에 푸른색 옷을 입은 선비가 물었다.

"왜 그러십니까? 대체 누구십니까?"

자못 창황스러운 얼굴로 지팡이를 멈추고 되물었다.

현덕은 조심스럽게 물었다.

"지금 선생의 초려를 찾아갔다가 허무하게 돌아오는 길입니다. 예상치도 않게 여기서 만나뵙게 되어서 다행도 이런 다행이 없습니다."

푸른 옷의 선비가 놀랐다.

"사람을 잘못 보셨습니다. 대체 장군은 누구십니까?"

"신야의 유현덕입니다."

"당신이?"

"당신이 공명 선생이시지요?"

"아닙니다! 영험한 새와 까마귀 정도로 다릅니다."

"어떤 분이십니까?"

"공명의 친구 박융의 최주평입니다."

"아…, 친구분이십니까?"

"장군의 이름도 불쑥 물었습니다만, 가벼운 차림으로 갑자기 공명의 초려를 방문하다니 무슨 연유십니까?"

"그건 소상하게 이야기하고 싶습니다. 일단 저기 바위에라도 앉으시겠습니까? 저도 앉겠습니다."

두 사람은 길가 바위에 아무렇게나 편하게 앉았다.

"제가 공명을 찾아온 이유는 바로 나라를 다스리고 백성을 구하는 방법을 물어보기 위해서입니다."

그러자 최주평은 호탕하게 웃었다.

"좋은 일입니다. 장군은 아직 치란(治亂)의 도리를 모르는 듯합니다."

"아마 그럴지도 모릅니다. 치란의 도에 대해 고견을 들려주시지 않겠습니까?"

"산촌에 사는 일개 유생이 어리석은 말을 한다고 화내지만 않으신다면 한 말씀 올리겠습니다. 무릇 치란이란, 이 세상의 두 현상인가 하나의 현상인가? 예부터 치(治)가 극에 달하면 난(亂)이 일어나고 난이 극에 달하면 치로 들어가는 건 말할 것도 없습니다. 광무제부터 현재까지 200여 년 동안 평화가 계속되다, 최근에 땅에는 창과 방패가 부딪는 소리, 구름에는 전쟁에서 울리는 북소리가 들리는 난이 시작되지 않았습니까?"

"그렇지요. 난조가 시작되고 한 20년쯤 지났습니다."

"사람 인생으로 본다면 20년 동안 일어난 난이 길다고 생각하겠지만 유구한 역사로 본다면 한순간입니다. 태풍을 알리는 찬 바람이 살랑살랑 불어오는 정도에 지나지 않습니다."

"해서 진정한 현자를 구해 만민이 입을 재해를 미리 방지하고 최소, 최단에 그치도록 노력하는 것이야말로 제 사명이라고 믿습니다."

"높은 이상입니다. 하지만 하늘에 죽고 하늘에 사는 건 언제까지 끝이 없습니다. 보십시오, 이 땅에 인류가 서고 난 후의 흐름을…. 진나라와 한나라가 펼친 정치 체제나 각국의 제도가 만들어진 이후에 일어난 변을…. 역사는 끝도 없이 반복되는 듯합니다. 만생만살(万生万殺) 일살다생(一殺多生), 모두 불변하는 하늘의 이치지요. 자연에서 비롯한 천심에서 본다면 파릇파릇 태어나, 훨훨 잎이 진다. 그것과 다를 바 없는 평범한 일입니다."

"우리는 평범한 사람입니다. 선비같이 냉철한 시선으로 세상을 볼 수는 없습니다. 평범하게 태어나 평범하게 사는 만민이 도탄에 빠져 괴로워 몸부림치는 모습을 보고는…. 또 끊임없이 피를 흘리는 숙명을 피하려면….”

"영웅의 고민은 거기에 있겠지요. 당신이 공명을 찾아가서 등용한다 해도 우주 천리를 어찌 얻겠습니까? 설령 공명에게 천지를 개선하는 재주가 있고 하늘과 땅을 날조할 정도의 능력이 있다 해도 이치를 바꾸어 이 세상에서 전쟁을 없앨 수는 없는 노릇입니다. 하물며 공명도 그리 튼튼한 몸도 아닐뿐더러 유한한 생명을 가진 대수롭잖은 인간이지 않습니까? 하하하.”

5

현덕은 끝까지 정중하게 들었다.

"큰 가르침, 감사드립니다.”

최주평의 말이 끝나자 진심을 담아 인사했다.

"오늘은 생각지도 않은 가르침을 얻어 행운이었지만 공명을 만나지 못하고 돌아가는 건 아무래도 아쉽습니다. 혹 어디에 갔는지 모르십니까?”

현덕은 이야기를 되돌려서 물었다.

"모릅니다. 저도 공명 집을 방문하려고 오던 길입니다. 집에 없다면 돌아가야겠습니다.”

최주평은 먼지를 털면서 일어섰다.

현덕도 따라 일어서면서 최주평에게 청했다.

"어떠십니까. 저와 같이 신야로 가지 않으시겠습니까? 선생께 유익한 이야기를 좀 더 듣고 싶습니다만….”

최주평은 고개를 가로저었다.

"전 산촌에 사는 유생입니다. 세상의 명리를 구할 마음은 없습니다. 연이 있으면 또 만나겠지요."

정중히 인사하고 총총 사라져 갔다.

현덕도 말에 올라 와룡 언덕을 뒤로한 채 발걸음을 돌렸다. 도중에 관우가 현덕 곁으로 말을 가까이하더니 살짝 물었다.

"주군은 아까 선비가 말한 치란의 설을 진정으로 진리라 생각하십니까?"

"아니."

현덕은 빙긋 웃으며 말을 이어 나갔다.

"최주평이 하는 말은 그들 사이에서 운운하는 진리지 만민 대중이 원하는 진리는 아니다. 땅 위를 차지하는 건 억조의 민중이다. 숨어 사는 선비 따위는 몇 명, 기껏해야 손에 꼽을 수 있는 정도밖에는 없다. 그런 소수만이 즐기는 진리라면 어떤 이상이라도 주장할 수 있지."

"치란의 이치를 그토록 명확하게 알면서 왜 묵묵히 최주평이 하는 말을 들으셨습니까?"

"혹시나…. 한마디, 반 구절이라도 그중에 세상을 구하고 만민을 고통에서 구할 수 있는 말이 있을까 싶어 끝까지 들었다."

"결국, 없었지만 말입니다."

"없다, 없었다…. 그걸 들려줄 사람에 목말라 있다. 아직 만나지 못한 공명에게 내가 도모하는 것도 그 목소리다. 진리다."

하여 그날은 허무하게 날이 저물었지만, 신야로 돌아와서 며칠 후 현덕은 다시 사람을 보내 공명이 있는지 살폈다.

이윽고 심부름 갔던 사람이 알려왔다.

"하루 이틀은 공명이 확실히 집에 돌아와 있는 듯합니다. 지금 바로 가보시면 이번에야말로 초야에 있을 것입니다."

"그러면, 오늘이라도…."

현덕은 서둘러 말을 준비하라 이르고 수행원 채비도 명했다.

장비는 현덕이 걸터탄 말 옆으로 다가와서는 불만을 여과 없이 드러냈다.

"한낱 농사꾼 집에 몸소 몇 번이나 행차하는 건 영민들 보기에도 이상하지 않습니까? 사람을 보내 공명을 성으로 부르면 되잖습니까?"

"예의에 어긋나는 일이다. 그렇게 손쉽게 어찌 공명 같은 희대의 현자를 우리 성으로 맞이하겠는가."

"공명이라는 자가 어떤 학자인지 현자인지 모르지만, 고작 좁은 서재와 두 마지기 남짓한 밭밖에 모르는 자니 실제 사회와는 또 다릅니다. 만약 건방지게 앉아서 오느니 안 오느니 하면 장비가 끌어내 데려오는 건 일도 아닙니다."

"후유…, 스스로 문을 닫는 일이다. 책을 펼치고 공자 말씀이라도 마음에 새겨라."

수행원 수는 이전과 같았다. 성문을 나와 신야 교외에 가까워졌을 때 잿빛 하늘에서 눈이 펄펄 내리기 시작했다. 때는 12월 중순이다. 삭풍은 살갗을 파고들고 길은 금세 새하얀 눈으로 뒤덮였다. 내리는 눈발은 야속하게도 현덕의 마음도 모른 채 점점 거세지기만 했다.

천 길 눈길

1

일행이 융중 촌락에 가까워졌을 무렵에 천지는 온통 새하얬다. 한 걸음 내디딜 때마다 수행원이 신은 짚신은 무거워졌고 말발굽은 눈길에 푹푹 파묻혔다. 하얀 바람은 옷을 내던지려 불어대고 말이 내뿜는 입김은 그 자리에서 얼어붙고 사람들 눈썹마다 고드름이 달렸다.

"우라지게도 춥네. 바보짓 하는 거 아냐, 이거."

장비는 오만상을 찡그리며 눈보라 속에서 들으라는 듯이 중얼거리다 현덕 곁으로 다가갔다.

"형님, 형님. 적당히 하고 가십시다. 전쟁하는 것도 아니고 개고생 하면서 쓸모도 없는 사람을 찾아가 어쩔 셈입니까? 잠시 저기 민가에라도 들러 추위를 피한 다음 신야로 돌아가는 게 어떻습니까?"

"허튼소리 마라."

현덕이 그 말을 듣고는 장비를 호되게 나무랐다.

"넌 싫은 게냐, 추운 게냐."

평소와 달리 성난 눈썹으로 눈보라에 맞서며 물었다. 장비도 지지 않고 얼굴을 붉혔다.

"전쟁에서라면 죽음도 꺼리지 않지만 이런 고생은 의미가 없습니다. 왜 말도 안 되는 고생을 사서 하는 건지 아무도 모를 겁니다."

"지금 찾아가는 공명에 대한 내 열정과 정중함을 알리기 위해서다."

"그건 형님 혼자만 아는 겁니다. 이게 말이 됩니까? 눈이 펑펑 쏟아지는 날 우르르 한꺼번에 찾아가면 그쪽한테도 민폐입니다."

"함박눈이 오리라 누가 알았겠나. 너도 잠자코 따라오너라. 그렇게 걷는 게 싫으면 혼자서 신야로 돌아가든지."

벌써 마을로 들어서는 길이다. 길 양쪽으로 드문드문 집이 보였다. 흰 눈에 폭 파묻힌 집의 창으로 아낙이 눈을 동그랗게 뜨고 일행을 바라보았다. 또 연기가 모락모락 기어 올라가는 허름한 벽 너머에서 갓난아기 울음소리가 들려오는 게 아닌가.

추위에 떠는 궁핍한 백성을 보면 현덕은 고향 탁현과 그 무렵 겪었던 빈곤했던 생활이 저절로 떠올랐다…. 동시에 이 땅에 흘러넘치는 빈곤한 백성 수억에게 닥칠 숙명을 염려하지 않을 수가 없었다. 현덕은 거기서 자신이 해야 할 일에 커다란 의의와 신념을 찾아냈다. 오늘뿐만이 아니다. 20년 동안 죽 그래왔다.

대장부 아직 이름을 드높이지 못했거늘

아, 오랫동안 따뜻한 봄을 맞지 못하네

그대는 보지 못했는가

동해의 늙은이 덤불 숲 떠나는 것을

돌다리 위 대장부 누군지 거침없이 뻗어가네

360조(釣) 널리 베풀고

풍아 드디어 문왕(文王)을 따라나서네

800 제후가 기약 없이 모여

황룡(黃龍)의 배를 타고 맹진(孟津)을 건너네

어디서 나는 소린가?

누가 부르는 노래인가?

낭랑하게 심장을 짜내듯 목청껏 노래하는 자가 있었다.

"혹시 저 목소리는?"

현덕은 자기도 모르게 말을 우뚝 멈췄다. 길 위에 쌓인 눈과 내리는 눈 그리고 근처 지붕을 뒤덮은 눈이 하얀 회오리바람이 되어 눈앞을 가렸다. 문득 길옆을 보니 경사진 땅에 덩그러니 놓인 집이 눈에 띄었고 문에는 시가 쓰인 연판과 주점임을 알리는 작은 깃발이 세워져 나부꼈다. 노랫소리는 거기서 흘러나왔다. 굵고 차분한 목소리에 혈기 있는 기세가 묻어났다.

목야(牧野) 전투에서 피 절굿공이를 띄우네

조가(朝歌) 한번에 주왕(紂王)을 죽이네

또 보지 못했는가

고양(高陽)의 술꾼 초야에서 일어나니
산속 융준(隆準) 공에게 크게 절하네
높은 패업을 목청껏 이야기해 사람 귀를 놀라게 하네
두 여인 발 씻고 어떤 현인을 만날까

현덕은 그대로 눈에 파묻히는 것도 모른 채 가만히 넋을 놓고 들었다.

2

그러자 또 다른 사람이 탁자를 장단 맞추어 두드리며 소리높여 읊기 시작하는 게 아닌가. 한 사람은 거기에 맞추어 젓가락으로 사발을 두드렸다.

한(漢) 황제 칼을 들고 천하를 깨끗이 하네
한번 강한 진(秦)을 바로잡고 400년이 흘러
환제, 영제(靈帝) 아직 오래지 않으나
화덕이 쇠해 난신과 역적이 재상이 되니
도적들은 사방에서 개미처럼 모이네
만 리 간웅은 매처럼 유유히 날고
우리는 노래 부르며 허무하게 장단을 칠뿐
답답하면 주점에 와서 술이나 마시네

한바탕 노래가 끝났다.

"아하하."

"와하하."

대들보 먼지도 떨어뜨릴 듯한 웃음소리였다.

"그렇다면…."

현덕은 노래 의미로 지레짐작했다.

"둘 중 한쪽은 반드시 공명이리라…."

부리나케 말에서 내려 주점 안으로 성큼성큼 들어갔다.

판자를 잘라서 대충 만든 좁고 긴 탁자 위에 선비 둘이 마주 보고 앉아 술을 마시는 중이었다. 불쑥 입구로 들어선 현덕의 모습을 보고 두 사람 다 눈이 휘둥그레졌다.

맞은편에 앉은 노인은 명자나무 꽃같이 발간 얼굴이지만 청결하게 늙어 어딘지 모르게 풍취가 있었다. 넓은 등판을 보이며 노인과 마주 보고 앉아 있는 사람은 흰 살결에 검은 머리가 돋보이는 젊은 선비로 부자지간인지 친구 사이인지 모르지만, 상당히 친근한 사이인 듯했다.

현덕은 무례하게 흥을 깬 것을 정중히 사과했다.

"거기 계신 분이 와룡 선생이 아닙니까?"

노인에게 먼저 물었다.

"아니오…."

노인은 고개를 저으면서 쓴웃음을 지었다.

현덕은 이번에는 젊은 사람을 보고 물었다.

"혹시 공명 선생은 당신입니까?"

"아닙니다."

젊은 사람도 확실하게 부정했다.

의아하다는 듯 이번엔 노인이 물었다.

"이런 눈을 뚫고 와룡을 찾아오다니 대체 무슨 일이십니까? 장군이야말로 누구십니까?"

"실례했습니다. 저는 한의 좌장군 예주목 유현덕이라 합니다. 공명 선생을 방문한 이유는 난세의 현상을 다스리고 백성을 구할 방법을 묻기 위해서입니다."

"신야의 성주가 아니십니까?"

"그렇습니다. 지금 길을 가다가 힘 있는 목소리로 울분에 찬 노래를 읊는 소리가 들려왔습니다. 분명히 선생일 거라고 여겨 저도 모르게 그만 발걸음이…."

"아!"

두 사람은 얼굴을 마주 보았다.

"죄송하지만 우리 둘 다 공명은 아닙니다. 그냥 와룡 친구입니다. 전 영주의 석광원이고 제 앞에 있는 젊은이는 여남의 맹공위라는 자입니다."

현덕은 실망하지 않았다. 석광원이나 맹공위 모두 양양 학계에서 저명한 인사다.

"이리 만난 것도 진정 행운이니 함께 와룡 선생이 계신 초려에 방문하지 않겠습니까?"

현덕이 권하자 석광원은 고개를 저었다.

"아닙니다. 저희는 산림에서 베개를 높이 베고 게으름 피우는 데 익숙한 은자인데 어떻게 나라를 다스리고 백성을 편안케 하는 정책에 관여할 수 있겠습니까? 자격이 없는 인간들입니다. 먼저 와룡을 방문하시는 게 좋겠습니다."

현덕의 청을 교묘하게 피했다.

할 수 없이 현덕은 두 사람과 헤어져 주점 문을 나섰다. 눈발은 변함없이 거세게 휘날렸다. 같이 온 관우도 장비도 오늘만은 묵묵히 눈을 헤치고 걸을 뿐이다.

드디어 공명의 초려 앞 사립문에 겨우 도착했다. 문을 두드리고, 일전에 만났던 동자에게 물었다.

"선생, 계시느냐?"

"예, 아마 오늘은 서당에 계시는 것 같습니다. 저깁니다. 가보십시오."

동자가 안쪽을 가리켰다.

3

현덕은 수행원과 말을 사립문 뒤에 남긴 채 관우와 장비만데리고 눈보라를 헤치며 정원 안으로 저벅저벅 들어갔다. 서재로 보이는 집이 눈에 띄었다. 마루도 행랑도 눈에 파묻혀 집 안은 고요했다. 찢어진 커다란 파초 잎이 눈 쌓인 창을 덮은 모습도 보였다. 현덕은 혼자 계단 밑으로 가서 살짝 안을 살펴봤다.

그러자 숙연하게 무릎을 껴안고 화롯불을 쬐는 젊은이가 있었다. 젊은이의 눈과 눈썹이 투명했다. 집 밖에 사람이 있다는사실을 모르는 듯 혼자서 작게 읊조렸다.

봉황은 천 리를 날아도
구슬 없는 나무에는 깃들지 않는다 하네
우리 곤궁해 한쪽을 지켜도
영주(英主)가 아니면 섬기지 않는다
밭이랑 몸소 갈고
거문고와 독서로 마음을 달래며
시를 읊어 우울함을 걷어버리고
이로써 하늘의 때를 기다리네
언젠가 어진 주군을 만난다면
어찌 늦었다 하리

현덕은 조용히 댓돌을 올라가 툇마루 끝에 멈추어 섰다. 흥을 깨서는 안 된다는 생각에 잠시간 귀를 기울였으나 읊조리는 소리가 이젠 들리지 않았다. 조심스럽게 집 안을 살펴보았다. 화롯가에서 그 사람은 무릎을 감싸 안고 조는 모양이다. 마치 아무 생각 없는 아이처럼.

"선생, 주무십니까?"

현덕이 말을 거니 젊은이는 눈을 번쩍 떴다.

"앗…. 누구십니까?"

놀라면서도 조용히 물었다.

현덕은 그 자리에서 웅크리고 인사를 했다.

"오랫동안 선생을 존경해온 사람입니다. 얼마 전 서서의 추천으로 왔다가 뵙지 못하고 허무하게 돌아갔습니다만, 오늘은 눈보라를 헤치고 온 보람이 있습니다. 반갑게 존안을 뵈니 이런 기쁨이 없습니다."

그러자 젊은이는 당황했는지 자세를 바로 하고 답했다.

"장군은 신야의 유 황숙이시지요. 형을 찾아오셨습니까?"

현덕은 창백해졌다.

"당신도 와룡 선생이 아닙니까?"

"저는 동생입니다. 저희 집에 형제가 셋 있습니다. 큰형은 제
갈근으로 오나라 손권의 막빈으로 있습니다. 작은형이 제갈량
이며, 저는 와룡 다음인 셋째 제갈균입니다."

"아, 그렇습니까?"

"먼 길을 오셨는데 번번이 죄송합니다…."

"와룡 선생은 지금?"

"오늘도 집에 없습니다."

"어디로 가셨습니까?"

"오늘 아침에 박웅의 최주평이 와서 불러내자 어딘가로 훌쩍
가버렸습니다."

"가신 곳은 모릅니까?"

"낮에는 강호에 작은 배를 띄워서 놀기도 하고 밤에는 산사
로 올라가 승문을 두드리기도 합니다. 또 벽촌 친구들을 방문
해 거문고와 바둑을 즐기고 시화로 흥을 내기도 해서 전혀 오
가는 곳을 짐작하기 어려운 형인지라…. 오늘은 또 어디로 갔
을지…."

제갈균은 안타깝다는 듯 내리는 눈을 바라보았다.

현덕은 깊게 탄식했다.

"어찌 선생과 나는 인연이 이리 옅은가."

자신도 모르게 중얼거렸다.

제갈균은 말없이 일어서더니 옆방으로 건너갔다. 작은 화로에 불을 넣어 손님을 위한 차를 끓였다.

"형님, 공명이 집에 없으면 어쩔 수 없지 않습니까? 이제 슬슬 돌아가시지요."

집 밖에는 심하게 눈보라가 휘날렸다. 장비는 계단 밑에서 소리치며 재촉했다.

4

차가 끓으니 제갈균은 공손히 현덕에게 향기로운 차를 한잔 올렸다.

"그곳은 눈이 들이칩니다. 이쪽에서 잠시 쉬시지요."

계속 돌아가자 재촉하는 장비 목소리를 뒤로하고 현덕은 잠자코 차를 음미했다.

"공명 선생은《육도》를 암송하고《삼략》에 정통하다고 들었는데, 매일 병서를 읽으십니까?"

차를 마시며 이런저런 잡담을 나누기 시작했다.

제갈균은 조심스럽게 입을 열었다.

"모르겠습니다."

"병마 수련은 하시는지요?"

"그것도 모릅니다."

"아우 외에 제자는?"

"없습니다."

눈보라 속에서 장비는 아주 질렸다는 듯이 외쳤다.

"형님, 쓸데없는 대화는 그쯤에서 끝내시지요. 눈도 바람도 거세질 뿐이고, 우물쭈물하다 보면 날이 저뭅니다."

"이놈, 조용히 좀 해라!"

현덕이 뒤돌아보며 꾸짖었다.

그러고는 제갈균에게 몸을 돌렸다.

"폐를 끼치고 있어도 눈보라 치는데 오늘 돌아오기는 어렵겠지요. 다음에 다시 찾아오겠습니다."

"아닙니다. 매번 죄송할 따름입니다. 조만간 마음이 내키면 형이 찾아뵙겠지요."

"어떻게 선생이 오시기를 기다리겠습니까? 다시 날을 잡아서 방문하겠습니다. 종이와 붓을 빌릴 수 있습니까? 적어도 선생께 글이라도 남기고 돌아가고 싶습니다만…."

"그러시지요."

제갈균은 일어서서 책상 위에 놓인 문방사보를 꺼내 현덕 앞에 내놓았다.

붓끝도 얼었다. 현덕은 종이에 어렵게 문장을 써 내려갔다.

한의 좌장군 의성정후 사예교위 영예주목 유비

올해 두 번에 걸쳐 뵙고자 했으나 만나지 못하고 허무하게 돌아가니 한스러운 마음 이루 말할 수 없습니다. 저는 한실의 후예로 태어나 과분하게도 황숙이 되었고 감히 벼슬자리에 올랐으며 장군직 줄에 서게 되었습니다.

돌아보니 조정은 가벼이 여겨지고 기강은 무너져 군웅이 나라를 어지럽히는 때, 악한 무리가 군주를 기만하는 나날에 가슴이 쓰리고 내장이 찢어지는 듯합니다.

현덕은 붓을 잠시간 쉬고 시선을 눈이 내리는 바깥으로 처연히 돌렸다.

장비는 들으라는 듯이 투덜거렸다.

"으으, 못 참겠다. 형님은 시라도 쓰시나 보오. 아니면 풍류라도 읊으시는가?"

현덕은 그 말을 들은 척도 하지 않았다. 다시 붓을 들었다.

왕을 돕고자 하는 충은 있어도 경륜의 묘책이 없어 어찌할 수가 없습니다.

선생의 인자함으로 측은히 여기고 충의로 분연히 일어나 여망(呂望)의 재주를 펼치고 자방(子房)의 큰 계책을 베풀어주시길 공손히 사룁니다. 이를 신명과 같이 공경하고 태산과 북두칠성같이 바랍니다.

한번 뵙고자 했으나 뵙지 못하였으니 다시 열흘 목욕재계하고 존안을 뵙겠습니다. 부디 읽으시고 널리 살펴주시기 바랍니다.

건안 12년 12월 길일 재배

"종이와 붓을 물리셔도 됩니다."

"마치셨습니까?"

"죄송하지만 선생이 돌아오시면 이 서간을 전해주시겠소?"

그 말을 남긴 채 현덕은 집을 나와 관우와 장비를 데리고 묵묵히 돌아갈 채비를 서둘렀다. 문밖으로 나와 말을 걸터타고 막 떠나려던 때였다. 배웅하러 나온 동자가 손님도 내팽개치고 저쪽으로 소리 높여 누군가를 불렀다.

"노 선생이다. 선생님! 선생님!"

5

동자는 기다리지 못하고 그쪽으로 눈밭을 헤치며 한달음에 달려갔다. 현덕 일행도 가던 길을 꿋꿋이 가고 있었다. 공명 집을 둘러싼 긴 대나무 울타리가 끝나는 좁은 계곡에 작은 다리 하나가 걸려 있는 게 아닌가.

보아하니 지금 그 다리를 건너는 사람은 나귀 위에 따뜻해 보이는 두건을 쓴 노옹이다. 몸에는 여우 가죽으로 지은 옷을 입었고 수행하는 동자는 술이 담긴 호리병을 든 모습이다.

울타리 끝에서 계곡으로 뻗은 매화나무 한 줄기에는 노란 꽃망울이 대롱대롱 달려 눈에 띄었다. 노옹은 그 광경을 올려다보고는 흥이 난 듯 소리 내어 시를 읊었다.

밤새 북풍이 차갑더니
만 리에 구름이 두껍구나
하늘에서 눈이 휘날려
강산의 옛 모습을 바꾸어놓았구나

백발이 성성한 늙은 할아범
　왕성하게 황천의 도움을 느끼며
　나귀 타고 작은 다리 건너
　홀로 매화꽃의 시듦을 탄식하네

　현덕은 시를 듣고 고아한 지조를 느껴 이 사람이야말로 공명일 거라 여기고 다리 근처에 다다라 말에서 내렸다.
　"오래 기다렸습니다. 선생, 지금 오시는 길입니까?"
　현덕은 노옹에게 말을 걸었다.
　노옹은 깜짝 놀란 듯 곧바로 나귀에서 내려 인사를 했다.
　"저는 와룡의 장인 황승언이라는 사람입니다만…. 장군은?"
　황승언은 당연히 의아해했다.
　아뿔싸! 이번에도 아니다. 공명의 아내, 황 씨 아버지다. 현덕은 경솔함을 사과했다.
　"그렇습니까? 저는 신야의 현덕입니다만 와룡의 초려를 두 번째 방문했는데 오늘도 허무하게 못 만나고 돌아가는 길입니다. 대체 선생의 사위는 어디로 갔을까요?"
　"글쎄요. 저도 지금 사위를 만나러 가는 길입니다만…. 오늘도 없는 건가."
　노옹은 내리는 눈 속에서 고개를 들고 잠시간 생각에 잠겼다.
　"예까지 왔으니, 저는 딸이라도 만나고 가야겠습니다. 눈발이 꽤 거세니 언덕길 조심하십시오."
　이리 말하고는 다시 나귀를 타고 총총 사라졌다.
　심술궂게도 눈도 바람도 전혀 잦아들지 않았다. 돌아오는 길이 고생스러운 건 말할 것도 없었다. 갈 때 들렀던 주점이 있는 마을까지 왔을 때는 이미 어둑어둑 땅거미가 내리고 있었다. 아무리 오래 눌러앉아 있고 술을 거나하게 마셔도 낮에 있던 석광원이나 맹공위가 거기에 있을 리 만무하다. 대신 다른 손님들로 붐볐다. 떠들고 마시고 왁자지껄 떠들어 대는 모습을 보아하니 여느 주점이나 다름없다. 한쪽에서 사발을 엎어놓고 두드리며 부르는 노랫소리가 들려왔다.

막학공명택부(莫學孔明擇婦)
지득아승추녀(止得阿承醜女)

좀 더 세속적으로 표현해볼까? 거기다 이 근처 시골에서 흔히 쓰는 말투를 섞으면 이렇다.

아내 고르는 것도 적당히 해야지
공명이 좋은 본보기네
고르고 고른 끝에
추녀 아승을 골랐으니

손님들은 서로 웃으며 장단을 맞추었다. 공명의 부인이 못난 건 민요에서 말한 그대로 마을에서는 얘깃거리인 모양이다. 아까 작은 다리에서 만났던 사람이 부인의 아버지다. 그 황승언조차 딸을 시집보낼 때 말했다고 한다.

"나에게 딸이 하나 있는데, 살결은 검고 머리칼은 검붉어 아름다운 외모는 아니어도 재주는 그대에 비할 만하다네."

이렇게 이야기하고 시집보낼 정도였으니 부모 눈에도 박색이었던 듯하다.

주점 앞을 지나다 민요를 들은 장비가 현덕에게 짓궂게 말장난을 쳤다.

"어떠십니까? 아마 그 가정도 저 노래로 알 수 있지 않습니까? 새색시가 만족스럽지 못해서 공명 선생이 밖으로 아름다운 걸 보러 다니는 건 아닐까요?"

"…."

현덕은 묵묵부답이다.

하늘을 뒤덮은 눈구름같이 현덕 얼굴은 원망스럽게 그늘져 있었다.

입춘대길

1

한 해가 결국 저물고 말았다. 건안 13년이다.

신야성에서 연말을 보내고 새해를 맞이하는 동안에 하루도 공명을 생각지 않은 날이 없었던 현덕은 입춘 제사를 마치고서 점술가에게 명하여 길일을 골라 사흘 동안 부정한 걸 멀리하며 몸을 정갈하게 했다.

그러고 나서 관우와 장비를 불러들였다.

"세 번째로 공명을 방문할 것이네."

두 사람 다 마뜩지 않은 얼굴이다. 입을 모아 충고도 했다.

"이미 두 번이나 몸소 찾아갔는데 또 주군이 방문한다는 건 지나친 예의가 아닙니까? 제 생각에는 공명은 그냥 허명을 팔며 사는, 실제로는 알맹이 없는 시시한 서생이나 다름없을지도 모릅니다. 해서 주군과 만나는 걸 꺼려 일단 피하는 것 같습니다. 그런 인물에게 혹해서 쓸데없이 마음을 쓴다면 항간의 비웃음을 사지 않겠습니까?"

"아니네!"

현덕의 믿음은 확고했다.

"관우는 《춘추》도 읽지 않았나. 제나라 경공(景公)은 제후의 몸으로 동곽(東郭)의 야인과 만나기 위해 5번이나 방문하지 않았는가?"

관우는 장탄식의 한숨을 내쉬었다.

"형님이 현자를 존경하는 건 바로 태공망을 찾아간 문왕과 똑같습니다. 열의에 감탄할 따름입니다."

그러자 장비가 말참견하며 큰소리쳤다.

"아니, 문왕이 뭐고, 태공망이 뭡니까? 우리 세 사람이 무를 논하면 천하에 누가 어깨를 나란히 하겠습니까? 한낱 농부에게 삼고(三顧)의 예를 다하다니 어리석은 일입니다. 공명을 부르는 데는 말 끈 한 줄이면 충분합니다. 저에게 분부만 내린다면 선 자리에서 묶어서 큰형님 눈앞에 데려오는 것을!"

"장비는 요즘 다시 광분하는 병이 도진 모양이다."

현덕은 호되게 꾸짖었다.

"옛날에 주문왕이 위수로 가서 태공망을 방문했을 때 태공망은 낚싯줄을 늘어뜨린 채 돌아보지도 않았다. 문왕은 그 뒤에 선 채로 낚시를 방해하지 않고 해가 질 때까지 기다렸다고 한다. 태공망도 주문왕이 품은 의지를 읽었는지 보좌할 마음을 먹었고, 태공망이 세운 공으로 주나라 대대로 800년의 기초를 열었다. 옛사람도 현자를 존경하기는 이러하다. 너 자신의 천성과 학문을 생각해보아라. 만약 공명 집에 가서 지금 같은 무례한 말을 한다면 내가 들인 정성도 한낱 물거품이 된다. 관우만 데리고 갈 터이니 너희는 여기를 지켜라."

현덕은 이 말만 남긴 채 서둘러 성에서 말을 몰았다.

심하게 꾸지람을 들은 장비는 잠시 뾰로통해 있었지만, 관우가 같이 따라가는 뒷모습을 멀끔히 바라보고는 나중에 뒤쫓아 갔다.

"하루라도 형님 곁을 떠나는 건 불행한 하루를 보내는 것이다. 나도 간다."

수행원 속으로 은근슬쩍 합류했다.

봄은 일러 눈이 아직 군데군데 남아 있었고 바람은 차가웠지만, 하늘은 청명하여 가는 길은 수월했다. 이윽고 와룡 언덕에 닿았다.

현덕은 말에서 내려 100보를 걸어갔다.

"와룡 선생은 계십니까?"

마음을 가다듬고 심호흡을 한번 한 다음 정중히 문을 두드리며 물었다.

홀연히 서생 하나가 안에서 달려 나와 문을 열었다.

"어어…."

얼굴을 보아하니 언젠가 만났던 제갈균이다.

"어서 오십시오, 잘 오셨습니다."

"형님은 오늘 집에 계십니까?"

"어제 저물녘에 집으로 돌아왔습니다."

"아, 계시는군요!"

"들어오셔서 뜻대로 만나보십시오."

제갈균은 고개 숙여 인사하고 총총 사라졌다.

장비는 제갈균을 보내고 나서 투덜거리기 시작했다.

"안내도 하지 않고 맘대로 만나라니 무례하기는 참. 밉살스런 애송이 같으니라고."

역시 장비다. 아무 데나 대고 성만 냈다.

2

사립문으로 들어가 정원을 지나니 또 옆에 운치 있는 내문이 보였다. 항상 열려 있던 그 나무 문이 오늘만은 닫혀 있는 게 아닌가. 톡톡 두드리니 담장에 핀 매화꽃이 흩날렸다.

"누구십니까?"

안에서 문을 열며 얼굴을 내민 건 항상 심부름하던 동자다.

현덕은 절로 미소가 지어졌다.

"동자, 매번 수고가 많으이. 미안하지만 선생께 전해주지 않겠나. 신야의 현덕이 왔다고."

그러자 동자도 오늘은 다른 때와 다르게 말투까지 공손했다.

"선생은 집에 계시지만, 지금 초당에서 낮잠을 주무십니다. 아직 깨어나지 않으셨습니다만."

"낮잠 중이라…. 그대로 두어라."

그러고 나서 관우와 장비에게 조용히 일렀다.

"너희는 내문 밖에서 기다려라. 아무래도 깨어날 때까지 좀 기다려야겠다."

현덕은 혼자 조심스레 들어갔다.

초당 주위는 이른 봄볕이 온화하게 비쳐 유아한 풍색이 감돌았다. 문득 당 위를 보니 평상 위에 쭉 뻗고 편히 누운 사람이 보였다. 이 사람이 공명인가? 현덕은 댓돌 아래에 서서 손에 깍지를 끼고 공명이 낮잠에서 깨어나기만을 기다렸다.

하얀 나비가 평상 주위에 앉아 있다가 나풀나풀 서재 창 아래로 날아갔다. 중천에 떠 있던 태양은 서당 벽을 한 치, 두 치 그늘지게 했다. 현덕은 지치지도 않고 움직이지도 않고 여전히 꿋꿋하게 공명이 낮잠에서 깨기를 기다릴 뿐이다.

"아, 졸린다. 형님은 대체 뭘 하시는 거야?"

하품을 쩍 하며 내뱉는 목소리가 담장 밖에서 들려왔다. 너무 오래 기다려 지겨워진 장비인 듯했다.

"어…? 형님이 댓돌 밑에 그냥 서 있잖아."

장비는 담장에 난 찢어진 구멍으로 안을 들여다보다가 다짜고짜 얼굴을 붉히며 관우에게 따지듯이 말했다.

"돼먹잖은 수작을 부리네. 이것 봐요, 안을 들여다보란 말이요. 우리 주군을 일각이나 댓돌 아래 세워놓은 채 공명은 평상 위에서 느긋하게 낮잠을 자다니…. 저런 무례하고 오만한 사람이 다 있나. 더는 참을 수가 없다."

"쉿, 쉿…."

관우는 장비의 억세고 뻣뻣한 수염이 거꾸로 서는 걸 보더니 눈짓으로 저지했다.

"담장 안에 들리겠다. 조용히 기다려보자."

"들려도 상관없소. 저 엉터리 군자가 일어날지 안 일어날지 이 집에 불을 싸질러 시험해볼 터."

"쓸데없는 짓 하지 마라."

"괜찮소. 이거 놓으시오."

"또 나쁜 버릇이 도진 게냐? 터무니없는 짓을 하면 네놈 수염에 불을 질러버릴 테다."

겨우 달래는 동안 서재 창문 차양에 해가 한가롭게 기울어도 당 위에서 자는 사람이 언제 깰지 알 수 없는 노릇이다.

"…."

별안간 공명이 몸을 뒤척였다. 일어나는지 보고 있으니 또 그대로 벽 쪽으로 몸을 돌려 곤히 잔다. 동자가 곁에 와서 깨우려 하니 현덕이 댓돌 아래서 말없이 고개를 살살 흔들어 보였다.

또 반각이 지났다. 그러자 자는 사람이 겨우 눈을 떠서는 몸을 일으키며 낮은 목소리로 노래를 읊었다.

큰 꿈 누가 먼저 깨는가
평소 나를 스스로 아니
초당에 봄잠이 넉넉하고
창밖에 해는 여유롭구나

다 읊고 나서 공명은 몸을 획 돌려 평상에서 일어났다.

"동자야, 동자야."

"예."

"손님이 오시지 않았누? 저기서 인기척이 나는데…."

"오셨습니다. 유 황숙 신야의 장군이 아까부터 댓돌 아래서 기다리십니다."

"유 황숙이…."

공명은 눈꼬리가 긴 눈을 물끄러미 현덕 쪽으로 향했다.

3

"왜 빨리 알리지 않았느냐?"

공명은 동자에게 말하자마자 훌쩍 후당으로 들어갔다. 입을 헹구고 머리를 손질하는가 싶더니 또 의복과 관을 고쳐 입고 다시 나왔다.

"실례했습니다."

정중히 손님을 맞아들여 사과했다.

"잠자는 동안에 귀한 분을 누추한 행랑채 아래에 계시게 했다고는 꿈에도 몰랐으니 진심으로 무례를 범했습니다. 너그러이 봐주시길 바랍니다."

현덕은 미소를 잃지 않으며 태연하게 자리에 앉았다.

"무슨 말씀을요. 귀한 분은 이 집에 항상 계시지 않습니까? 저는 한실의 천한 자로 탁현의 우부(愚夫), 뭐 그런 사람에 불과합니다. 선생의 존함은 오래전부터 들었지만, 신비하고 운치가 넘치는 모습은 오늘 처음 접합니다. 앞으로 좋은 가르침 부탁드립니다."

"겸손한 말씀입니다. 저야말로 남양의 일개 농부입니다. 그중에서도 게으른 인간입니다. 나중에 절 나무라지 마십시오."

손님과 주인은 자리를 권하며 허물없는 모습이다. 동자가 옆에서 따뜻한 차를 올렸다.

공명은 차를 한껏 음미하였다.

"지난겨울 눈 내리는 날 두고 가신 서간을 보고 송구스러웠습니다. 장군이 백성을 걱정하고 나라를 생각하는 정이 절실하다는 건 충분히 살필 수 있었습니다만, 아무래도 전 미숙하고 재주가 없어 기대에 부응할 능력이 없다는 점이 참으로 유감스럽습니다."

"……"

현덕은 제갈공명의 목소리를 듣자 청량함을 느꼈다. 낮지 않지만 높지도 않고, 강하지 않지만 약하지도 않아 한 마디 한 마디에 왠지 향기가 나는 듯한 울림이 있었다. 여운이 느껴졌다. 앉아 있는 모습이어도 키가 눈에 띄게 커 보였고, 몸에는 하늘색 학창의를 입고 머리에는 윤건을 썼으며 얼굴은 옥영(玉瑛)과도 같았다. 빗대어 말한다면 눈썹은 강과 산의 수려함을 모았고, 가슴에는 천지의 기회를 감추는 듯했으며, 말을 하면 바람이 살랑거리고 소매를 걷으면 향기롭기가 꽃과 같아 산들산들 대나무가 흔들리는 듯했다.

"아닙니다. 당신을 잘 아는 사마휘나 서서가 해준 말이니 어찌 잘못이 있겠습니까? 선생, 어리석은 현덕을 위해 한 수 가르쳐주십시오."

"사마휘나 서서는 세상에서 고명한 선비지만, 저는 보시는 대로 한낱 농부에 지나지 않습니다. 어떻게 천하에서 벌어지는 정사를 담론하겠습니까? 장군은 옥을 버리고 돌을 캐내는 잘못을 범하시는 겁니다."

"돌을 옥으로 보이려 해도 안 되듯이 옥을 돌이라고 말씀하셔도 믿을 사람은 없습니다. 지금 선생이 경세(經世)의 기재(奇才), 백성을 구할 자질을 갖추고서도 몸을 감추고 젊은 나이에 일찍이 산림에 은거하는 건 죄송하지만 충효의 도에 어긋납니다. 아까울 따름입니다."

"어찌 그런 말씀을 하십니까?"

"나라가 어지럽고 백성이 편안하지 않을 때는 공자도 민중 속에서 여러 나라를 교화시키고 다니지 않았습니까? 지금은 공자 시대보다 더 뼈에 사무치게 나라가 혼란스러운 때입니다. 혼자 초려에 틀어박혀 자신의 편안함만 꾀해서 되겠습니까? 물론, 이 시대에 세상으로 나가면 당장 속된 무리와 같은 취급을 당하고 온갖 비난을 받아 몸도 명성도 더럽혀질 건 잘 압니다만 그것도 참아내는 게 진정 나랏일에 몸을 바치는 일이 아닙니까? 충의도 효도도 산림유곡(山林幽谷)에 있지 않습니다. 선생, 마음을 열고 허심탄회하게 이야기해주십시오."

정중하게 재배하고 태도는 예를 다하였으나 현덕의 눈동자는 상대를 추궁하는 듯한 정열을 담았고 내뱉는 말투는 기가 꺾이지 않는 신념으로 가득 차올랐다.

"…"

공명은 가늘게 감았던 눈을 살짝 뜨고는 고요한 눈동자로 현덕의 모습을 말끄러미 바라보았다.